U0013317
巫師
永恆魔法
IV
Never and Forever
克瑞希達・科威爾
Cressida Cowell

這本書獻給安，陪我走過十七年時光的優秀編輯。

這真是場美好旅程……

男孩——扎爾——來自巫師部族，
手上卻有可能永遠都消除不了的巫妖印記……

這則故事有兩個小英雄。

女孩——希望——來自戰士部族……

但她擁有奇怪又強大的魔法：「操控鐵的魔法」。

幽鬼山脈
幸福礦場
通往戰士帝國首都的路
戰士帝國
甜美小徑
戰士鐵堡
希剋銳絲的女王國
野林
惡林
不祥的林中空地
巫師堡壘
恩卡佐的王國
湖
鋸齒河

通往巨人的足印的海路
巨人的足印
海路
北
東
南
西
不朽之崖
巨人國
巫妖山脈
怪巢領土
（沼澤地）
甜美小徑
土人堡
小心，土人出沒
師
巫
撲克丘
冰凍的迷
馬魔島

巫妖
勝券在握……

楔子

野林受詛咒了。

巫妖即將攻占整片森林，他們擁有最壞最壞的壞魔法，以扯掉雲雀的翅膀與殺戮為樂。巫妖的魔法可能會終結這個世界，以及世界上所有的人。

故事是從很久很久以前開始的。

在已經沒有人記得的久遠年代，巫師與巫妖曾一同居住在野林裡。他們本打算和其他魔法生物一起永遠住在森林裡的……

……直到有一天，戰士來了。

來自海洋彼岸的戰士入侵野林，他們雖然沒有魔法，卻帶來一種全新的武器：**鐵**……而鐵是唯一不受魔法影響的物質。

從那一刻開始，巫師與戰士與巫妖便在野林裡鬥得你死我活。

直到某一天……

年輕的戰士女王希剋銳絲，愛上了年輕的巫師國王恩卡佐。但是巫師與戰士永遠不該墜入愛河，於是詛咒就這麼開始了。

希剋銳絲用「屏棄愛情法術」扼殺了自己的愛情，她心中的愛就這麼死了……那之後，希剋銳絲依循傳統，和戰士男人結了婚。

而恩卡佐也遵循傳統，和巫師女人結了婚。

如此一來，他們就沒有引發詛咒的危險了。

然而……

十三年前，希剋銳絲生了名叫「希望」的女兒。

希望有個不可告人的祕密：巫師恩卡佐給希剋銳絲女王的真愛之吻並沒有完全消失，結果希剋銳絲的女兒天生擁有魔法。人類史上首次出現了擁有「操控鐵的魔法」的人，那個人就是希望。

同樣在十三年前，恩卡佐生了名叫「札爾」的兒子。

札爾也有個不可告人的祕密：他偷了一些巫妖魔法，現在他漸漸被巫妖魔法留下的印記控制了。

這下，詛咒真的降臨在野林了。

巫妖王原本被困在一顆岩石裡，沒想到希望神奇又危險的魔法不小心解放了被囚禁數百年的巫妖王。希望後來又把他困在鐵球裡了，但這次巫妖王有了新的盟友：統治野林南部、生性殘忍無情的德魯伊巫師部族。

而且巫妖王手裡還有人質：札爾可愛的小妖精吱吱啾。希望和札爾必須及時趕去救吱吱啾，否則他就會死去。

他們只剩最後一絲希望了。

札爾、希望與希望的保鑣刺錐找到了「消滅巫妖的法術」所需的材料，他們究竟能不能成功施展法術，永遠消滅巫妖呢？

巫妖王正待在迷失湖德魯伊要塞的中心，只有我看得見困在鐵球裡的巫妖王，只有我聽得見他的想法。他想的事情對我們的小英雄非常不利。

即將受我掌控的男孩啊，擠在鐵球裡的巫妖王，心裡充滿了邪惡的想法，**把擁有操控鐵的魔法的女孩帶來給我。等我奪走她所有的魔法，我就無敵了。**

巫妖王知道他們在為據說能消滅巫妖的法術做準備，但是他不怕。情況看起來不太妙啊。

他還是要札爾他們來迷失湖找他。

也許那根本就不是真的法術，也許他們應該逃得離巫妖王越遠越好才對。假如巫妖王獲得操控鐵的魔法，他就會全面摧毀野林。

但另一方面……唉，我真希望我看不到，但我也看見吱吱啾了。

他被迫蹲著緊貼在困住巫妖王的恐怖鐵球邊，害怕又痛苦地全身顫抖，只能在可怕的黑暗中輕聲自語：

「札爾……拜託來救窩……主人，窩需要逆，快要沒時間了……札爾，求求逆來救窩……」

他們必須來拯救無辜又可憐的小吱吱啾，除了他們以外沒有人會來救他。

這下，我還真不曉得他們該不該來了。我到底是希望他們趕緊逃離巫妖王，還是趕緊來拯救吱吱啾呢？

希望、札爾和刺錐能拯救吱吱啾嗎？他們能解救札爾嗎？他們能解除籠罩野林的詛咒嗎？還有，如果要解除這份詛咒，他們就必須付出代價——為了解除詛咒，小英雄們會犧牲什麼呢？

為了消滅世界上所有的巫妖，他們願意付出什麼代價？

還是說，巫妖將**永遠**統治世界？

在故事最終，我會揭露自己的身分……

我是故事中某個角色，
我能看見一切，知曉一切。
你猜到我是誰了嗎？
故事即將走到結局，我會在最後公布答案。
但請**不要作弊偷看**，跟著我走下去就是了……
不過，在開始說故事前，我得先警告你。

故事中的某個人會死去。

我看見了，我知道了，卻無力改變故事。
我早就告訴過你了，這片森林可是非常危險的。

不知名的旁白

Part One
The Mine of Happiness
第一部　幸福礦場

第一章　希望真的很怕窄小的空間

在鐵戰士皇帝的領地深處，有一座礦場，它名為「幸福礦場」，但實際上這裡的人並不幸福，倒是有不少人痛苦不已。

恐怖的鐵礦場深處——幾乎在地下一英里的位置——有三個小孩在窄小的地道裡爬行，但是地道實在太擠了，他們只能像蚯蚓一樣趴著扭動前進。

地道就位在地下水層上方，只有小孩子才有辦法擠進這麼狹窄的空間，所以才由小孩勇闖黑暗深處的恐怖地道。孩子們拿出槌子和工具，努力敲下含有鐵礦的石頭，礦石之後會被帶出去熔煉。孩子們負責把礦石裝上拖車，拖著礦石奮力往上層爬去。

地道裡很黑很黑，這是令人窒息的黑暗，你如果置身其中，會覺得自己快要被黑暗吞噬了。三個衣衫襤褸、飢腸轆轆的小孩就是在恐怖的地道裡扭動爬行，邊爬邊努力控制心中的慌張。十三歲的札爾是巫師之王的二兒子，十三歲的希望是戰士女王的女兒，十三歲的刺錐是希望的助理保鑣。

我來幫你介紹這三位不太像英雄的小英雄吧。

我剛才也說了，札爾今年十三歲，是巫師之王的二兒子，名字唸起來有點拗口。札爾是那種不會三思後行的男孩，他沒有惡意，不過他們三人之所以遇上這麼多麻煩，有一部分就是他害的。巫師並不是一生下來就有

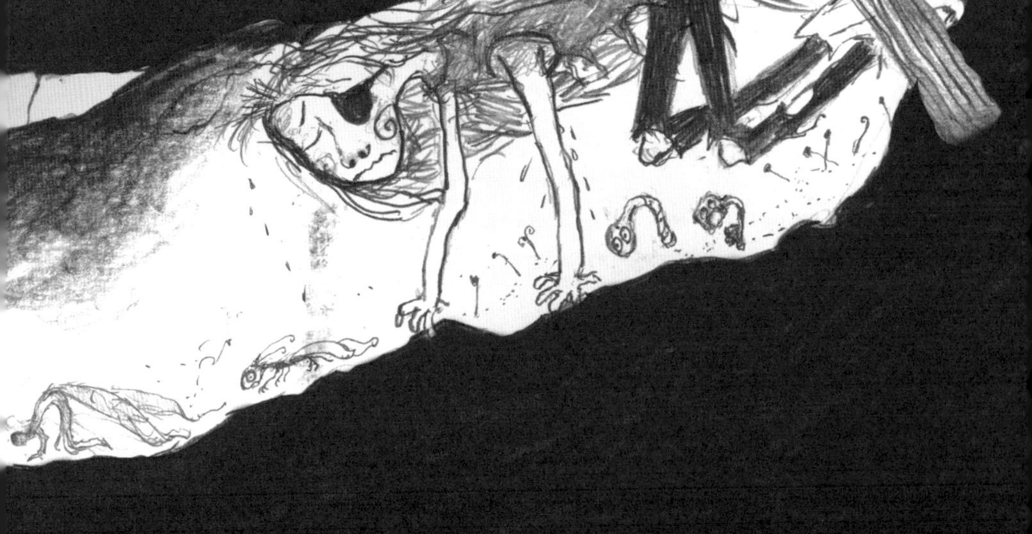

魔法，魔法會在他們大約十二歲的時候降臨，但札爾的魔法一直沒有降臨，於是他設陷阱抓巫妖，想把巫妖的魔法占為己有。你應該可以想見，這項計畫實在不怎麼明智，結果札爾試圖奪取巫妖魔法時在手上弄了個巫妖印記，印記逐漸控制住他了。

札爾身邊有好幾個同伴，有六隻小妖精和兩隻毛妖精。他努力扭動往前爬的同時，小妖精們難過地慢慢飛在他周圍，竹節蟲般的身體在黑暗中散發微光。問題是，這裡是鐵礦場，魔法生物都對鐵過敏。被鐵礦包圍的小妖精與毛妖精飛得很慢、很不舒服，他們感覺翅膀很沉重，而且還頭昏腦脹的。札爾身邊最大的小妖精——亞列爾——甚至無法飛行，只能像發光的蚱蜢一樣在地上蹦跳，美麗的樹葉狀翅膀拖過了地上的泥濘。

札爾身邊還有一隻會說話的渡鴉，名叫卡利伯。卡利伯的工作是確保札爾不要到處惹是生非，但這真的是不可能的任務，卡利伯整天都在擔心這個、擔心那個，擔心到羽毛掉個不停。

除了他們，札爾還有另外幾個同伴，不過他們體型太大了，無法加入這次的機密任務。於是，三隻雪貓、一個狼人和名叫粉碎者的長步高行巨人都躲在外面的樹林裡，憂心忡忡地等著三個小英雄出去和他們會合。

札爾還有最後一個同伴，也是他最喜歡的一個——那是一隻有點過動的毛妖精，名叫吱吱啾。吱吱啾之前被巫妖王抓走了，沒有人知道他在哪裡。

小妖精們綠寶石般的眼睛閃爍著綠光，他們不斷嘶聲自言自語：「危險，危險，危險。」有時候變成：「出去，出去，出去。」有時還用嚇人的高音尖聲說：「我們被困住了！我們被困住了！

我們永遠離不開這裡了！」你應該可以想見，他們這些碎碎念並沒有讓其他人心情變好，大家只覺得精神緊繃。

札爾吹著口哨，努力裝出完全不害怕的樣子。

第二個小英雄是十三歲的希望，她母親是戰士女王希剋銳絲。希望是個瘦巴巴的女孩，長得有點奇怪，臉上總是帶著善良而堅毅的表情。她細細的頭髮靜電似地亂翹，臉上還戴著黑色眼罩，遮住一邊眼睛。戰士理論上都沒有魔法，但希望有個祕密：她的眼罩下藏著一隻法力強大的魔眼，可以使用操控鐵的魔法。希望是命運之子，是第一個帶著這種魔法出生的人。巫妖都恨不得奪走她操控鐵的魔法，如果巫妖成功了，他們就無敵了。

希望也有幾個同伴。

希望的魔法非常強大，她身邊一些東西也都活了起來，有好幾件鐵做的魔法物品都跟在她身邊。其中一個同伴是魔法湯匙，他是和希望相處最久的

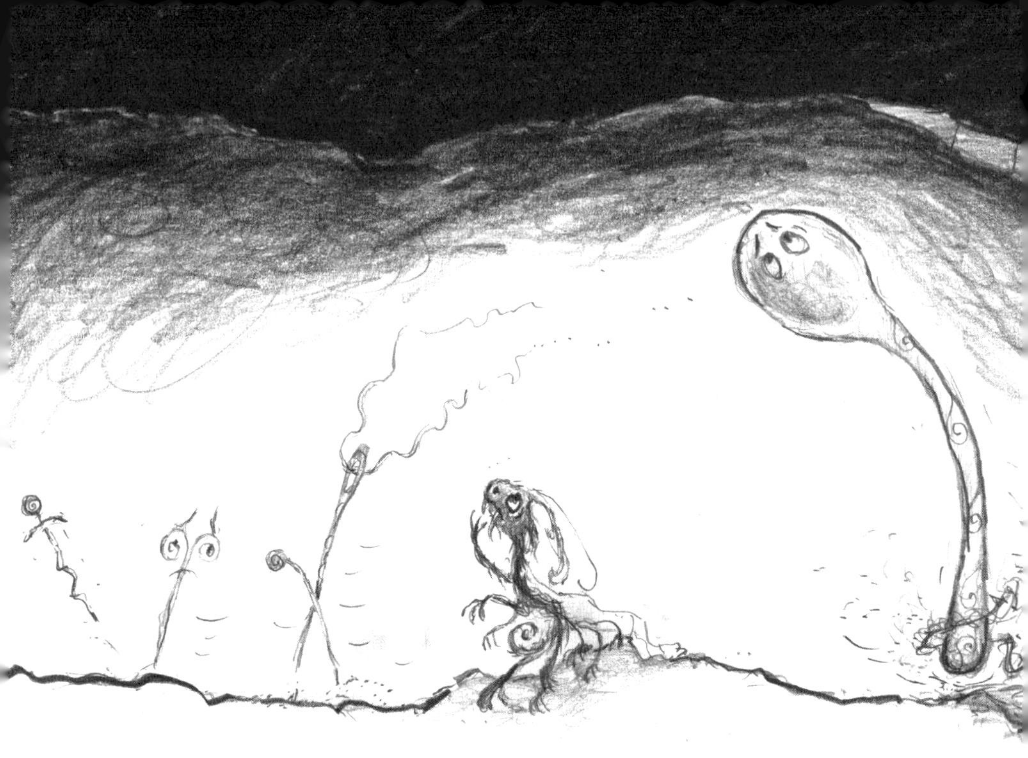

朋友，希望以前住在母親的戰士鐵堡時，就只有湯匙這麼一個朋友。魔法湯匙蹦蹦跳跳地和嗡嗡咻走在一起，有時候扶著小妖精前進，有時候撈起脫隊的小妖精帶他們往前跳。

除了湯匙，希望還有魔法鑰匙與魔法叉子，它們兩個都單戀湯匙。另外還有好幾根魔法大頭針，它們不時散開又聚在一起，像一朵朵刺人的小雲般蹦跳翻滾，跟在大家的後面。

希望害怕狹小的空間，所以現在感到特別難受。她掙扎著往前爬，邊低聲唱《戰士進行曲》壯膽，努力用

「**勇敢無畏！**這是戰士的進行曲！**勇敢無畏！**我們邊唱邊進取！」蓋過小妖精們尖銳又於事無補的「我們被困住了！我們被困住了！我們永遠離不開這裡了！」。

我現在沒有在地底一英里的地道裡，在四周黑暗的壓迫下，希望努力告訴自己。她爬到膝蓋擦破皮了，頭髮活起來似地擦過上方的岩石——希望的頭髮受她的魔法影響，能像手指一樣有觸覺，在她心情緊張時感覺特別敏銳。希望感覺到上方粗糙的岩石了。

我沒有怕到隨時可能吐出來……希望心想。**我現在其實是在開闊的地方……陽光照在我身上……都沒事的……都沒事的……**

第三個小英雄看起來最不像英雄，他同樣十三歲，是希望的助理保鑣，名字叫刺錐。

刺錐長得瘦瘦高高的，有點像樹枝，平常喜歡遵守戰士鐵則。問題是，過去一年來他違規太多次，連自己都數不清是幾次了。他當初不該讓希望成為札爾的同伴的——札爾是巫師，戰士怎麼可以和巫師當朋友呢？此外，刺錐也不該幫助希望和札爾逃離他們的家長，更不該和他們一起爬進礦場。

刺錐之所以當上希望的保鑣，就是因為他在進階保鑣技能考試中拿第一名，而希望正式的保鑣剛好在秋天得了重感冒，才輪到刺錐來保護希望。刺錐偶爾會忍不住後悔成為希望的保鑣，尤其是現在這種令人毛骨悚然的「噩夢」情境下，他更希望自己從沒當上助理保鑣了。

身為保鑣，刺錐有個小小的毛病：他常常在遇到危險時睡著。雖然他已經進步很多，這種時候還是得努力集中精神睜大眼睛，免得又不小心睡著。希望的其中一根魔法大頭針也有幫忙，它每次看到刺錐打哈欠，都會突然刺他屁股一下。

「大家快一點啦！」札爾爬在最前面，不耐煩地回頭說。「你們動作太慢了！大家跟著我……我是領隊……」

「天啊……我們真的不該來這裡的……地底下有可怕的生物啊……」刺錐

哀號。就在這時，他注意到前方搖曳不定的燭光……是一根固定在頭盔上的蠟燭。他撿起頭盔，戴到自己頭上，跟著札爾和希望往前爬時說著：「要是遇到藍帽子怎麼辦？那敲敲怪呢？**塔佐蠕龍**呢？」

聽到「塔佐蠕龍」幾個字，小妖精們紛紛驚恐地尖叫，飛蛾撲火似地繞圈亂飛。魔法湯匙害怕到頭下腳上插進地面，幼稚地以為自己看不到別人，別人也看不到自己了。

「**別把那個名字說出來！**」希望氣呼呼地小聲說。「**你會害大家嚇死！**」接著她提高音量補充道：「大家別擔心，沒有任何證據顯示這些生物真的存在……」小妖精們稍微放鬆一點，叉子與鑰匙把湯匙從土裡挖了出來，扶著全身發抖、搖搖晃晃的湯匙用握柄站好。

「好啦、好啦。」刺錐說。「可是我們到底為什麼要在這邊爬來爬去？為什麼要來這裡？真的有必要搞得這麼麻煩嗎？」

「真是的，我的槲寄生啊！」札爾忍不住大聲說。「我早就說過不該來了，可是你們都不聽！既然來了，我們就只能想辦法趕快完成任務，盡快離開這地方——」

但札爾還沒說完，就被嗡嗡咻打斷了。嗡嗡咻的哭喊聲非常尖銳，希望感覺自己像尾巴被突然一扯的貓咪，緊張到快崩潰了。

「停！」嗡嗡咻尖叫。「停！」

大家都停下動作。

嗡嗡咻是一隻和睡鼠一樣嬌小的可愛毛妖精，飛行時會發出蜜蜂般的嗡鳴。

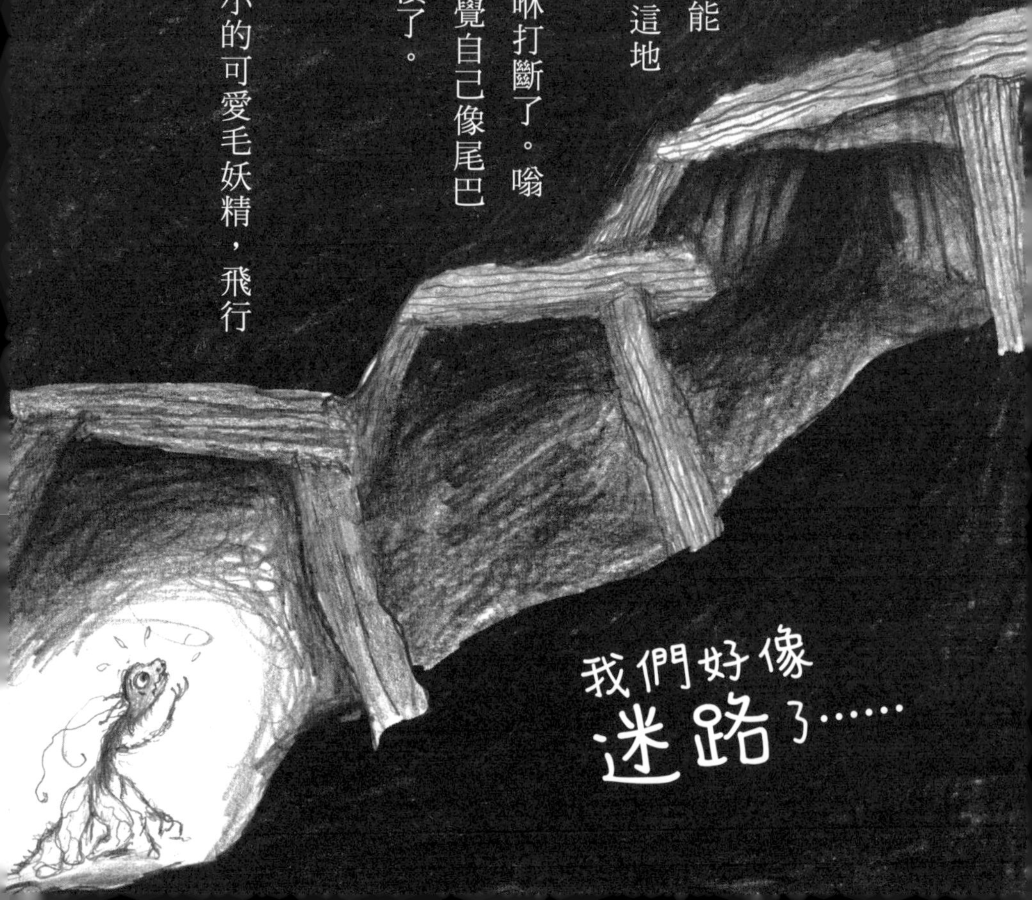

我們好像迷路了……

「我們……」她小聲地說，邊把八隻腳當中的五隻舉起來，驚恐地摀住毛茸茸的小臉，「我們好像『迷路』了……嗡嗡嗡……」

恐怖的話脫口而出後，她試著拍翅膀發出嗡嗡聲，微小的聲音很快就消失了。

叉子突然跳到希望頭上，用叉尖捲著頭髮拉扯，害希望痛得叫出聲來。小妖精鬼燈籠邊繞圈亂跑邊呼喊：「別慌！別慌！別慌！」可是他自己就驚慌得要命，結果直接跑上了地道的牆壁，竄過岩石天花板後才回到地上。

「嗡嗡咻說得對……」風暴提芬嘶聲說。她從箭袋抽出一根削尖的荊棘刺，似乎想用這根小小的刺和可怕的藍帽子相抗。「我幾乎聽不到其他人的聲音了嘶嘶……」

她說得沒錯。

礦場裡滿滿都是小孩和魔法生物礦工，在幾分鐘前，地道裡還迴響著斧頭敲在岩石上的清脆聲響，以及矮妖、矮龍與其他小型精靈哀傷的歌聲。他們為自己逐漸消散的魔法哀悼，為令人心碎的沉重工作傷感，悲痛的歌聲傳遍了礦場的地道，讓人鼻酸。

然而現在，那些聲音都變得遙遠又模糊。希望和刺錐完全靜止不動，在黑暗中豎起耳朵、瞇著眼睛，滿心希望聲音能變得和剛才一樣響亮。

札爾轉身往他們這邊爬來。

「我們不可能迷路。」札爾凶巴巴地說。「我可是聰明絕頂的領隊耶。嗡嗡咻，妳說是不是？」

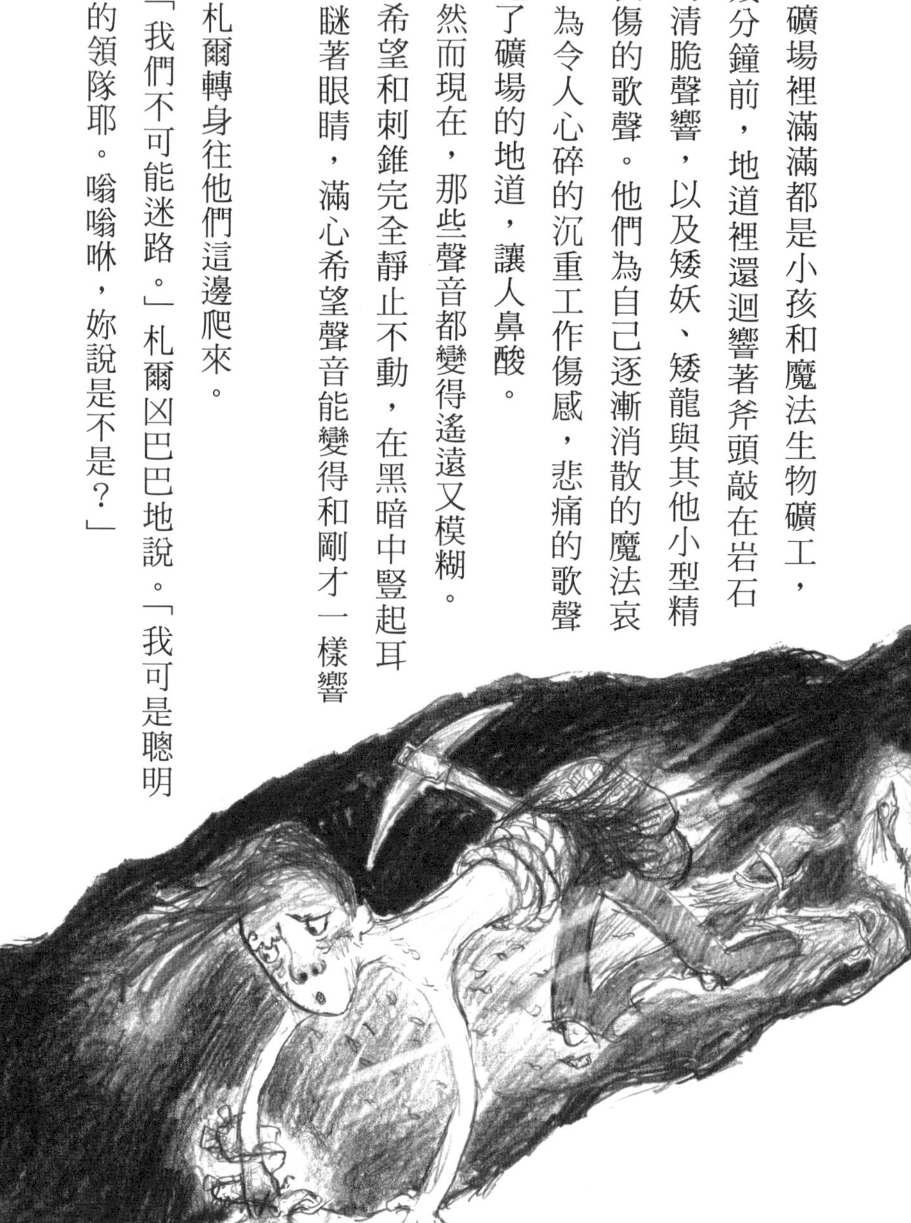

「是。」嗡嗡咻不情願地小聲說，聲音不怎麼有說服力。「逆聽明絕頂……」

就在這時，札爾背包裡的號角發出嘲諷的吹氣聲，聲音雖小卻非常清晰。

噗噗！

「我真的聰明絕頂啊！」札爾抗議。

噗噗！號角用更大、更失禮的聲音回應。

札爾嘆了口氣。魔法號角是撲克丘的波蒂塔送他的禮物，每次有人說謊、吹牛，甚至只是把話說得比較滿，它就會發出這種沒禮貌的吹氣聲。札爾為此感到懊惱，因為他很愛吹號角，可是他說話時習慣加油添醋，討厭的號角每次都害他丟臉。再這樣下去，他就得把波蒂塔的禮物給扔了。

我真的好想吱吱啾喔。札爾渴望地想。**如果是「吱吱啾」就會誇我聰明絕頂，而且他是真心這麼覺得，所以也不算在說謊……我早就說過不該來這地方了……我就說我們應該想辦法救吱吱啾了，可是他們都不聽……**

一想到吱吱啾，札爾的心志就堅定了一些。

他們不能困在這裡，否則就沒辦法去救吱吱啾了。

「你們看。」札爾堅定地說。地道的高度差不多夠他坐起身來，他拿出《法術全書》給其他人看。《法術全書》是一本厚達一百多萬頁的魔法書，札爾輸入字母讓書翻到地圖部分。

「我不是亂爬，我都有照地圖走。」札爾翻到畫著幸福礦場地道地圖的那一頁，他們的路線被書本用鮮明的金色標出來，金光還一閃一閃的。從這張地圖看來，他們顯然走對路了，書上甚至還有他們幾個人的可愛小插圖，歡樂的插圖爬在書頁上，穩定地朝目的地前進。

真是愉快的畫面。

「喔，謝天謝地……」希望隔著札爾的肩膀看地圖說。「地圖說我們走對方向了……」

「還好窩沒有驚慌。」鬼燈籠對其他小妖精說，大家都大大鬆一口氣。

「我們當然有走對路。」札爾說。「我說是對的路，就一定是對的路。我很擅長看地圖，因為我從小就花了很多時間在到處亂跑，而且——」

札爾沒再說下去了。他之所以停下來，除了因為背包裡的號角一連串失禮又動聽的聲音以外，也是因為他的右手——有著巫妖印記的右手——突然刺痛一下。

這隻手平常都在隱隱作痛，感覺像是被燙傷一樣，而且它好像還有自己的意識。札爾手指的神經好像想把他往奇怪的方向拉，非常陰森詭異。

札爾這個人的其中一個優點是，他就算身體不舒服也不太會大驚小怪，平常手亂動亂扭的時候他都沒有抱怨。也因為他都沒抱怨，其他人都不知道他時時刻刻忘不了右手的痛苦，不知道他有多麼難受。

札爾的手掌突然劇烈痛了起來，他實在沒辦法無視痛楚了。

他低頭一看，赫然發現他剛才在看地圖時，一直都用有巫妖印記的手拿著《法術全書》！

The Spelling Book

A Complete Guide to the Entire Magical World

《法術全書》

魔法世界的百科全書

《法術全書》

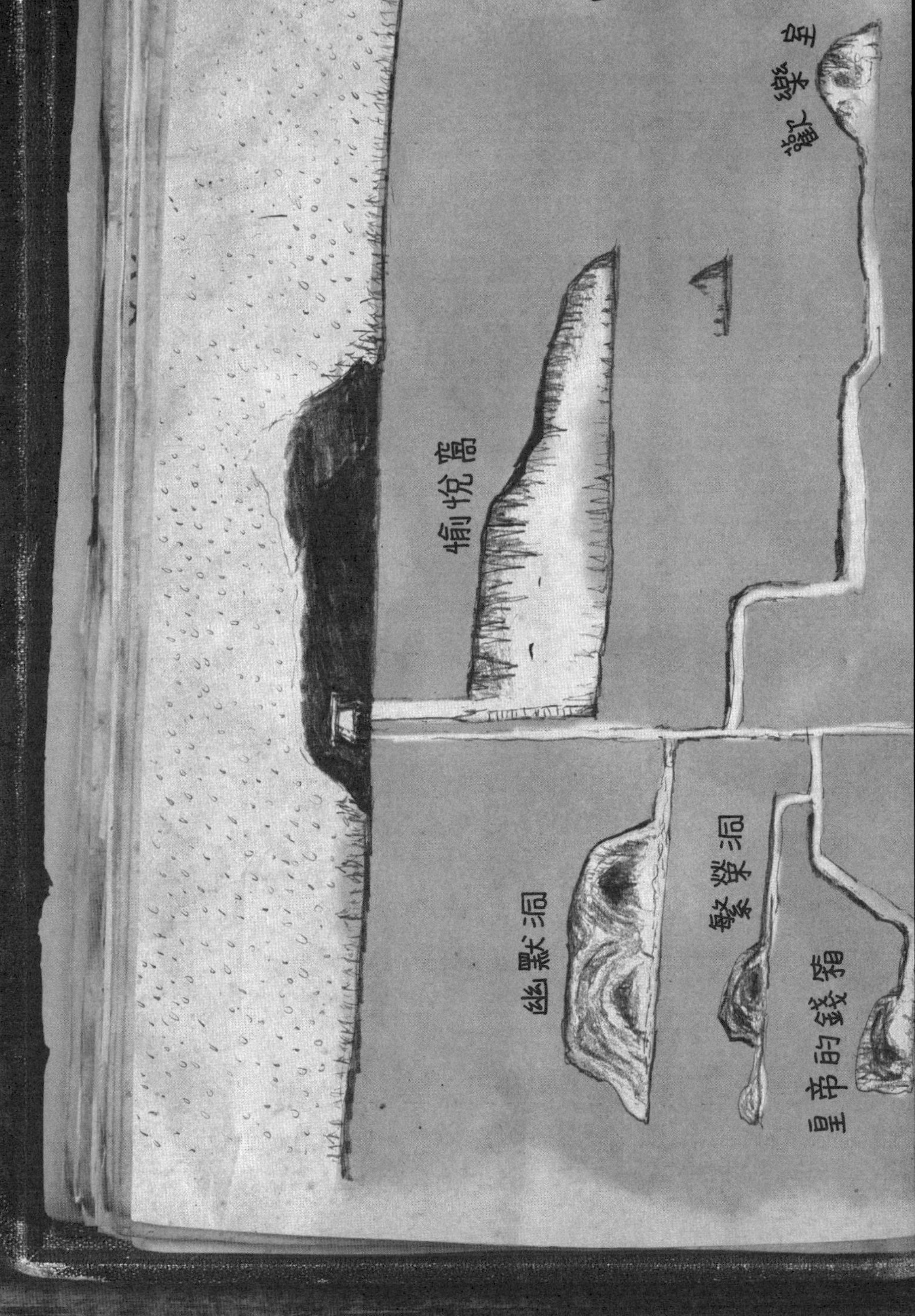

愉悅窩

歡樂室

幽默洞

繁榮洞

皇帝的錢箱

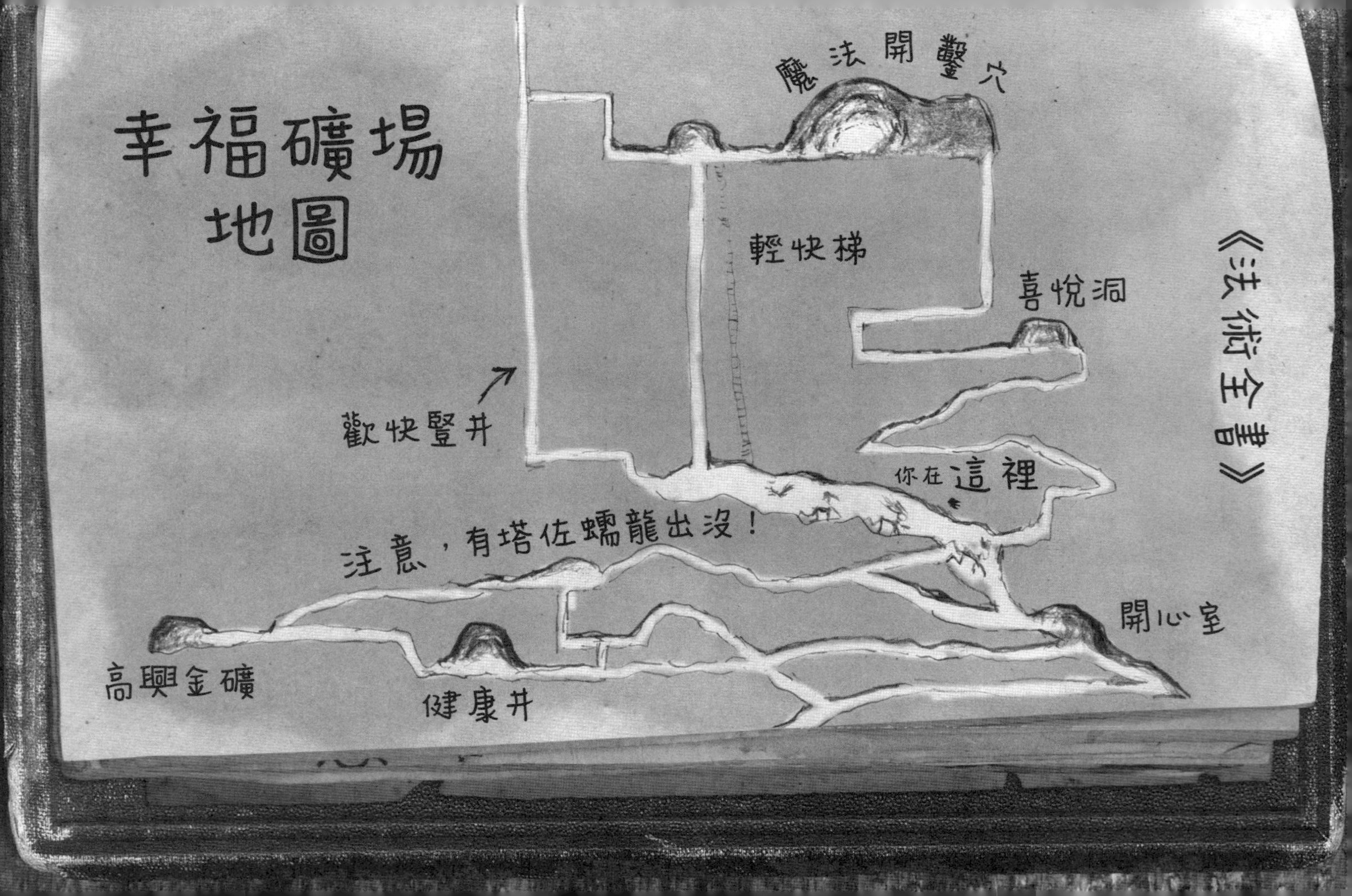

幸福礦場地圖

《法術全書》

魔法開鑿穴

輕快梯

喜悅洞

歡快豎井

你在這裡

注意，有塔佐蠕龍出沒！

開心室

高興金礦

健康井

《法術全書》

矮洞穴怪（又稱「戰豬」）

矮洞穴怪出沒在沼澤地，天性凶悍好鬥，還能流出大量的口水。他們不在乎自己站在哪一邊，只要有人付錢給他們就行。

《法術全書》

敲敲怪

敲敲怪是經驗豐富的礦工，你平常沒什麼機會看到他們。他們如果覺得礦坑地道要崩塌了，就會發出獨特的敲敲聲警告同伴。千萬別冒犯敲敲怪——他們很會記仇的。

《法術全書》感謝你閱讀本書。

我們想親切地提醒你，

通常所有事情到最後都會

平安解決的。

（希望是如此）

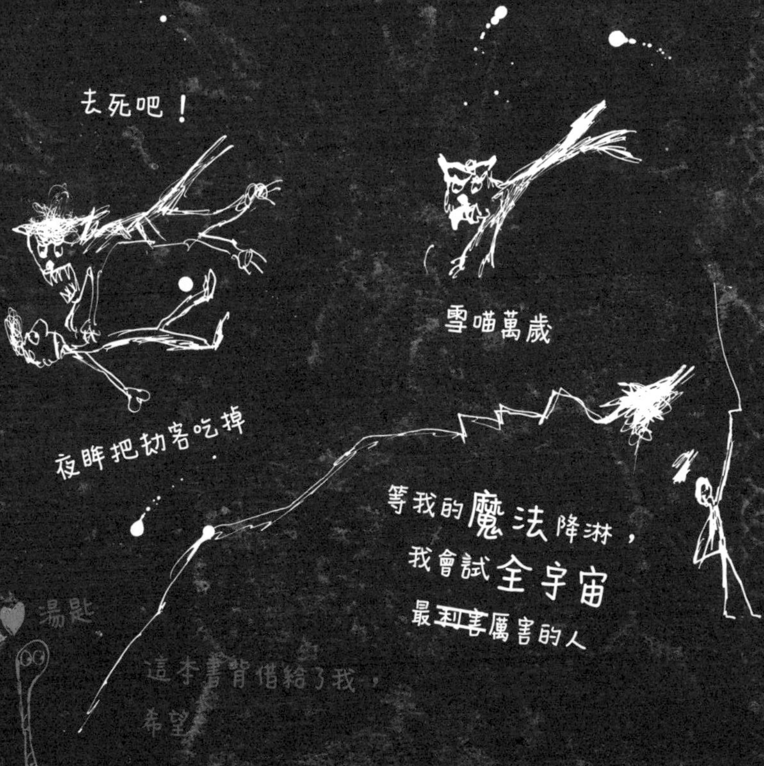

去死吧！

夜眸把劫客吃掉

雪喵萬歲

等我的魔法降淋，

我會試全宇宙

最~~利害~~厲害的人

我♥湯匙

這本書肯借給了我，

希望

天啊！天啊天啊天啊天啊！

札爾吞了口口水。

「呃，那個……」札爾說。「很抱歉，我們可能遇到麻煩了。」

希望和刺錐隔著札爾的肩膀看過來，札爾把《法術全書》換到另一隻手上。不出所料，當他用**沒有**巫妖印記的左手拿書時，幸福礦場地圖上的小插圖變了個樣子。

現在，地圖上的小插圖似乎在往錯誤的方向爬，而且希望、札爾與刺錐的小插圖看起來一點也不歡樂，反而顯得非常害怕、非常焦慮。他們這條地道在地圖上急切地閃爍著，人物小插圖後面還多了新的警語。

刺錐唸出地圖上的警語。「注意……有**塔佐蠕龍**出沒！……我的槲寄生啊啊啊——！」刺錐從札爾手裡搶過《法術全書》，仔細看了看，地圖上還是清楚標記著「注意，有塔佐蠕龍出沒」幾個字。「我們為什麼要讓札爾負責看地圖啊？」刺錐哀叫。

「因為我們想讓他心情好一點啊。」希望嗚咽道。

但是，現在沒時間怪來怪去了。

「那是什麼怪味？」風暴提芬斷聲說，小小的心臟焦慮地發光，你甚至能透過她瘦瘦的胸膛看見心臟散發恐懼的光芒。

一股奇臭無比的味道從後方通道飄過來，希望的胃開始翻騰。

伴隨臭味而來的是一聲尖叫，響亮刺耳的叫聲在狹窄空間迴響，希望他們感覺像是耳膜被刺了一刀。

後方地道出現兩顆發光的眼睛。

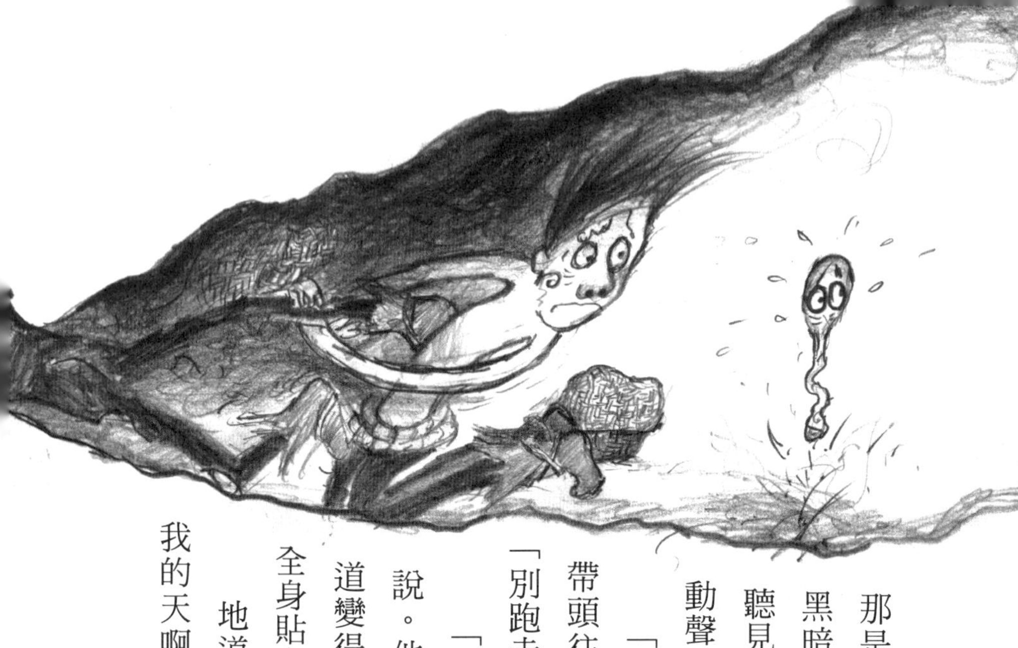

那是塔佐蠕龍，這是一種半貓半龍的生物，內心黑暗無比。札爾他們聽見爪子刮過地道的聲音，聽見大得不可思議的蛇身滑過通道，聽見慵懶的翻動聲。

「快離開這裡啊！」希望大叫一聲，手忙腳亂地帶頭往前爬。刺錐跟了上去，札爾則在後面大喊：「別跑走啊，我們必須面對牠！」

「我們不是在跑，是在爬。」刺錐氣喘吁吁地說。他又怕又慌，都沒注意到自己和希望所在的地道變得越來越窄；他的身體也越趴越低，最後只能全身貼在土裡往前扭。

地道天花板壓著他的身體，他越爬越動彈不得，我的天啊……他卡住了，再也扭不動了。刺錐焦急地

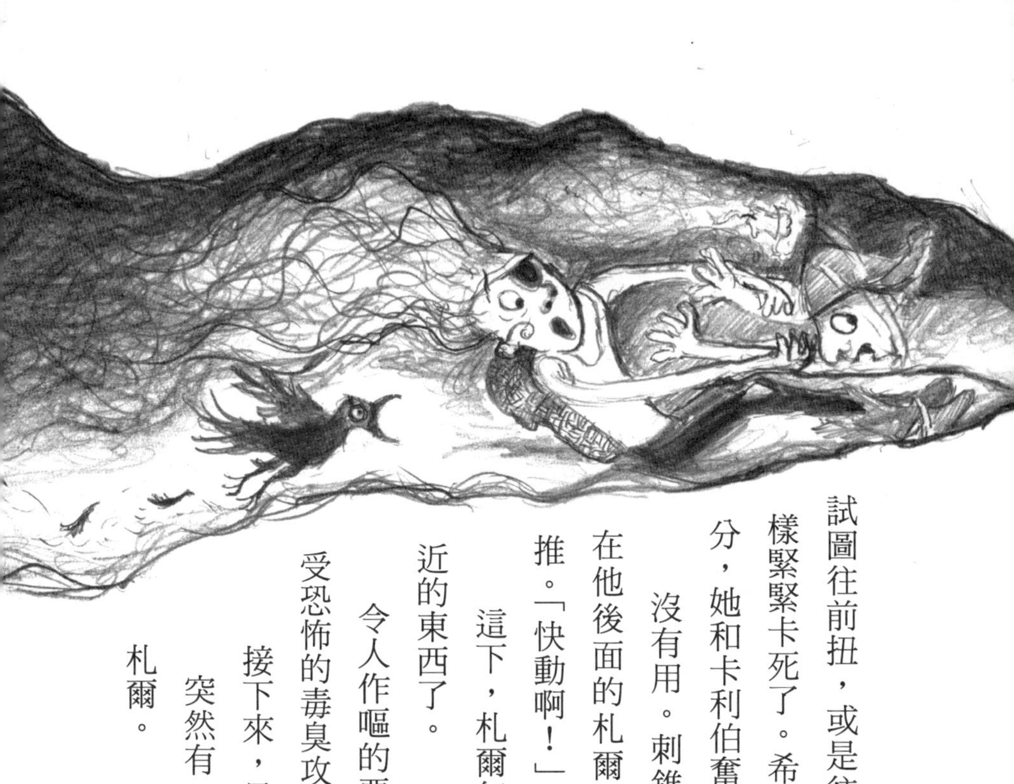

試圖往前扭，或是往後扭，可是他就像酒瓶的軟木塞一樣緊緊卡死了。希望比刺錐瘦小，成功通過了最窄的部分，她和卡利伯奮力拉著刺錐的手臂，想把他拉過去。

沒有用。刺錐完全動彈不得。刺錐真的慌了，爬在他後面的札爾也慌了，他不停想辦法把刺錐往前推。「快動啊！」札爾尖叫，但刺錐就是動不了。

這下，札爾無論想不想都得面對沿著地道逐漸逼近的東西了。

令人作嘔的惡臭近到札爾摀住了臉，免得鼻孔遭受恐怖的毒臭攻擊。

接下來，是一段令人心驚肉跳的寂靜。

突然有一隻大手爪從黑暗中抓來，一把壓住札爾。

札爾的小妖精

亞列爾
嗡嗡咻
吱吱啾
寶寶
鬼燈籠

第二章　四小時前

我恐怕得先把札爾、希望與刺錐留在地底一英里的地道裡，面對那裡的未知生物了。我們先回到事情發生的幾個小時前，回答刺錐提出的問題：他們究竟為什麼要去到這麼危險的地方呢？

把他們丟在那個驚險的時刻似乎不太好，但三位小英雄的人生實在太驚險刺激了，我還真找不到適合暫停喘口氣的時候。

我知道在現實生活中是不可能扭轉時光的，不過我是主宰這個故事的神，所以能對故事使用不可能的魔法。

四個小時前，札爾、希望與刺錐躲在幸福礦場外一株長滿棘刺的金雀花叢裡，忙著思考要不要進礦場。大片大片的雪花落在他們上揚的臉上。

青銅器時代的氣候比現代寒冷一些，不過那時候還是很少下十月雪。也許是因為巫妖像長著黑羽毛的蝗蟲一樣回到了野林，他們冰冷的血液與氣息甚至影響到天氣，帶來所有人記憶中最寒冷的秋季。這年從九月初就開始下雪，在一個月的冷天氣過後，地面結了一層鋼鐵般的堅冰，皮膚碰到冷冽的空氣時感覺像是被霜妖精咬了一口。空氣冷到孩子們呼吸時鼻子都會痛，呼出口的氣息還在他們面前結成雲霧，他們感覺自己成了三隻吞雲吐霧的小龍。

三個小孩害怕地抬頭看著前方高聳的懸崖，礦場入口就在懸崖中段位置，像恐怖怪獸的血盆大口一樣大開著。令人憎惡的洞口傳出恐怖聲響——呻吟聲、哀叫聲、駭人又突兀的爆炸聲與斧頭敲擊岩石的金屬聲此起彼落——雖然現在時間還很早，太陽還完全沒有要起床的意思，礦場裡所有可憐的人與生物都已經開工了，他們沒機會休息，甚至連出來晒晒太陽的機會也沒有。

巨大的攀疙瘩山怪背著大包大包的鐵礦從礦場入口走出來，受制於鎖鏈的他們扛著鐵礦爬到懸崖底部，前往熔煉爐。熔煉爐的火焰燒得很旺，周圍所有的雪都融化了，附近有一半樹木也都燒焦了。

三個小孩還沒注意到最可怕的事：金雀花叢並沒有完全藏住他們，已經有一雙不懷好意的眼睛注視著他們的一舉一動了……

「我們沒事幹麼要闖進礦場啊？」札爾呻吟著說。他痙攣似地甩著手臂，彷彿想直接把肩膀以下整條手臂甩掉，就此擺脫痛楚。「我們不是要去找巫妖王，叫他把我和吱吱啾身上最後的巫妖血清乾淨嗎？我們這樣跟他說好了：只要他幫我們清除巫妖血，希望就用她的魔法把巫妖王從鐵球裡放出來……」

「我們的確打算這麼做。」希望興奮地說。「等你和吱吱啾都得救以後，我們可以用消滅巫妖的法術和巫妖王戰鬥，一舉消滅所有的巫妖！」

「真是『完美』的計畫！」札爾激動地揮著拳頭說。

「真是『糟糕』的計畫。」刺錐絕望地搖頭說。

刺錐是個腳踏實地的人，他和樂觀到不切實際的希望與札爾相處時，總是很辛苦。他就像牽著兩隻喜歡找死又過分好動的小狗，整天被他們拖著走。

「不管好不好，我們都得**繼續實行計畫！**」札爾說。「我們已經收集到消滅巫妖法術所有的材料了——我們應該馬上去找巫妖王，馬上跟他決鬥！」

「札爾，耐心點，耐心點。」卡利伯無奈地說。「我們必須在『第二次機會之杯』裡混合所有材料，法術才會生效。你不是說杯子在你哥哥劫客那裡嗎？」

「是啊。」札爾悶悶不樂地說。「去年劫客過生日的時候，父親把第二次機會之杯送給他了。可惡，父親都最喜歡他，所以每次都把最好的禮物給他。」

「問題是，我們能肯定劫客在這座礦場嗎？」刺錐說。他心裡還是有點想聽到別人說：「劫客並不在這裡，他正無憂無慮地走在魔幻草原，往舒適的巫師堡壘老家前進，你們只要動作快一點就能追上他了。」不對，**刺錐**怎麼能有這種不切實際的想法呢？札爾和劫客居住的巫師堡壘已經被巫妖燒光光了——巫妖明明沒必要這麼壞心的，但為了報仇他們還是放火把札爾老家燒成了一圈

札爾的小妖精，亞列爾

枯樹殘枝。

「那個大塊頭野蠻男孩劫客絕對在這裡。」亞列爾說話時眼睛發出綠光。「德魯伊強制關閉了撲克丘學校，劫客和其他人都被迫離開，後來就被戰士皇帝的士兵抓來礦場了。」

「但就算劫客真的在礦場，他也不見得願意把杯子給我啊……」札爾指出。「不知道為什麼，劫客就是很討厭我……」

「真是個好問題。」刺錐諷刺地說。「會不會是因為你把他變成哥拉哲特勾柏金，過了三個月才把他變回人形呢？」

「喔對。」札爾笑嘻嘻地說。「我都忘了這件事……那次惡作劇真的很棒……」

想到這裡，札爾和小妖精們開心了起來，都忘了自己身處險境。他們笑得太厲害了，金雀花叢都跟著顫抖了起來，大團大團的白雪從樹叢落下。

「喔喔那個真的好好笑……」嗡嗡咻嘻笑著說。「還有我們把劫客的法杖變得軟趴趴那次，那次也好好笑。」

「還有我在他褲子裡放癢癢小妖精那次。」時失粲笑著說。

難怪劫客不怎麼喜歡札爾這個煩人的弟弟。

「總之，」希望說，可愛的小臉上浮現了頑固的表情，「是我們害劫客和我們的朋友被抓走的，所以我們要負責拯救他們。劫客被我們救出來以後一定會很高興，就算上次被你變成哥拉哲特勾柏金，他也一定會原諒你的……」

希望才剛講完這段話，札爾腦子裡就出現畫面：劫客會可憐兮兮地感謝他。劫客會對他說：「札爾，我不該小看你的。」劫客還會抱著他說：「我以前對你這麼壞，都是因為我嫉妒你。」

真是美好的畫面啊。札爾停下來想了想。

說不定特地去一趟礦場也沒關係，只要能看到劫客感激涕零地跪在他面前，那就值得了。

「好吧。」札爾若有所思地說。「我們速速溜進去救劫客，然後就繼續照原本的計畫走。問題是礦場防守得這麼嚴密，我們要怎麼混進去？」

「跟他們說我們自願進去採礦！」希望興奮地說。

「好棒喔。」刺錐悶悶不樂地說。「這個計畫完全沒有不切實際或過度樂觀。這下我們糟糕的計畫從『一個』增加到『兩個』了，我們是要先暫停第一個糟糕計畫，用第二個糟糕計畫找死。棒喔！」

噗噗！

札爾背包裡的號角也發出失禮又諷刺的聲音。

就在這時候，小英雄們遭到襲擊了。

你應該還記得吧，黑暗中可是有一雙不懷好意的眼睛盯著他們呢。那雙眼睛的主人撲向札爾他們，這東西噴著口水飛速衝了過去，大聲尖叫：「**吼吼吼吼吼吼吼吼吼吼吼！**」

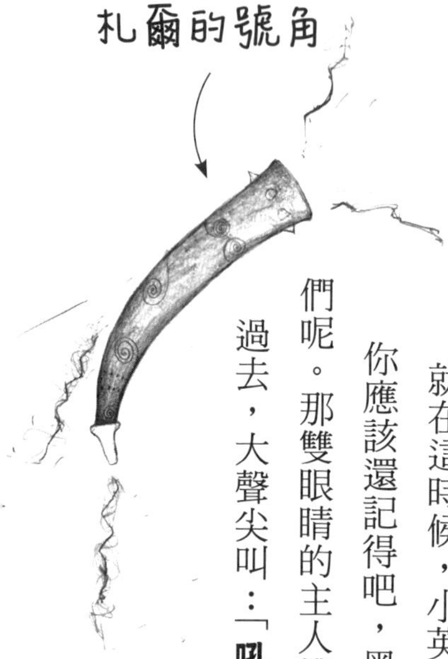

札爾的號角

第三章　出乎意料的襲擊者

所有人都嚇到了。

幸好那雙眼睛的主人個子不大，他似乎以為刺錐的帽子是某種猛獸，直接衝過去開始攻擊那頂帽子。

刺錐嚇得暈了過去，攻擊他的東西叼著帽子飛走，在地上把帽子撕成碎片。若不是這隻生物體形如此嬌小，若不是帽子毫無生氣，看起來就是頂帽子，大家看到這個畫面應該會非常驚恐。

才過三十秒，帽子就完全毀了，只剩下雪地裡一百多片毛絮。攻擊他們的小生物不再撕扯，開始粗野又得意地踐踏帽子碎片。「毛茸茸的邪惡怪獸，這

下逆知道要害怕了吧！」小動物說。小生物停止踩踏，那雙不停亂轉的大眼睛轉向眾人，大家這才看清他是誰。

「蠑螈眼睛啊！青蛙腳趾啊！」札爾驚呼。「是**吱啾**！希望，別對他施法術！」

希望已經掀起眼罩，準備用魔眼對付這隻身分不明的凶悍小生物。

「吱吱啾，你來了！我好開心！」札爾高興地張開雙臂，高聲說。「你是怎麼逃回來的？」

結果吱吱啾站在不久前還是毛帽的一堆積雪與毛絮上，抬頭看著札爾。他毛茸茸的喉嚨發出低吼，咧嘴露出和針一樣尖銳的門牙。

「吱吱啾？」札爾猶豫地說。「怎麼了？我是札爾啊，你怎麼會對我低吼呢……」

「希望，別聽札爾的話，別把眼罩蓋回去。隨時做好施法的準備。」卡利伯

說。老渡鴉驚恐到全身發抖。「吱吱啾的樣子不太對勁。」

卡利伯說得沒錯。

可憐的小吱吱啾長得和以前很不一樣，他全身變成了毒芹綠色，還散發出顛茄毒煙。小妖精不停顫抖，雙眼發出噁心的鮮豔黃光，還有一群不停嗡嗡叫的黑害蟲跟在他身後。黑害蟲是一種很小很小的噁心生物，被他們咬到的昆蟲會失去求生本能，被黑害蟲幼蟲寄生。

吱吱啾以前都用又愛又崇拜的眼神看札爾，可是現在他的眼睛卻充滿敵意，有時和鯊魚眼睛一樣冰冷無情，有時充滿熾熱的仇恨，有時狡詐詭祕地衡量利弊。看到吱吱啾的眼神，札爾覺得彷彿是巫妖王透過吱吱啾的眼睛在看他。但就在這時，更糟糕的事情發生了——吱吱啾的眼睛恢復清明，他似乎暫時恢復神智了。

他看起來非常困惑、非常難過，還不停用

吱吱啾似乎暫時

恢復了神智……

力搖頭，彷彿想擺脫難纏的重感冒，彷彿有邪惡的入侵者在他腦中、在他的各種想法之中翻來找去，彷彿被散發惡臭的黑害蟲雲鑽進了腦袋，在腦子裡嗡嗡作響。

可憐的吱吱啾轉向札爾，難過地朝老朋友與守護者伸出一隻手，哀求札爾帶他走出巫妖王施加在他身上的可怕催眠術：「救窩，主人……救窩！窩不是窩自己了……窩好不快樂，拜託帶窩回家！」

最後這句哭求讓札爾心碎了，他下意識地跳上前，卻被卡利伯尖聲阻止：「札爾，小心！」

他果真應該小心，因為吱吱啾的眼睛再次蒙上了憤怒，小妖精快速拍著翅膀撲向札爾。札爾在最後一刻才看到吱吱啾的攻擊，這才及時往後跳開，吱吱啾的尖牙狠狠咬住空氣，沒能咬到札爾的手臂。

「他竟然想咬我！」札爾震驚地說。

希望對不久前還是好友與同伴的小妖精射出一波魔法，她雖然故意打偏，魔法還是和吱吱啾擦身而過，成功嚇阻了他。吱吱啾的臉猙獰地扭曲，他發出一聲醜惡的咆哮。

「沒錯，」卡利伯哀傷地說，「他確實想咬你。」

「髮型奇怪的男孩，逆已經『不是』窩的主人了……」吱吱啾憤怒地嘶聲說。他又被巫妖王與怒火控制住了。「窩現在跟王妖巫是一國的……」（註1）

然後，小妖精似乎又恢復自我了。他的眼睛恢復清澈，他困惑地環顧四周，彷彿剛剛解除催眠、醒了過來。他哀聲說：「喔，窩剛剛做了什麼？札爾，窩真的很對不起，窩不是故意的……窩不知道自己在做什麼了……」

註1　「巫妖王」倒過來說就是「王妖巫」……巫妖說話都前後顛倒，吱吱啾現在用巫妖語說話，就表示他幾乎完全受巫妖王控制了。

「札爾，你不要責怪吱吱啾。」卡利伯說。「巫妖血的力量非常強，他已經身中劇毒了。毛妖精這種生物太小了，很難和巫妖強大又邪惡的力量相抗。」

吱吱啾的眼睛又變得邪惡，他對札爾等人嘶聲說：「逆們來這裡做什麼？窩主人巫妖王在迷失湖啊……他和德魯伊現在是好朋友了……逆們應該去找他才對……逆們應該去拯救窩……在窩完全變成『他們』的人以前，快來拯救窩……在窩再也回不來之前……在一切都『太遲』之前……快去迷失湖！」

小妖精又猛撲過來，不過希望施了隱形的保護法術罩住大家，吱吱啾被法術擋住了。撞到隱形的法術時，他觸電似地發出一聲尖叫。

他好像又變回原本的吱吱啾了，他貼在玻璃般的法術上，睜著那雙絕望的大眼睛看大家。「逆們不愛窩……」吱吱啾說。「逆們要是愛窩，就會來迷失湖拯救窩……」

看到小吱吱啾這副可憐兮兮的模樣，大家都難過極了。吱吱啾平常都好開心、好積極，也從不抱怨，全心投入札爾的瘋狂冒險，每次都開心地搖尾巴……他怎麼會變成現在這樣？

希望還記得小毛妖精快樂的樣子，她記得吱吱啾喜歡把她的頭髮布置成小窩、腳朝天躺在窩裡睡覺。吱吱啾以前都會磨蹭她的臉頰，看著湯匙、叉子和鑰匙的三角戀或聽到嗡嗡咻講笑話，他都會笑個不停。看到他現在變成這個樣子……希望實在無法忍受這份痛苦。

希望淚流滿面。「吱吱啾，我們真的很愛你……可是我們得找到第二次機會之杯，這樣才能讓消滅巫妖的法術生效……而且劫客被抓進這座可怕的礦場了，我們還得順便救他，還有——」

吱吱啾氣得瞪大雙眼。「逆們要先去救那個又笨又蠢又無腦的男孩，然後才要來救『窩』？」

「不是——應該說，我們是打算這麼做沒錯，可是你別誤會，」希望說。「我們之所以先去救劫客，是因為我們需要的杯子在他那邊——」

「騙人！」吱吱啾大罵。「逆們都『騙人』……逆們都不要窩了……」

「才不是！」札爾大聲說。「我改變主意了！我們別去什麼礦場了，還是馬上去迷失湖跟巫妖戰鬥和拯救吱吱啾吧！」

「這是巫妖王的詭計。」卡利伯說。「他不希望你完成消滅巫妖的法術，才在我們做好準備之前派吱吱啾來找你。」

「大騙子！」吱吱啾尖叫。他猛力撲向保護法術，希望擔心他弄傷自己，於是讓法術爆炸。保護法術爆炸時金雀花叢燒了起來，其他幾隻小妖精紛紛尖叫著跑走，鑰匙、叉子與大頭針蹦蹦

看到吱吱啾可憐兮兮的摸樣，大家難過極了。

跳跳地在雪地裡逃跑，湯匙則推著還在蛋裡的寶寶滾往安全的地方。

「我不管！」札爾大叫。「我們現在就去迷失湖！吱吱啾是對我最忠心的小妖精，從他還在蛋裡的時候我就一直照顧他了好痛！」札爾說。少了法術的防護，吱吱啾又開始攻擊他們了，他尖叫：「跟窩來！」還一口咬住札爾有巫妖印記的手臂。

「他只是神智不清而已！他只是有點失控而已！他平常都很親切可愛的。」札爾說。「痛痛痛痛！」他試著把吱吱啾甩掉，結果吱吱啾咬得更用力了。「我們只要照他說的去做，他就會冷靜下來了……放開啦！吱吱啾，放開！」

可是，他們已經沒辦法在這邊討論要先去幸福礦場還是迷失湖了。

你如果想悄悄遠離這座重兵防守的礦場，就不應該點燃旁邊的金雀花叢，這樣只會引人注目而已。

一隻巨大的雙頭疙瘩山怪本來扛著鐵礦要去熔煉，現在卻放下背上的袋子，大搖大擺地朝札爾他們走過來。

疙瘩山怪驚訝地停下腳步。

我不得不說，疙瘩山怪實在算不上聰明。

一顆頭很慢很慢地對另一顆頭說：「這……是……什……麼……狀……況？」

希望靈機一動。「我們自願去礦場幫你們採礦！」她說。

「才沒有！」札爾高呼。「我們正要去迷失湖！**痛痛痛痛！**」

「自願？」疙瘩山怪的第二顆頭對第一顆頭說。「這就怪了……」

兩顆頭左顧右盼，想看看附近有沒有鐵戰士可以幫忙做決定。真是的，怎麼沒有呢。疙瘩山怪只能自己做決定了，可是他超級討厭做決定。

「大家動作快！」鑰匙說。它發現再不快點行動的話，它們可能會被拋下。「我們兜風去！快跳到希望身上！」湯匙、叉子與鑰匙把小妖精們聚了起來，湯匙一把撈起寶寶，大家都快速跳進希望的背心。

「你們如果帶奴隸回去，說不定可以得到獎賞喔。」希望狡猾地對疙瘩山怪說。

「我們的確可以得到獎賞。」第二顆頭說。

「可以得到食物。」第一顆頭舔舔嘴脣說。

兩顆頭都覺得食物很重要，於是很快就做好決定了。

疙瘩山怪腦袋雖小，動作卻很快，他伸出長長的手臂，一隻手抓起希望與刺錐，另一隻手抓住札爾。

札爾很擅長躲避，所以疙瘩山怪花了一點時間抓他，可是札爾被吱吱啾咬得沒辦法專心逃跑，只能邊叫「**痛痛痛痛痛！**」邊繞圈亂跑。

疙瘩山怪突然粗暴地抓住札爾，吱吱啾被震了一下又嚇了一跳，嘴巴終於鬆開了。札爾被疙瘩山怪抓了起來，吱吱啾則摔在雪地上。

「**不不不不不不不不不不！**」札爾感覺到吱吱啾鬆口，忍不住放聲高喊，但已經來不及了。疙瘩山怪抓著他們朝通往幸福礦場入口的懸崖走去，札爾完全阻止不了他。

《法術全書》

疙瘩山怪（雙頭）

疙瘩山怪的腦子不怎麼靈光，兩顆頭時常意見不合，很難做決定，因此很容易受騙。

第 24,521 頁

來到懸崖底部時，疙瘩山怪把俘虜塞進口袋，這樣才能用雙手攀爬。

札爾、希望、刺錐與魔法生物們在疙瘩山怪的口袋裡，手、腳和翅膀到處溜來溜去、滑來滑去。疙瘩山怪把口袋扣起來，免得他們逃跑，大家只能眼睜睜看著黑暗降臨。

「大家都在嗎？」眾人把纏在一起的手腳分開時，刺錐氣喘吁吁地問。

「吱吱啾不在。」札爾邊說邊氣呼呼地用破袖子擦眼淚。

「札爾，真的很對不起。」希望愧疚地說。「可是卡利伯說得沒錯，如果法術沒有效的話，我們就算去迷失湖也救不了吱吱啾，所以這才是最好的辦法。你的手臂被咬得嚴重嗎？波蒂塔之前有教我用治療法術，我可以幫你治療看看……」

札爾把手臂藏到背後，不讓希望看。「不要碰我！」他低吼。「反正這條手臂已經滿滿都是巫妖血了，被咬幾口也沒差。」

那之後是一段緊張的沉默。

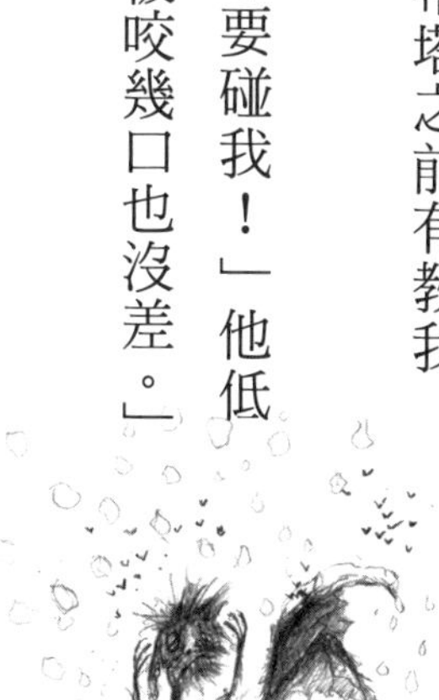

「如果計畫失敗，」札爾怒火中燒，「如果我們困在這座爛礦場裡，如果我們來不及救吱吱啾，那希望，我永遠都不會原諒妳。」

疙瘩山怪口袋裡搖搖晃晃的黑暗中，大家再次陷入各自的思緒，口袋裡一片沉默。**如果失敗的話，我也永遠不會原諒自己的**。希望難過地想。魔法物品看她這麼傷心，只能一直想辦法讓她打起精神。

懸崖下方的雪地裡，摔得全身痠痛的吱吱啾爬了起來，然後像匹幼狼般仰頭對著星空號叫。他難過地把尾巴夾在好幾條腿之間。

吱吱啾又變得孤零零了。他心想。**窩現在怎麼辦？窩離礦場這麼近，一定飛不起來，如果用走的，可能走一整年才能跟上他們……**

他的頭腦又蒙上一層陰影。**窩要回去找窩的主人，王妖巫**。吱吱啾心想。**可是主人一定會對吱吱啾「很」生氣……**一想到巫妖王憤怒的樣子，他就害怕地咩咩叫了幾聲。

黑害蟲在他的頭附近飛來飛去，發出噁心的嗡嗡聲，還對他又叮又咬，要他趕快行動。吱吱啾難過地用八條腿站起來，搖搖晃晃地慢慢遠離幸福礦場，往迷失湖的方向走去。他必須一直往前走，走出鐵礦場的影響範圍以後才有辦法飛行。毛妖精在雪地上邁開腳步，展開漫長又疲憊的旅程，身邊除了黑害蟲以外沒有任何人的陪伴。

第四章　第二項糟糕的計畫也出錯了……

接下來五分鐘，札爾、希望與刺錐在黑暗中保持沉默，全心全意防止自己吐出來。疙瘩山怪爬峭壁的動作很顛簸，他們三個人都被晃到頭暈噁心。

希望在疙瘩山怪的口袋裡找到一個洞，她從小洞往外看，想看看外面是什麼情況。疙瘩山怪搖搖晃晃地走進幸福礦場的大廳時，希望看見下方的情景，不禁心跳加快、胃部下沉。

這裡是戰士領地最深、最可怕的礦場，礦工全都忙碌不已，因為戰士皇帝需要用更多的「鐵」對付巫妖。戰士皇帝的礦工都是奴隸，好幾名巨人巨大的手臂被鐵鏈鎖著，疲憊地把鐵礦從礦車移到背上的袋子裡。數群衣衫襤褸、飢腸轆轆的小孩瑟縮在一個身穿黑斗篷的人面前，這個人是負責經營礦場的戰士。希望從沒見過他，但她知道他名叫無情暴虐，是皇帝最信賴的手下之一，全戰士帝國的人都知道他作風殘忍又冷酷。

戰士皇帝總不能親自爬下礦場狹窄的地道，親自體驗這地方令人窒息的恐怖吧？要是把衣服弄髒怎麼辦？刮到指甲怎麼辦？更何況，皇帝才不喜歡恐怖山脈呢，那地方太陰森、太偏遠了。

皇帝都舒舒服服地待在帝國首都，派無情暴虐和手下的戰士去管理礦場，而無情暴虐和其他戰士管理礦場的方式，就是對可憐的巫師和魔法生物大呼小叫，命令他們工作。在戰鬥中被俘虜的巫師雙手被扣上了鐵鎖鏈，無法施魔法，只能爬進礦場把含鐵的礦石挖出來。

礦場裡的巫師和魔法生物都非常難過，他們不僅要爬到地底深處的黑暗中，汗流浹背、肌肉痠痛、身心痛苦地在不見天日的地方挖石頭，還對他們要採集的鐵礦過敏。魔法生物們發出難受的呻吟，靈氣因絕望而萎縮，戴著手套的手起了水泡，呼吸變得不順，背也都駝了。

沒錯，幸福礦場就是這麼痛苦的地方。

無情暴虐趕著一小群小孩往前走，他們即將被送入礦場最深、最可怕、最危險的地道，因為那些地道太窄了，大人沒辦法爬進去。

天啊天啊天啊。希望心想。**說不定札爾說對了，我們根本就不該來這裡的……**

可是現在後悔也來不及了。

無情暴虐覺得這群小孩看起來太膽小了，他正打算演講激勵他們，再點火嚇一嚇他們，逼他們鑽進地道。就在這時候，疙瘩山怪打斷了他。

「有什麼事嗎，疙瘩山怪？」無情暴虐罵道。「你如果是為了無聊的小事打斷我，等等就有苦頭吃了……」

「大人，我們帶了幾個志願者過來。」疙瘩山怪的第一顆頭對無情暴虐深深鞠躬，害怕地說。「所以你要多給我們一些吃的。」第二顆頭緊張地說。

無情暴虐

「**志願者？**」無情暴虐震驚又狐疑地大聲說。怎麼會有笨蛋「自願」去鐵礦場最深處挖礦？無情暴虐管理礦場的過去二十年裡，從未有人自願當礦工。這難道是陷阱嗎？

疙瘩山怪顫抖著把手伸進口袋，把希望、札爾和刺錐拎出來放在地上。希望踏上前。

「先生，我們肚子很餓。」希望恭敬地說。「我們願意用勞動換食物。」

無情暴虐放心了。

啊，原來如此。最近戰士和巫師在打仗，人類和巫妖也打得不可開交，野林裡到處都是沒飯吃的小孩，這三個孩子應該是孤兒吧。那就合理了，孤兒為了吃飽飯，什麼都能做。

無情暴虐用拇指往旁邊一口大釜一指，只見一名表情憂傷的戰士在那邊攪拌鍋裡的東西。

「那就動作快啊！」無情暴虐大罵。「快去吃一碗燉菜，然後回來和其他人

一起聽我的晨間演講！」

疙瘩山怪和三個小孩走過去領食物。札爾到現在還沒氣消，但是他餓得肚子咕嚕咕嚕叫，有食物擺在眼前他怎麼可能拒絕？三個小孩前陣子都只能吃野莓和野草果腹，現在聞到燉菜的香味，他們口水都快滴下來了。坐在大釜邊的戰士臭著臉，用機械化的動作幫疙瘩山怪盛一大碗燉菜，再幫三個小孩盛一、二、三小碗燉菜，過程中完全不去看他們的臉。這個戰士覺得自己很可憐，他對這三個不知名的孤兒一點興趣也沒有。

但就在這時候，札爾忍不住小聲說：「這也太少了吧？多給我們一點啦！」

戰士抬起頭來……

雷電薊草啊，蕁麻魟魚啊，竊竊私語的槲寄生啊，我的老天啊！

希望驚恐到全身僵硬。

是巫妖嗅獵人。

怎麼可能？也太巧了吧？

他怎麼會出現在幸福礦場裡？

巫妖嗅獵人和他們很熟。（註2）

他痛恨這三個小孩，尤其是札爾。

那雙眼神銳利的小眼睛直視著札爾。

又尖又長的鼻子開始嗅嗅聞聞。

「無情暴虐大人！」巫妖嗅獵人高呼。「請讓我發言！」

「你**不准**發言！」無情暴虐大喊。「怎麼一直有人打斷我！」

「可是尊貴的大人，」巫妖嗅獵人哀鳴著像螃蟹一樣橫著跑到無情暴虐面前，扯了扯他的斗篷，「這很重要啊！」

希望和札爾都很擅長臨機應變。

既然巫妖嗅獵人離開大釜，沒有人看管食物，札爾立刻往三個人的碗裡多

註2　請見《昔日巫師II：雙重魔法》。

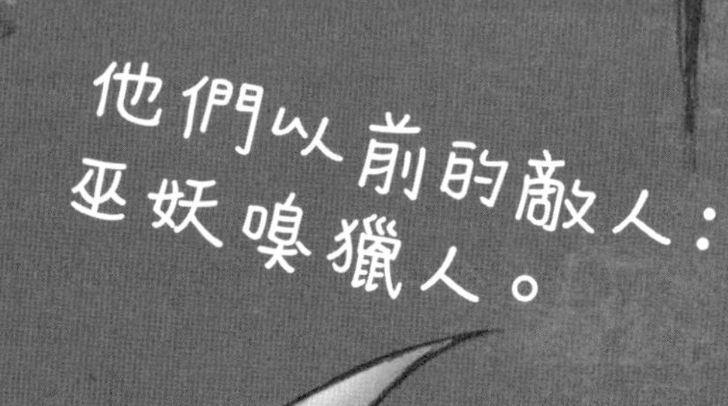
他們以前的敵人：
巫妖嗅獵人。

添了大匙大匙的燉菜，魔法湯匙也從希望的背心裡跳出來幫忙。希望拿了麵包就往自己的口袋塞，還催促刺錐跟著偷麵包。他們等等會需要很多能量的。

「**閉嘴！**」無情暴虐對卑躬屈膝的巫妖嗅獵人大吼。「你不准說話！你之前騙皇帝說巫妖都被你打敗，你沒被處死就該偷笑了！你現在的工作就是『燉湯』！回你的凳子上坐好。」

這位無情暴虐顯然非常恐怖——孩子們印象中的巫妖嗅獵人已經夠可怕了，沒想到他現在竟然會退縮，像個難過生悶氣的五歲小孩一樣默默回凳子上坐好。

「好了，孩子們，我現在要發表一段簡短的演說，教你們怎麼『全力以赴』。」無情暴虐說。「我們戰士要和巫師還有巫妖作戰，所以需要大量的鐵。你們都給我努力工作，如果這一週表現夠好，我就會在週末多給你們一份食物。另外，」無情暴虐接著說，「你們可能有聽過塔佐蠕龍的傳聞……」

孩子們驚恐地竊竊私語。他們的確聽過塔佐蠕龍的傳聞，那據說是一隻長得像貓又像龍的生物，就住在礦場最深處的地道裡。據說塔佐蠕龍有劇毒，還能用嘴巴呼出的毒氣殺人。

「**這些都不過是無稽之談！**」無情暴虐大吼。「都是些毫無根據的謊話和流言……世界上並沒有塔佐蠕龍這種東西……但如果你們突然聽到尖銳的嘶嘶聲，或是聞到奇怪的氣味，我建議你們盡快往反方向爬。我們可不希望你們一口氣死光光。」

「天啊。」刺錐用力吞一口口水。「聽起來很不妙……」

「說到這個，我還要跟你們說敲敲怪的事。」無情暴虐說。「這件事非常重要。敲敲怪據說是住在礦場裡的小生物，你們如果在礦場裡聽到敲敲聲，那就盡快回到地表來，因為那是地道即將崩塌的意思。現在想想，那些完全不存在的虛構生物對我們還真是有幫助啊。大家有什麼問題嗎？」

刺錐舉起手。

「尊貴的大人，」刺錐禮貌地說——對凶暴的瘋子說話，當然要禮貌一點囉——「請問礦場裡有沒有一個叫劫客的巫師男孩呢？他是我朋友的哥哥，我們很想知道他的下落。」

「長官，請讓我發言！」巫妖嗅獵人坐在凳子上，帶著哭腔急切地打斷他們。

「**你不准發言！**」無情暴虐大叫。他氣得整張臉脹成了紫色。「腿和火柴棒一樣細的可笑男孩啊，這座礦場裡卑賤的巫師小孩那麼多，你以為我能記住他們所有人的名字嗎？我這麼忙又這麼重要，哪有空關心他們？

「廢話說夠了……**點火！**」無情暴虐大吼。「**準備把小孩帶下去工作！**」

無情暴虐大步離開，去對別人大吼大叫了。孩子們在原地等待時，一個士兵點燃大廳中央的大火盆。希望、札爾和刺錐把偷來的麵包分給身邊的小孩。

「劫客是不是長得很高大？他是不是很自以為是，還喜歡到處指揮別人？」站在希望後面的女孩子小聲說。

「沒錯，就是他。」希望興奮地說。

「他今天早上就進礦場了。」女孩說。「他是早班。」

「妳知道他要去礦場的哪個位置嗎？」札爾問。

「早班都是個子比較高大的孩子——他們很幸運，因為擠不進下層的小地道，所以平常都在上層的地道裡工作。他們今天好像是去愉悅窩。」巫師女孩回答。

希望環顧聚在身邊的可憐孩子，發現有好幾個是資優巫師學院的同學（不過其他人並沒有認出希望、札爾和刺錐，因為他們之前在學院時有喬裝打扮過）。

看到同學穿著破破爛爛的衣服，害怕又絕望地在礦場當奴工，希望不禁慶幸自己來了。不管希望、札爾和刺錐現在的處境有多危險，他們至少能想辦法幫幫其他人。

「既然都來了，我們可以趁機關閉這座礦場。」她意志堅定地小聲告訴刺錐。「這地方真的很不適合小孩生活。」

刺錐又深深嘆一口氣。和拯救劫客相比，希望的想法更樂觀、更不切實際。「希望。」他開口說話時，腦袋想著：**我需要勇氣**。「我們光是要在這地方活命，就得費盡千辛萬苦了……」

「我覺得希望說的話其實很有道理。」札爾出人意料地說。札爾最討厭被關起來了，一感覺到手腕上的鐵鏈，他就回想起自己被關在戈閔克拉監獄的痛苦經驗。「既然來了，我們乾脆關閉這整座礦場吧。」

「札爾，說得好。」躲在札爾背心裡的卡利伯悄聲說。儘管他們現在的處境很危險，札爾手上還有巫妖印記，不過他和以前相比還是進步很多了。札爾不怎麼擅長從別人的角度看事情，也不太會幫助別人，他說得出這句話就表示他真的長大了……話雖這麼說，札爾和希望的想法還是很不切實際。

戰士守衛逐漸逼近聚在一起的孩子們，把他們推往礦坑入口的梯子。

札爾、刺錐和希望往下爬了很久很久，順著一條又一條長長的梯子往下爬，直到上方的入口變成小小一點亮光。亮光忽然消失，他們就這麼陷入黑

暗。

在礦場地道深處的黑暗中，唯一的照明就是矮妖頭盔上閃爍不定的微弱燭火，大家都看不太清楚，聲音倒是聽得很清楚。各種生物的聲音迴響在地道裡，身邊的兒童礦工採礦的敲擊聲也不絕於耳。

「跟我來！」負責管理他們這組礦工的矮妖命令。「你們個子夠小，可以爬進最深的地道……」矮妖大步往某個方向走去。她相信大家都會跟著她前進，因為這裡只有她頭上有蠟燭，孩子們如果被拋下，就只能待在黑暗之中了。

札爾、希望與刺錐等到其他孩子魚貫離開以後，讓小妖精從他們的口袋裡爬出來。小妖精們焦慮到不太舒服，翅膀像破布一樣垂在背後。他們嘶聲說：「這裡好陰森……」

「嗯。」札爾輕聲說。「我們接下來要找到劫客、關閉這座礦場，還有盡快離開這地方。我最擅長做這種事情，所以我來當首領。」

換作平時，希望可能會和他爭辯起來，不過這次是她無視了札爾的意見、不讓他去救吱吱啾，她到現在還是很愧疚。聽札爾說他願意幫忙關閉礦場，希望偷偷鬆了口氣，而且札爾說得沒錯，他的確很擅長逃出各種地方，在這方面還真的經驗豐富。

於是，希望和刺錐決定讓札爾當這次任務的領導人。札爾從背心裡拿出《法術全書》，拼字讓書本翻到地圖部分，找到了幸福礦場地道的地圖。這張地圖畫得非常詳細。

「很簡單嘛！」札爾得意地說。他用有巫妖印記的右手舉起《法術全書》，讓大家看個清楚。「你們看，我找到愉悅窩了！看起來離這邊很近。

「大家跟我來！我是領袖！」札爾自信滿滿地說。

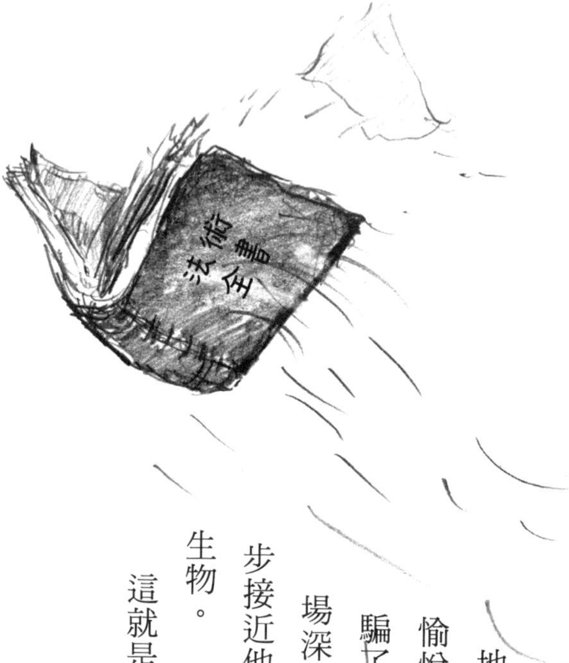

札爾滿心希望、信心十足、樂觀積極地邁開腳步，滿心以為自己正率領小隊朝愉悅窩前進，完全沒料到他們被巫妖印記欺騙了。印記領著他們越走越深，來到幸福礦場深處狹窄的小縫和小地道裡，帶他們一步步接近他們最應該避免也最不想遇到的各種恐怖生物。

這就是他們陷入麻煩境地的經過。

第五章　第二項糟糕計畫嚴重出錯了……

不好意思，我們得回到兩個鐘頭後的現在了。我當然很想停留在所有人都謹慎小心但心懷希望的過去，可是無論我們怎麼想，時間總是會毫不留情地前進。所以呢……

「**別害怕！**」希望大叫。

要不是情況太過恐怖，小英雄們現在的處境其實有點好笑。刺錐的身體卡在地道裡，希望、卡利伯、小妖精們、叉子、鑰匙、大頭針與《法術全書》在靠近刺錐頭部的這一邊，而在靠近刺錐腿部的另一邊，札爾與魔法湯匙眼睜睜看著刺錐的腿瘋狂亂踢亂蹬卻無法前進。這下，他們兩個只能自己面對噩夢般可怕的塔佐蠕龍了。

問題是，札爾雖然從小在巫師堡壘上過很多堂「魔法生物的能力與弱點」課，後來到波蒂塔的資優巫師學院也學過不少類似的東西，他卻從不專心聽老師講課。札爾不愛乖乖聽課，每次都想方設法在課堂上胡搞瞎搞，以及在同學面前耍帥。

總而言之，他完全不曉得在狹窄地道裡遇到飢餓的塔佐蠕龍該怎麼辦。

希望和刺錐扯開嗓門告訴他各種關於塔佐蠕龍的知識，可是刺錐的身體卡在地道裡，札爾聽不清他們的聲音。

「**別害怕！**」希望和刺錐對他大叫。乍聽之下，你可能會覺得他們的建議很不明確、一點幫助都沒有，但其實他們說得很有道理。塔佐蠕龍只喜歡吃害怕的食物——我也不知道為什麼，可能是因為獵物在感到恐懼時吃起來比較鮮嫩吧。

一股噁心的毒氣飄來，害札爾差點吐出來。發光的眼睛離他越來越近，越來越近，他聽見生物長長的身體滑過地道，噁心的黏膩聲響傳進耳朵。
魔法湯匙以前在波蒂塔的資優巫師學院有認真聽課，可惜他沒辦法說話，只能發出哼哼聲。
湯匙試著用湯匙的肢體動作對札爾比手畫腳，想辦法傳達「不要害怕」這件事。
湯匙彷彿在跳舞，他盡量表現得無憂無慮，大搖大擺地晃來晃去，還努力讓眼睛看起來很「不」害怕。
這其實還滿困難的，畢竟塔佐蠕龍越滑越近了，還發出類似蛇聲和水蒸氣聲的惡毒嘶聲：「入侵者……入侵者……入侵我地盤的人必須接受懲罰……**變成……我的……『食物』……**」
這句嚇人的話才剛說完，怪物就開始高聲尖叫，故意要把聽到聲音的人嚇得半死。
札爾摀住耳朵。

札爾完全猜不出湯匙想表達什麼，只能莫名其妙地看著湯匙瞪大雙眼跳上跳下。

湯匙懶洋洋地癱倒在地上，接著又急切地跳來跳去……**湯匙該不會是醉了吧？**札爾煩躁地想。**他是有什麼毛病嗎？**

「我的槲寄生啊……你這個餐具，到底想表達什麼？」札爾罵道。「你是想把塔佐蠕龍的弱點告訴我

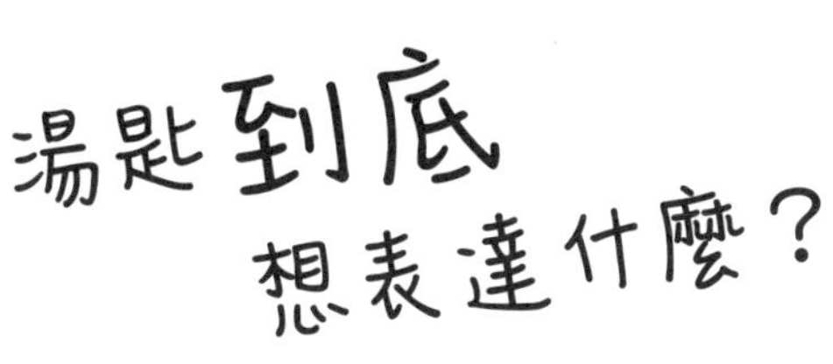

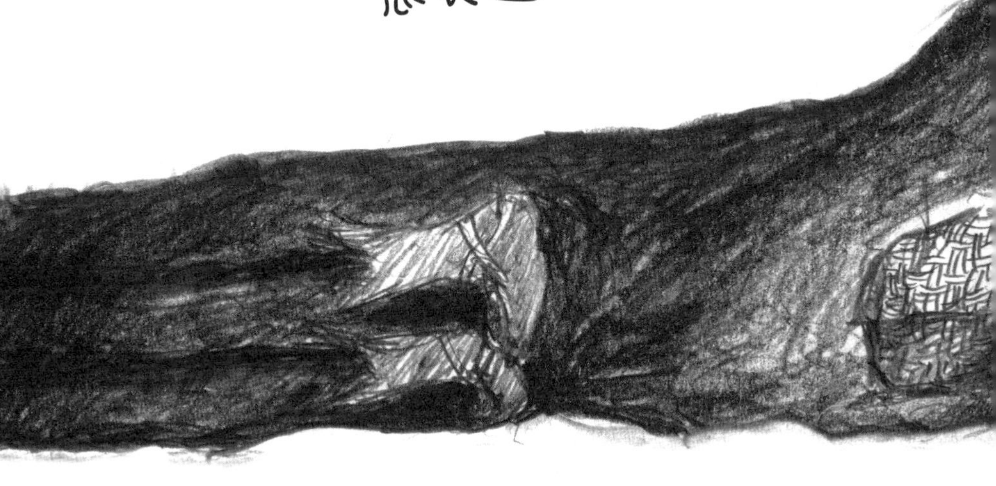

嗎？那東西對洋蔥過敏嗎？還是弱點在鼻子上？」

湯匙焦急地左右搖著湯勺頭部，意思是：**不對！**他又裝出若無其事的模樣，邊哼歌邊悠閒地走在幸福礦場的地道裡。

湯匙覺得自己演得滿像的，可是札爾完全沒看懂。

札爾開始亂猜：「塔佐蠕龍怕音樂嗎？還是說，我們可以用奇怪的哼聲打敗她？」最後他用盡了耐心，

湯匙悠哉地在幸福礦場裡蹦蹦跳跳……

乾脆把湯匙從胸前拍開，怒罵道：「我猜不到啦，而且你太擋路了。讓我安靜思考啦……」

湯匙剛才讓札爾分心，也讓他感到煩躁了。

面對強大的敵人，札爾開始思考自己擅長的事：自己的機智狡猾。（註3）

跟對方胡扯。札爾心想。**跟敵人說話，讓他們分心……**

「**塔佐蠕龍！**」札爾大喊。「**我有話要跟妳說！**」

緩緩朝他逼近的閃亮大眼睛瞇了起來，生物停下動作，不再前進。

塔佐蠕龍雖然不願意承認事實，但她心裡其實很驚訝——她明明已經發出最可怕的高亢尖叫聲了，食物應該會驚恐到令她口水直流才對，怎麼會躺在地

註3　如果你讀過《昔日巫師II：雙重魔法》，就會知道札爾和他父親恩卡佐都非常機智狡猾。那集很好看喔，快去讀吧！

上和她搭話呢？

她可不會讓食物用花言巧語勸退她，她之所以還沒解決掉眼前的食物，純粹是因為對方到現在還沒感到害怕。

真是奇怪。

「我還沒決定好……到底該把你的四肢一一扯下來呢……還是把你的內臟從身體裡吸出來，像在吃帽貝一樣把你吸乾，然後整個吞下肚……」塔佐蠕龍嘶聲說。說完，她滿懷希望地嗅了嗅空氣。真是太可惜了，她還是沒聞到甜美的恐懼氣味。

你要知道，驚恐不已的獵物嘗起來就和沾了蜂蜜的榛果一樣美味，一般獵物聽到她的威脅應該要焦慮到全身發抖，像可口的小水母一樣顫抖不停。

塔佐蠕龍思考著，緩緩地滑上前，她現在離札爾非常近，札爾都在湯匙發光的臉上看到她的面貌了。

湯匙害怕時會像蠟燭一樣發光，現在札爾雖然不怕，湯匙卻怕得要命。

札爾先是看見塔佐蠕龍的眼睛，接著是她微笑露出的滿口利牙。塔佐蠕龍最恐怖的一點是，她總是面帶笑容，就算在攻擊你時還是會對著你笑。

塔佐蠕龍是一種龍，所以這隻生物的臉雖然長得

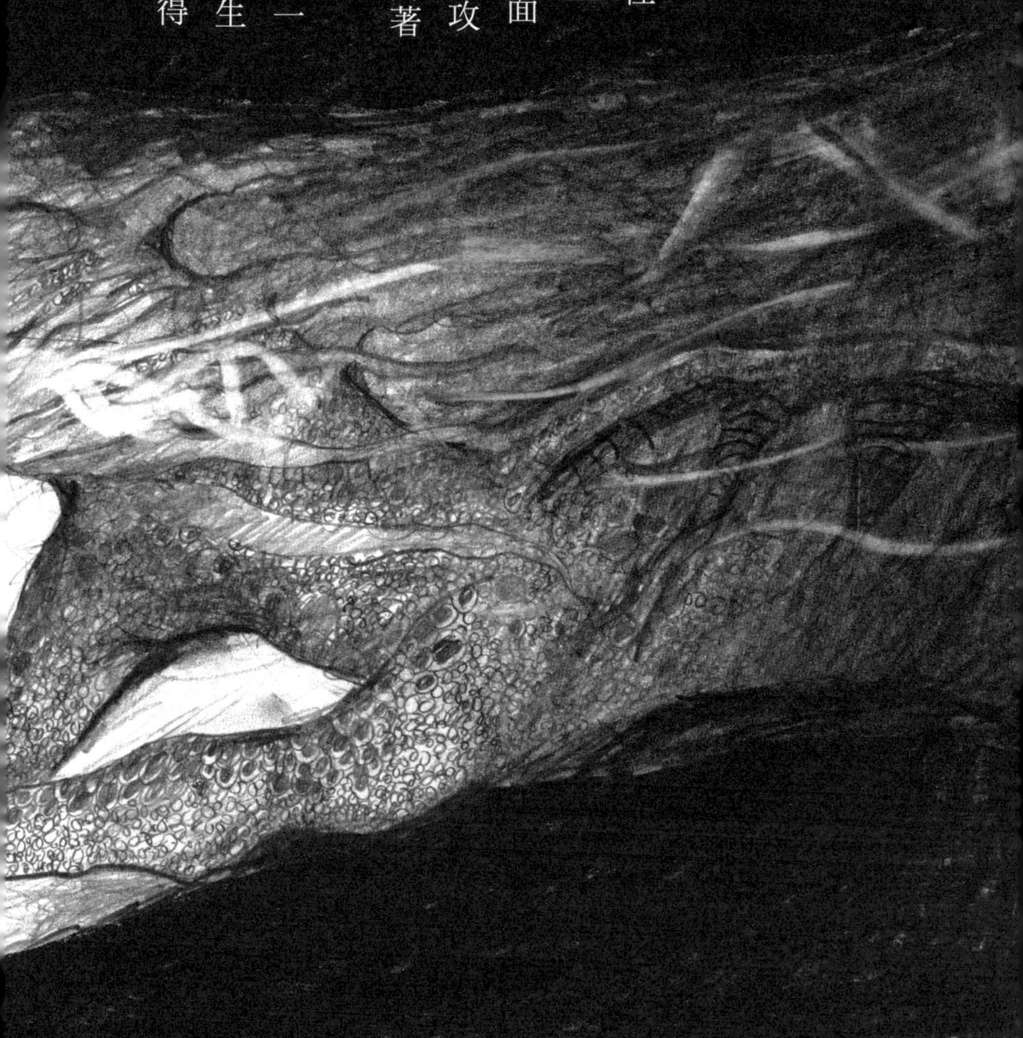

像貓，卻也有點像蜥蜴，眼神透出了智慧、狡詐與算計。她蛇一般長長的身體上其實有翅膀，但因為她長期住在鐵礦場，魔法都被鐵消磨殆盡，翅膀也早在很久以前就萎縮了。她怎麼會選擇住在這個地方，毀了她最特別的魔法與翅膀呢？是因為她走投無路了嗎？少了翅膀，她死後就無法飛往天空，加入天上的龍族祖先了。

「我不要說話。」塔佐蠕龍嘶聲說，笑臉依然令人心寒。「我必須**進食**。」

打從遠遠看見下一頓餐那一瞬間，塔佐蠕龍就下定決心要把對方吃掉了。她已經不管食物害不害怕、好不好吃了，因為她現在很餓很餓。平常偶爾會有小孩、矮妖或藍帽子不小心迷路，誤闖她的地盤，但不知為什麼最近連續三個星期都沒有獵物出現，就連隻敲敲怪也沒有——不過話說回來，她就算吃了敲敲怪也不會飽，因為那些小生物都是骨頭，沒什麼肉。

塔佐蠕龍餓壞了。

可是，就在她滑上前、露出大大的笑容、牙齒準備往下一頓飯身上咬下去之時，她聰明的貓眼看見了湯匙。她不禁停下動作。

剛才塔佐蠕龍出現時，湯匙嚇得昏了過去，現在才跌跌撞撞地站起來。湯匙突然想到塔佐蠕龍要來了，他趕緊跳呀跳地跳到札爾頭上，躲在札爾的頭髮裡瑟瑟發抖。

札爾小心觀察敵人（沒錯，遇到敵人就該小心觀察對方），注意到塔佐蠕龍暫停動作，聰明的黃眼睛在看到湯匙那瞬間流露出驚訝。札爾決定利用自己觀察到的東西——他剛才說要和塔佐蠕龍說話，但他其實不知道該說什麼才好，只是想爭取一點時間而已，現在他終於找到話題了。

「我想跟妳說說**湯匙**的事。」札爾堅定地說。

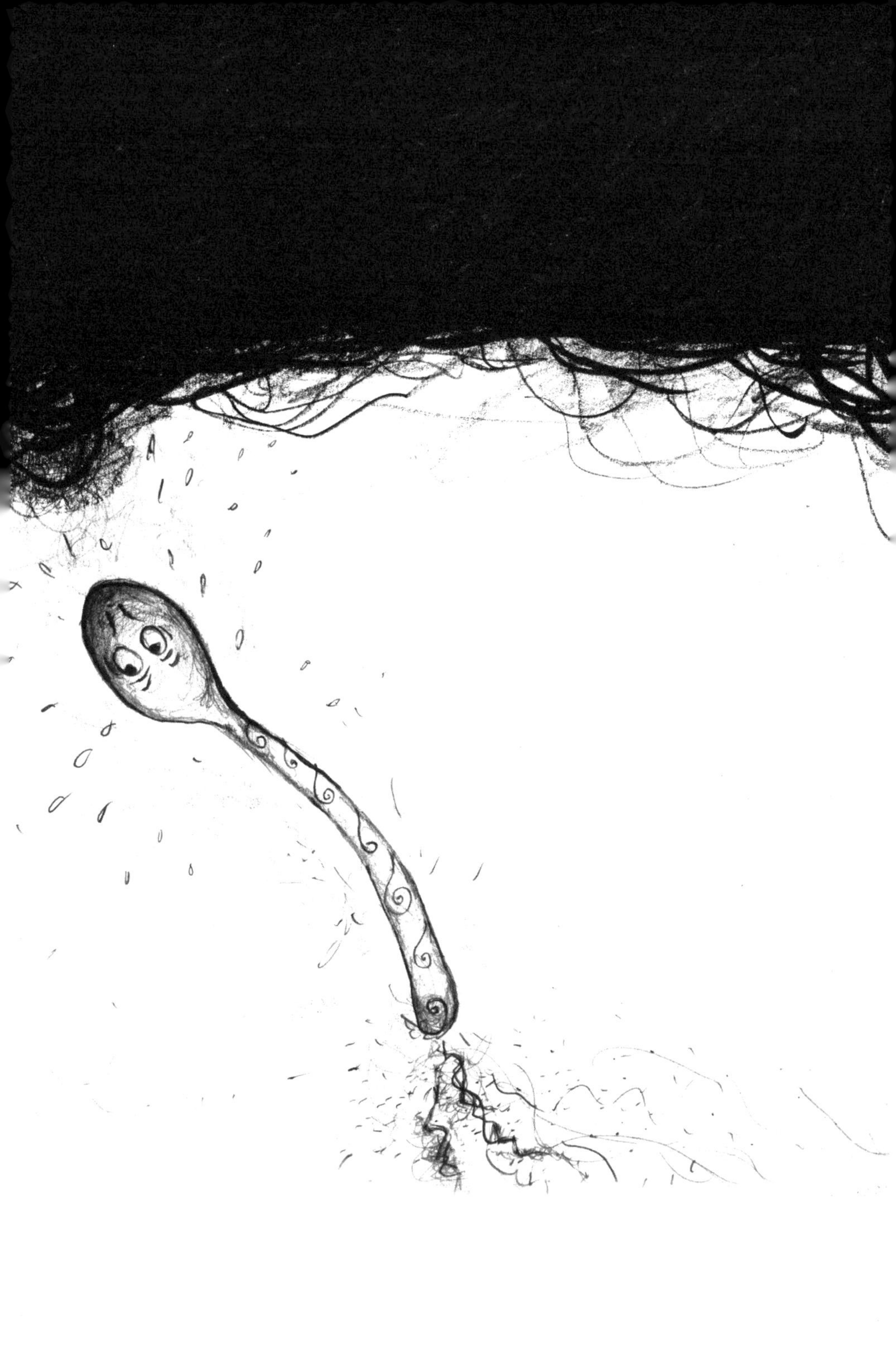

第六章　湯匙？

「湯匙？」塔佐蠕龍若有所思地說。「**湯匙**——？」

這下，輪到她拖時間了。

早知道就片刻都不要遲疑，直接把這個男孩還有他的兩個同伴吞下肚就好了。塔佐蠕龍消化食物的速度很慢，如果吃下這三個小孩，她可以舒舒服服地花一個月時間把他們完全消化掉。

光是跟這個男孩說話，她可填不飽肚子。

蠕龍總不能靠聊天過活吧？

但既然已經看到湯匙了，她就**非得**問出這支湯匙的意義不可。

龍族和貓咪一樣，他們的好奇心甚至超越了胃口，而這支湯匙又非常特別，害塔佐蠕龍非常非常好奇。

她沒讓自己露出好奇的表情。

這個男孩很狡詐，她知道男孩很狡詐，對方一定會逼她付出代價，才願意把湯匙的祕密說出來。塔佐蠕龍當然可以用疼痛逼男孩說話，男孩再怎麼勇敢也會受不了的，不過現在的情境實在太奇怪了，她覺得還是小心一點比較好。

雙方沉默很久，札爾和塔佐蠕龍都謹慎地注視著對方。人其實不該直視龍的眼睛，否則沒過幾分鐘就會被催眠，但札爾發現自己完全沒受影響。這是他的特殊能力嗎？

沉默越拖越長，尷尬得要命。

湯匙要是能說話，早就自己開口填滿地道裡的沉默了。

最後，是塔佐蠕龍先吭聲。札爾看對方先開口，就知道自己占上風，他得想辦法利用這份優勢，確保自己和所有同伴都毫髮無傷地離開這地方。塔佐蠕龍一定是想從他這裡得到某種情報，否則她就不會開口了。

「那根湯匙。」塔佐蠕龍嘶聲說。她氣自己忍不住先開口，所以說話時把一字一句像大黃蜂一樣吐出口。「那根湯匙是活的，而且還是『鐵』做的。」

那之後，又是一段沉默。札爾還太年輕，他臉上閃過一絲得意。換作是比較有經驗、年紀比較大的巫師，可能就不會允許自己露出這種表情了。

唉，他太傻了，這樣只會讓塔佐蠕龍更火大而已。

她滑上前，被鐵毀容的臉湊得離札爾很近，蒸氣從耳朵冒了出來。她臉上還帶著僵硬恐怖的笑容，咬牙切齒地吐出問句：

「怎麼可能有鐵做的魔法湯匙？」

她氣得不小心開了毒氣腺，一大朵硫磺般黃綠色的氣體像氣態膿汁一樣湧出來，罩住札爾的臉。札爾開始咳嗽，咳得眼睛都凸了出來。他感覺到毒氣像辣椒似地灼燒鼻腔，害他無法呼吸，他這才真正感到害怕。

唉，綠色神靈的耳毛啊……札爾驚恐地想。**我快死了……**他試圖吸入乾淨、清新、甜美的空氣，但每次吸氣，他都感覺肺快被毒氣淹沒了。

見狀，湯匙完全慌了。

湯匙焦慮地用頭亂敲塔佐蠕龍的毒氣腺，想讓她腺體關起來，別再釋放毒氣。

塔佐蠕龍聞到男孩身上的恐懼，他聞起來真是美味，就連蠕龍自己的惡臭也無法蓋掉那甜美的氣味。她恨不得把男孩和其他人都吃掉，但可惜她真的很想知道小湯匙的祕密。真是的，這根湯匙也太蠢了吧，槲寄生啊，他難道不知道湯匙不該攻擊塔佐蠕龍這麼可怕的龍嗎？

塔佐蠕龍不情願地關上毒氣腺。札爾大口大口呼吸空氣，彷彿在大口喝下清涼的水。

塔佐蠕龍敲了敲地面。

「**所以呢**……男孩，你還沒回答我的問題。」她用比較冷靜的聲音說話，毒氣腺也都緊緊關閉了。「這支活湯匙怎麼會是鐵做的？」

札爾努力想把話擠出來。在差點被塔佐蠕龍弄死以後，札爾對她多了一點尊敬，也多了一點恐懼。這樣也不錯，你的確該尊敬敵人，這份尊敬可能可以幫助你活下去。

「我們是非常強大的巫師。」札爾說。「我們有操控鐵的魔法。」

那之後是一段非常漫長的沉默，塔佐蠕龍努力消化這份驚人的消息。

「不可能！」塔佐蠕龍震驚地嘶聲說。「擁有這種天賦的人肯定是野林有史以來最特別的命運之子……以前從來沒有過擁有操控鐵的魔法的巫師，所以面對那些野蠻戰士，我們魔法生物才會節節敗退。我之所以選擇住在這裡，失去翅膀、失去了心，在這座岩土監獄裡苟延殘喘，就是因為我寧可維持現狀，也不想被戰士打敗。」

塔佐蠕龍哀怨的語氣多了一絲希望，聰明的龍腦袋思考起這種強大魔法可能造成的影響與改變。

從鐵湯匙活蹦亂跳的模樣看來，男孩說的話一定有幾分真實。儘管如此，塔佐蠕龍犀利的龍眼睛還是看得出這個男孩說謊不打草稿，是個狡猾奸詐的人，這也許都是男孩設下的陷阱。

在疑慮的作用下，她的想法變得殘忍。

「你以為我會相信你說的話嗎？憑你怎麼可能擁有如此珍貴的天賦？」塔佐蠕龍不屑地嘲笑札爾。

「小朋友，你才沒有那種能力呢。」她語帶鄙視。

「我的確沒有。」札爾受傷地承認。

「但我可能有啊！」札爾出聲抗議。「憑什麼說我不可能是命運之子？我很聰明、很厲害，天生是當領導人的料耶！」

札爾忘了不能吹牛，結果背包裡的號角發出一聲輕蔑的「**噗噗！**」，害札爾尷尬不已。塔佐蠕龍笑得更嘲諷了。

札爾面對一隻對他不屑一顧的龍，背著一把動不動就諷刺他的號角，還困在地底下半英里的黑暗中，這才終於承認，自己並不是命運之子。

可惡。

可惡可惡可惡可惡，**可惡**。

「好啦，不是我啦。」札爾氣呼呼地嘆了口氣。「是我朋友，希望。她就在卡在地道的男孩另一邊，『她』是命運之子，擁有操控鐵的魔法。」

湯匙跳到札爾肩頭，蹭蹭他的臉頰。他知道札爾是費了一番工夫才好不容易承認這件事。

「喔喔喔。」塔佐蠕龍邊說邊努力思索。她很想親眼見見命運之子，她**必須**見見男孩說的那個人。

「但假如我幫你們把卡住的男孩拉出來，命運之子可能會傷害我……即使在礦場裡，她的魔法還是有效。」塔佐蠕龍說。

們……」

「那她真是太蠢了。」塔佐蠕龍低聲說。

「對啊，她人太好了。」札爾說。「我要是有她的力量，才不會像她那麼和善呢。我還真不曉得命運在想什麼，為什麼偏偏要把力量給她。」

「命運通常都有它的道理。」塔佐蠕龍說。「我們只能努力參透它的道理了。」

塔佐蠕龍轉向湯匙。

「湯匙，」她嘶聲說，「如果我幫

助你主人脫困，你能保證她不會攻擊我嗎？」

湯匙老派地對她鞠躬，代替希望做了保證。

塔佐蠕龍一條手臂從札爾身邊伸了過去——地道太窄了，他們幾乎沒空間挪動——往刺錐身上噴了些滑滑的東西。

她抓住刺錐一條腿，用力一拉。

令人作嘔的「嘎吱」聲過後，刺錐猛然從地道飛了出來，滑到札爾的另一邊。希望跟著快速爬出來，邊爬邊喊：「札爾！你還活著！我還以為你死定了……你還好

塔佐蠕龍退得離他們遠一點，他們只看得見她的眼睛。她的毒氣腺隨時準備噴出毒氣，和菜刀一樣長的爪子也都伸了出來，顫抖著指向札爾、刺錐與希望。

「現在謝天謝地還太早了。」塔佐蠕龍咬牙切齒地擠出笑容，她對三個小孩充滿了恐懼與懷疑，怕得全身發抖。「你們都還沒脫離險境，**你們**保證不會傷害我，我可沒保證不會傷害你們呢。我現在就要問女孩幾個問題，她要是答得不好，你們幾個就只能賠上小命了。」

「希望，千萬小心，小心啊。」卡利伯警告道。「和龍對話時一定要非常小心，龍族都非常狡詐。」

「只要她對我說實話，」塔佐蠕龍說，「她就不會有事。」

塔佐蠕龍小心翼翼地往他們爬去。

「那麼，女孩啊，」大蛇輕聲說，「妳有操控鐵的魔法嗎？」

我的天啊。希望看著毀容的龍逐漸逼近，心裡想著。**她在發抖……這隻龍竟然在「發抖」**。

希望很怕這條龍，但就在這時，冷冰冰的事實沉澱在她的肚子裡，她赫然發現一件讓她更難受的事。

這隻龍竟然怕「我」。

在此之前，希望一直沒真正瞭解「自己是命運之子」這件事究竟有什麼意義，現在面對可怕的現實，她才終於恍然大悟。

「不准移開視線！」塔佐蠕龍惡狠狠地罵道。「把眼罩掀開！」

希望聽話地掀開眼罩，看到龍直視魔眼時驚恐的表情，她難過地微微往後縮。希望全身顫抖著繼續和有催眠能力的龍互視，但她快被龍顯而易見的恐懼給淹沒了。

一段時間過後，龍終於移開視線，諷刺地說：「孩子，就算是面對我這麼有說服力的生物，妳也不能這麼聽話啊。

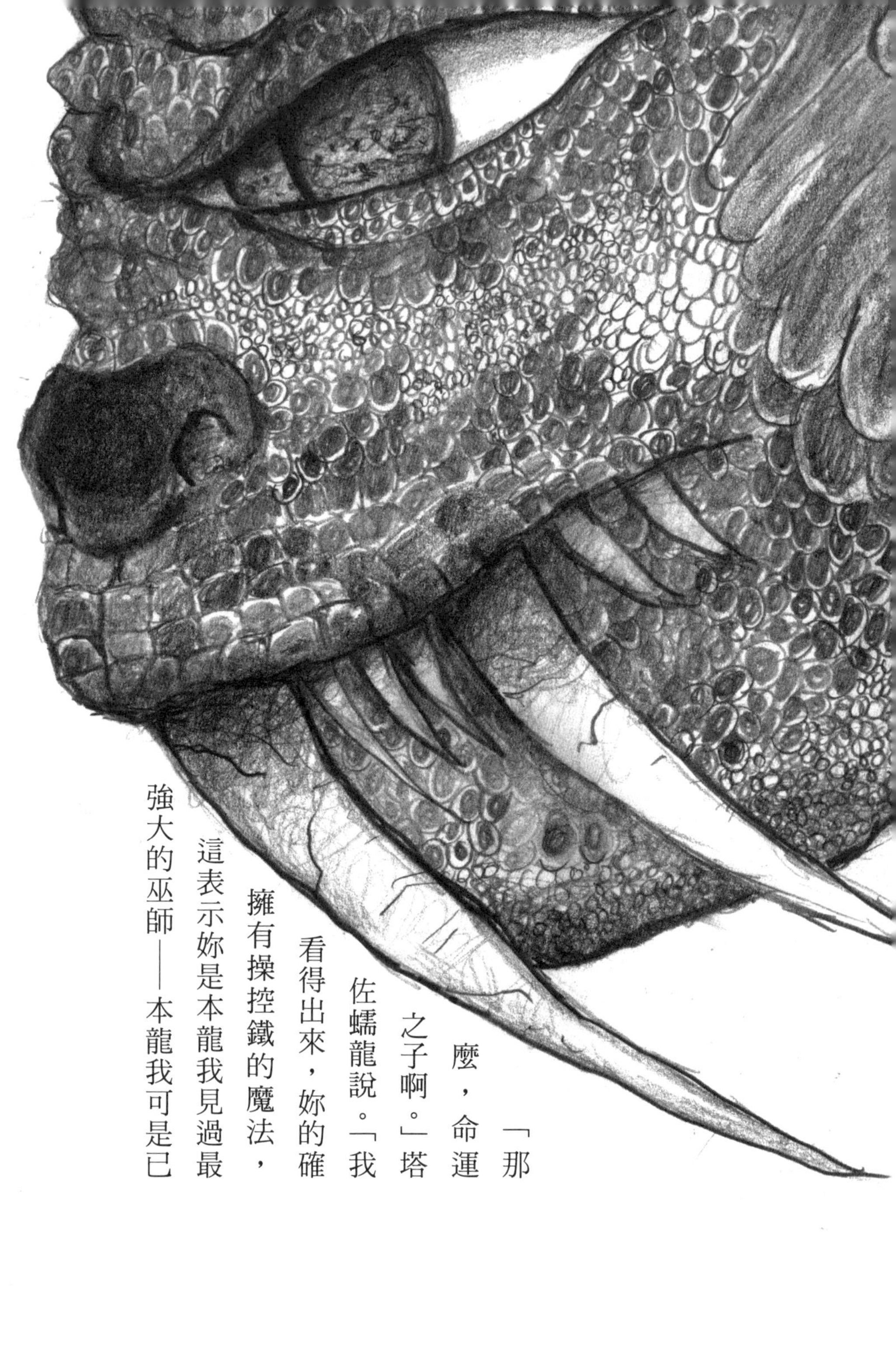

「那麼，命運之子啊。」塔佐蠕龍說。「我看得出來，妳的確擁有操控鐵的魔法，這表示妳是本龍我見過最強大的巫師——本龍我可是已

經活了一萬年呢。但是，力量是很危險的。」

塔佐蠕龍的笑臉在一瞬間變得猙獰，然後才恢復笑意。「命運之子，妳打算拿這份力量做什麼？」

「我要把巫妖永遠趕出野林。」希望說。「而且在那之前，我要先關閉這座礦場。」

「為什麼？」塔佐蠕龍問她。

「這才是善良仁慈的做法。」希望說。

她補充道：「這座礦場不適合小孩子生活。」

「這座礦場也不適合龍族生活。」塔佐蠕龍回答。

塔佐蠕龍仍然盯著希望，但她好像沒看見希望——她彷彿注視著遙遠的過去與未來。

「歷史就和海潮一樣，會一再循環。」塔佐蠕龍作夢似地說。「一萬年前，在我剛出生時，世界還是龍族的天下。我們主宰天空，在海洋優遊，森林裡也多得是各種不同的龍族。後來，該死的巫妖來了，巫師和其他魔法生物也都來了。妳看看我們現在這副鬼樣子……有的逃到天寒地凍的北方……有的像我這樣躲在地底下，失去了所有的魔法……」

「塔佐蠕龍，妳好可憐喔。」希望說。她一隻手搭在龍身上。

「竟然有人類……心懷慈悲地觸碰我！」塔佐蠕龍驚呼。

被希望一碰，龍似乎回過神來了。

「我給妳幾個寶貴的建議吧。妳不知道自己需要這些建議，但是我告訴妳，這些會對妳非常有幫助。」塔佐蠕龍說，眼神又恢復原本的聰慧機智。「命運之子希望啊，光是『善良』還不夠，妳還必須足夠強大，足夠堅忍。妳如果想和巫妖相抗，就必須變得和燧石同樣堅硬。我猜巫妖現在都恨不得把妳的魔法弄到手，像追逐老鼠的狗一樣對妳窮追不捨吧……

「妳要把這男孩當榜樣，學習他的態度。」她的爪子指向札爾。「他能從妳身上學到善良，而妳能從他身上學到叛逆。我看得出來，你們的冒險旅程可能會以毀滅與災難告終，但我還是會讓你們繼續走下去……」

「妳要希望付出什麼代價，才願意放我們平安離開？」卡利伯問。

「我只想得到命運之子的一根頭髮。」塔佐蠕龍說。「我希望她能心存關愛與善良，自願把頭髮送給我。」

「妳要她的頭髮做什麼？」卡利伯狐疑地問。

「光是她的一根頭髮就有不少魔法，足以讓我離開這個囚禁我數百年的地下監牢了。」塔佐蠕龍說。「如此一來，我就能去往北方，去找到躲藏在北方的龍族同伴。我想告訴他們，龍族回歸的時刻可能就快來臨了。」

「妳能用『一根頭髮』逃獄？」希望有點不舒服地問。**又不是「我」自願背負這麼沉重的魔法的。我「不要」這些魔法啊……**

塔佐蠕龍點點頭。

「由此可見，妳的力量真的非常強大，所以妳必須小心。」塔佐蠕龍說。「如果巫妖王把妳身體的哪一部分弄到手了——就算是很小很小的一部分也一樣——妳就要想盡辦法避開他……」

「我會記住妳的忠告的。」希望說。她心想：**我的天啊，巫妖王手裡有一小片藍色塵埃，那原本是我身體的一部分。而且我們「就是打算」派我去跟巫妖王作戰，我怎麼可能避開他……**

「還有啊，命運之子，別太輕易把自己的力量交給別人。」塔佐蠕龍說。「這股力量讓妳感到不自在，但如果妳不要它，會有很多人想把力量從妳手中搶走。」

於是希望從頭上拔下一根頭髮，心懷關愛與善良地自願將頭髮送給塔佐蠕龍。

塔佐蠕龍小心翼翼地接過那根頭髮，頭髮太細了，乍看下她巨大的爪子裡似乎什麼都沒有。希望似乎沒有送她任何東西。

希望沒給她什麼，同時卻也送給了她一切。

塔佐蠕龍欣喜、緊張又驚奇地全身顫抖，然後把頭髮收起來。

「妳願意讓我們離開了嗎？」希望禮貌地問。「我們想去愉悅窩。」

「那地方不怎麼愉悅喔。」塔佐蠕龍警告他們。「不過你們應該已經知道這件事了吧？在我被飢餓沖昏頭之前，先送你們一程吧……

「抓住我的尾巴。」塔佐蠕龍邊說邊在窄小的地道裡滑溜地轉身。

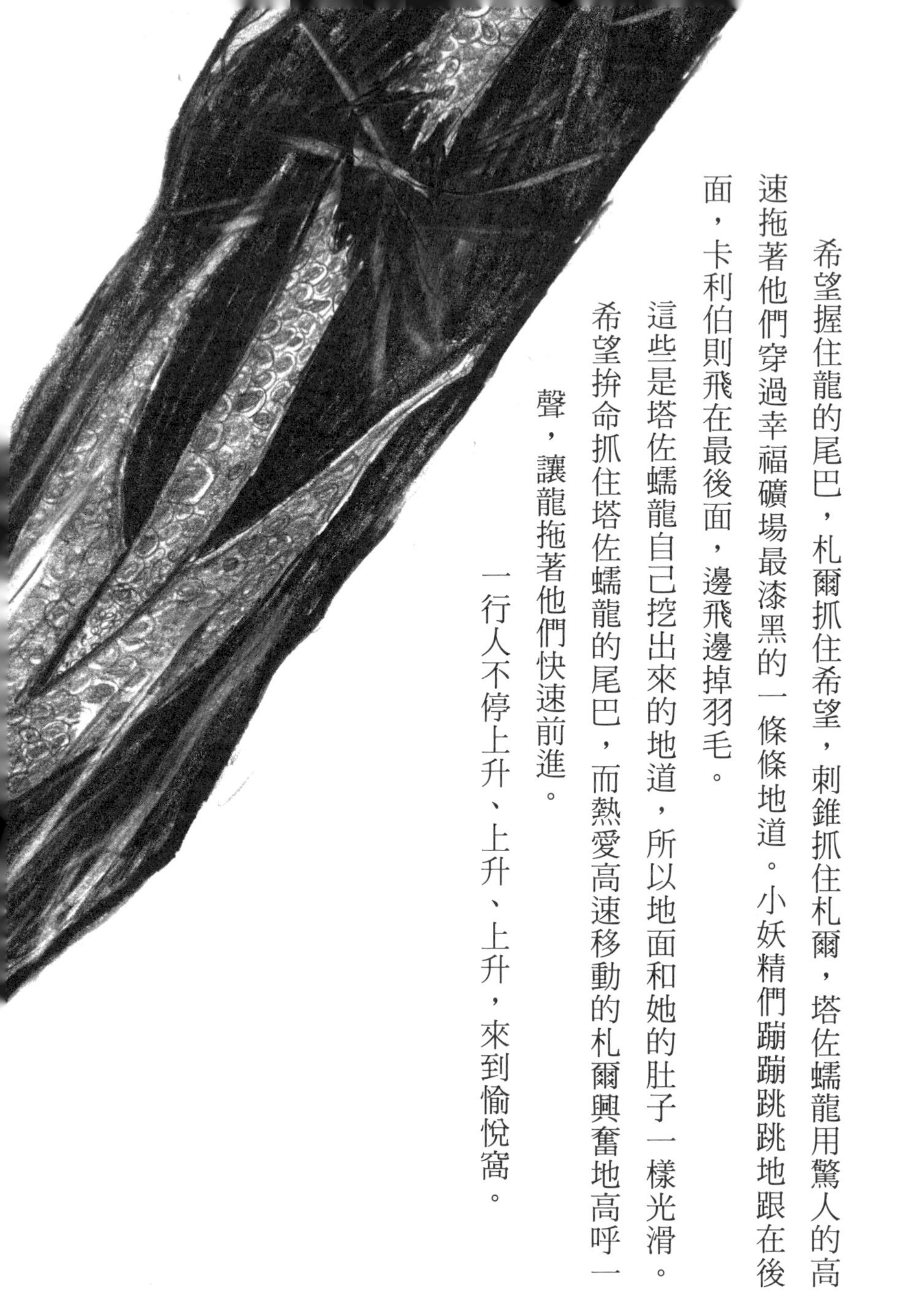

希望握住龍的尾巴，札爾抓住希望，刺錐抓住札爾，塔佐蠕龍用驚人的高速拖著他們穿過幸福礦場最漆黑的一條條地道。小妖精們蹦蹦跳跳地跟在後面，卡利伯則飛在最後面，邊飛邊掉羽毛。

這些是塔佐蠕龍自己挖出來的地道，所以地面和她的肚子一樣光滑。希望拚命抓住塔佐蠕龍的尾巴，而熱愛高速移動的札爾興奮地高呼一聲，讓龍拖著他們快速前進。

一行人不停上升、上升、上升，來到愉悅窩。

第七章　愉悅窩

大家抵達目的地——愉悅窩——的時候，塔佐蠕龍的尾巴突然斷在希望手中。

前一秒，希望還趴在地道裡飛速往前滑，下一秒，龍尾巴的末端突然斷了。希望猛然停下，札爾和刺錐都撞了上來。

「塔佐蠕龍！」希望驚慌地喊。「她的尾巴斷掉了！」

「噁噁噁……」札爾說。「也太噁心了吧。」

「別擔心。」卡利伯氣喘吁吁地跟上來說。「龍就和蜥蜴一樣，他們可以

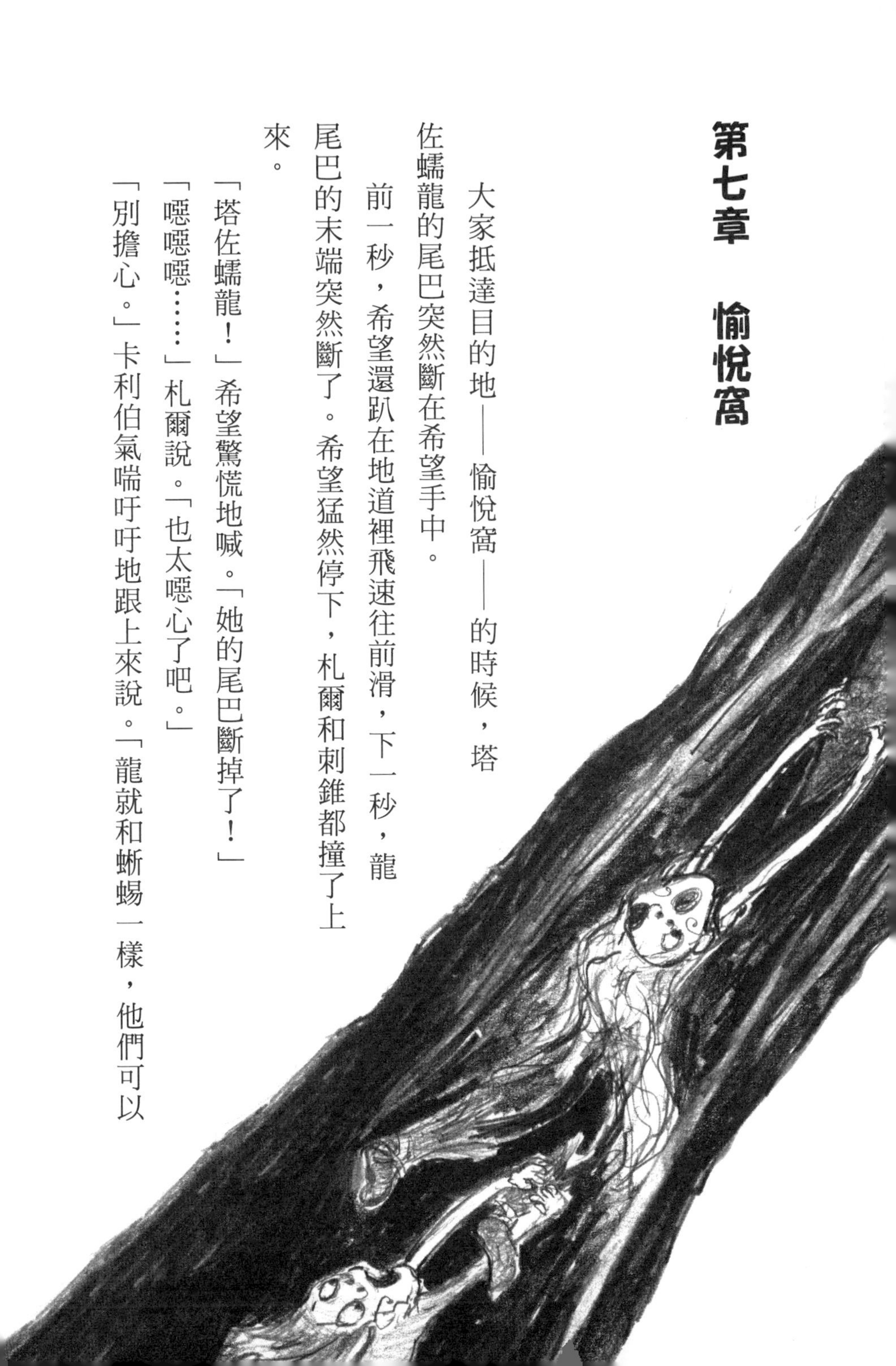

隨心所欲地把尾巴弄斷，以後再長一條新的尾巴。既然塔佐蠕龍的尾巴斷掉，就表示我們來到目的地了……」

他們聽見塔佐蠕龍在地道裡滑溜移動的回音，她聽上去沒什麼問題，巨大的身體「嘶嘶」、「溜溜」地迅速遠去。他們還聽到她發出兩聲狂喜的尖鳴，嘶聲隨著回音傳過來，對他們說：「還好你們及時離開我了……我剛剛正要改變心意，把你們殺了……祝你們好運……好運……」

塔佐蠕龍斷尾的位置旁邊，正是愉悅窩的入口。

三個小孩、小妖精們與會說話的渡鴉往洞裡偷窺，發現塔佐蠕龍說得沒錯，愉悅窩這地方一點也不愉悅。

愉悅窩是礦場上層的洞穴，小小孩在下層採到的鐵礦會一車車送過來，愉悅窩裡工作的人分類整理鐵礦過後，會再把鐵礦拖上地表。札爾他們看到好幾個悲傷的巨人，只見他們雙手鎖著鐵鏈，忙著把礦車裡的礦石

倒出來，把礦石裝進大桶子，讓更上層的山怪們用繩索把大桶子拉上去。這個畫面非常混亂，到處都是跑來跑去的小孩、大吼大叫的矮妖與巨人，以及不絕於耳的斧頭敲擊聲。

然而，即使在這麼吵雜的環境，希望、札爾和刺錐還是聽見劫客洪亮的聲音從洞穴另一頭傳來。嗯，沒錯，那一定是他的聲音。他們循著聲音往他的方向走去，看到劫客和一群孩子在愉悅窩主要的崖壁中段採礦。劫客站在崖壁旁邊架起的小平臺上，正大力劈砍岩石，邊教其他小孩怎麼用「正確」的方法把鐵礦從岩石中敲下來。

「大家看好了。」劫客傲慢地說。「要這樣握住十字鎬——冷嘲，不是那樣握，你要認真學我的動作——然後像這樣快速敲下去。你們看，我光是敲一次就敲下這麼多鐵礦了。」

「哇。」冷嘲敬佩地說。

劫客其他幾個朋友也都欽佩不已，不過還有一些小孩似乎受夠了劫客。孩子們在幸福礦場做苦工已經夠辛苦了，現在還得聽劫客對他們指手畫腳，他們真的很受不了。

「喂……」札爾用氣音呼喚站在上方的劫客。

劫客抹掉額頭的汗水，低頭望去。

扎爾的哥哥，
劫客

「札爾！」劫客說。「你怎麼會來這裡？」

札爾本來還很樂觀，想說劫客看到他應該會很高興，沒想到劫客看起來不怎麼高興。

札爾原本以為劫客會感激他，他滿腦子都是這些幻想……可是劫客現在看起來並沒有感激涕零，看樣子應該不可能跪下來感謝札爾了。

「我們是來拯救你的。」札爾說。

「我才不需要你這個叛逆又失控的野蠻人來拯救我呢！」劫客直接拒絕他。「父親會來拯救我的……父親對我說過，是『你』讓我們丟臉……而我呢，我這麼重要，他是不可能把我丟在礦場裡不管的。」

「沒錯。」劫客的朋友水泡說。「札爾，你不過是個連魔法都不會用的小廢物，怎麼能和劫客攀比呢？人家劫客可是恩卡佐的繼承人，他是我們部族未來的領袖，恩卡佐是不會讓他遭遇危險的。」

札爾的臉紅了。

他刻了巫妖印記的手不由自主地往上伸，手指像爪子一樣勾了起來，札爾趕緊用左手抓住右手。

他很想對劫客說：「好啊，你這個搞笑大惡霸，既然你這麼了不起，那你就繼續待在礦場做苦工啊！」

問題是，第二次機會之杯在劫客手裡，札爾需要那個杯子。

結果，札爾只能咬牙切齒說：

「我們打算關閉這座礦場。我們展開行動的時候，你們也要配合。」

「你們三隻小蝦米怎麼可能關閉這整座礦場？你瘋了！」劫客焦急地用氣音大吼，同時焦慮地回頭望向後面的矮妖，還有負責管理礦工的戰士。「戰士皇帝可是派了幾千個可怕的衛兵來看守礦場——你看看他們！**走開啦**！你這樣只會害我們被處罰而已！」

可是劫客惱人的弟弟並沒有走開。札爾往上跳一下、兩下、三下，跳到一旁裝滿鐵礦的礦車上，害負責推礦車的小孩驚訝地停下動作。

噗噗噗噗噗噗噗噗噗噗噗！札爾清亮的號角聲刺穿了各種雜音、敲打聲、吆喝聲與劈砍聲。

「**大家，注意！**」札爾高喊。「**我們要關閉這座礦場！想跟隨『我』回野林自由生活的人，就跟著號角聲行動！**」……**噗噗噗噗噗！**

洞穴裡所有人都震驚地沉默片刻，一名戰士跑上前，氣急敗壞地說：「關閉礦場？**有人造反！有人叛變！戰士們，快逮捕那個男孩！**」

「我就知道！」劫客又氣又怕。「你這樣會害我們所有人都被鞭打！我的皮膚可是很敏感的耶。我得好好照顧自己，巫師部族不能沒有我。」

「我不敢看了……」卡利伯用翅膀摀著臉說。在場許多戰士、巨人、山怪與矮妖都朝札爾衝過去……

然後……

噗　噗　噗　噗——！

「**你們聽，是敲敲怪的聲音！**」

叩！叩！叩！

札爾大叫。

札爾才剛喊完這句，大家就聽到一連串的聲音：

叩！叩！叩！

這是幸福礦場裡所有人最怕的聲音……

叩！叩！叩！

清晰的敲敲聲。

當然，這其實**不是**敲敲怪發出的聲音。

其實是**希望**用魔法湯匙在敲洞壁，讓大家以為是敲敲怪的敲擊聲。她想讓其他人嚇得半

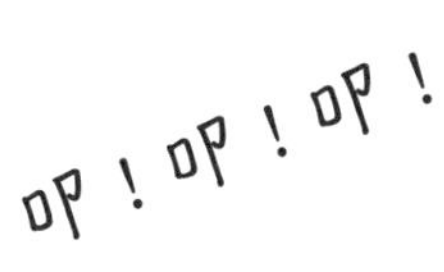

叩！叩！叩！

死，這樣就能成功關閉整座礦場了。

與此同時，站在洞穴另一頭的刺錐也敲著洞壁。

叩！叩！叩！

這根本就不是敲敲怪的聲音，但愉悅窩裡眾人聽了都像觸電一樣，反應很劇烈。

在礦場裡如果聽到敲敲怪敲洞壁的聲音，就表示有地道即將崩塌。

「**是敲敲怪！**」管理礦場的戰士尖叫。「**快執行疏散計畫！**」

愉悅窩瞬間亂成一團。

矮妖們在洞穴裡尖叫：「敲敲怪出聲了！**快把小孩帶出地道！大家盡速回地表去，盡量避免礦工傷亡！**」

巨人紛紛用繩索把不停尖叫的小孩子拉出洞穴，戰士、矮妖與藍帽子也都湧上梯子。大家實在太怕敲敲怪的敲擊聲，幸福礦場很快就清空了。

第八章　恩卡佐與希剋銳絲

我們先回到這些事情發生的十五分鐘前，回到礦場的地表——有兩位意料之外的客人前來拜訪無情暴虐。

一位是戰士女王希剋銳絲。

一位是巫師之王恩卡佐。

恩卡佐用斗篷帽子遮住頭，免得被別人認出來。他和希剋銳絲分別是巫師與戰士，而且還是各自部族的領袖，兩個人理論上不應該合作的，他們現在可是違反了野林的規則。

他們也不想違規，但是他們一直沒能成功把希望和札爾抓回家，兩位家長都擔心自己的孩子出事。這兩位家長的確很愛管小孩，不過某方面來說，他們也是因為愛孩子才會做這些事情。恩卡佐知道巫妖印記會把札爾吸引到黑暗勢力那一方，才會想把兒子關在戈閔克拉監獄裡，邊治療札爾邊控制住巫妖印記。希剋銳絲知道巫妖都很想抓住希望、奪取操控鐵的魔法，所以她想把女兒安安全全地關在戰士鐵堡裡，不讓任何一隻巫妖接近希望。

只要把希望和札爾關起來，希剋銳絲和恩卡佐就比較能和在野林裡肆虐的巫妖戰鬥，也更有機會終結巫妖造成的混亂。

出於上述原因，希剋銳絲和恩卡佐不得不暫時合作執行機密任務，想辦法把兩個不聽話的小孩抓回家。

恩卡佐戴著斗篷帽，乍看下像是希剋銳絲的僕人。雖然偉大的巫師之王覺得這種裝扮很丟臉，但這裡畢竟是戰士領地的中心，他不能不喬裝打扮。

至於希剋銳絲呢，大家遠遠看去就認出她了。

希剋銳絲美得令人心碎，高瘦的身材像根金蠟燭。她看了無情暴虐一眼，眼神冷得像冰，無情暴虐馬上就對她深深鞠躬，額頭都快要碰到地面了。他小聲說：

「女王陛下……您居然會大駕光臨此處……」他彷彿在對皇帝說話，態度再恭敬不過。

巫妖嗅獵人還坐在他的凳子上，他又開始急切地尖聲說話了：「**請讓我發言！**」

希剋銳絲動作莊嚴地轉身面對他。她只看了巫妖嗅獵人一眼，就彷彿吃了檸檬般抿起嘴唇。

「你不准發言。」希剋銳絲女王說，甜美如梨形硬糖的聲音頓時變得冷若冰霜。她轉回去面對無情暴虐，同時揚起一邊眉毛提出無聲的指控，似乎在責怪無情暴虐讓巫妖嗅獵人出現在這裡。「他，」希剋銳絲女王的聲音流露出毫無保留的嫌惡。「怎麼會在這裡？」

「呃……女王陛下，真的很抱歉……皇上為了處罰他，派他來這邊工作……他之前欺騙皇帝，謊稱自己打敗巫妖了……其實皇上沒處死他，他就該偷笑了……他不應該開口說話的……」無情暴虐語無倫次。他生怕冒犯到希剋銳絲女王，但他也明白，即使是「女王」也必須聽從戰士皇帝的命令。

「既然他不該說話，你怎麼不想辦法確保他不出聲呢？」希剋銳絲女王的聲音滑順得像絲綢。（註4）

「**閉嘴！**」無情暴虐對巫妖嗅獵人大吼，接著又轉回去對希剋銳絲女王卑躬屈膝。他畢恭畢敬地說：「是什麼風把女王陛下吹來皇帝最喜歡的這座鐵礦場了呢？」

註4　希剋銳絲女王之所以不想讓巫妖嗅獵人發言，是因為巫妖嗅獵人知道希望是希剋銳絲的女兒，還看過她施展操控鐵的魔法，他知道狀況不太對勁。

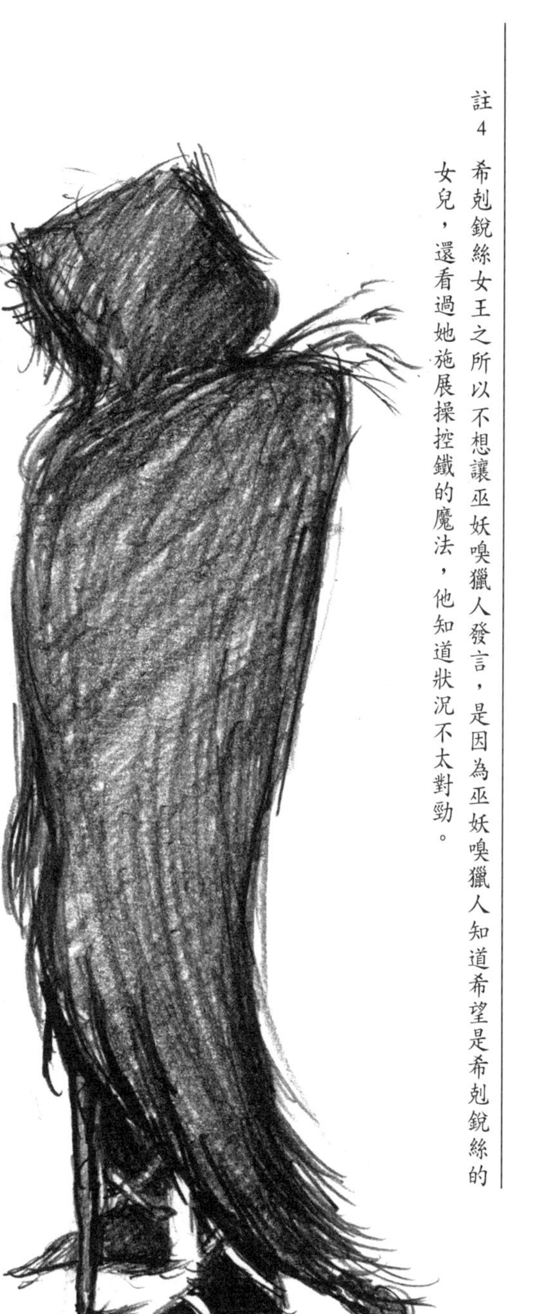

希剋銳絲女王環顧戰士皇帝最喜歡的鐵礦場，注意到礦工們糟糕的待遇，腳尖忍不住火大地「答、答、答」踩著地面。希剋銳絲女王喜歡假裝這種地方不存在，她最討厭想起這些地方。現在，她的良心像一群憤怒的妖精一樣對她又刺又戳，害她好不煩躁。

「我在找一個從我這裡逃走的小孩。」希剋銳絲女王說。她很努力不對自己感到不屑，而是用不屑的眼神看著無情暴虐。

「小孩嗎？」無情暴虐說。「我們這裡有很多小孩，因為只有個子嬌小的人才能爬進最深的地道，那裡的鐵礦最多……所以，我們這裡有好幾百個小孩……」

真是的，她也太不講理了吧。無情暴虐心想。**我可是礦場的管理人，哪有空關心那幾百個小孩？這不就像是在一整片甘藍菜園裡，要我找到「一棵」討人厭的小甘藍菜嗎？**

「我要找的小孩長得很特別。」希剋銳絲女王說。「她左眼戴著黑色眼罩。」

我的荊棘啊，該死的沼澤啊，膽小的巫師啊，真是的！無情暴虐心想。**今天早上突然出現的三個小孩之中，不就有一個人戴著黑眼罩嗎？他們「自願」來鐵礦場工作，果然很可疑！怎麼可能有腦袋正常的人想來這邊工作？話雖這麼說，我當時怎麼可能知道那個小鬼是希剋銳絲女王要找的人？**他朝巫妖嗅獵人瞄了一眼，嗅獵人正圓睜著雙眼盯著他。**「他」早就知道了……**無情暴虐心想。**「他」早就知道了……他想告訴我的就是這件事……**

「我想想看喔……」無情暴虐裝出努力思考的模樣。「您說是右眼戴著黑色眼罩的小孩嗎……我不確定有沒有看過您說的這個人耶……」

就在無情暴虐假裝在絞盡腦汁思考時，突然被地底下傳來的吶喊聲打斷了：「敲敲怪！快撤出礦場！」好幾批驚恐地亂喊亂叫的戰士、巫師小孩與魔法生物接連從梯子湧上來，上面的山怪也幫忙把他們拉到地表。

無情暴虐看得臉色發青。「是敲敲怪……」他輕聲說。怎麼在女王來訪的時候剛好發生這種災難？真是太不幸了。

希剋銳絲抿起嘴唇，恩卡佐抬起頭來。

一定是希望和札爾！兩位君王都嚴肅地想著。他們知道，只要是在希望和札爾身邊發生的災難，就很有可能是那兩個小孩造成的。

恩卡佐直接從礦井邊緣跳下去，趴在驚恐往上爬的戰士與矮妖背上，像在爬梯子似地不停往下爬。

「愛現。」希剋銳絲不屑地說。她自己也大步走到礦坑入口，然後對一隻有兩顆頭的疙瘩山怪打了個響指，命令山怪背她下去。

「女士，大家都要撤出礦場了。」疙瘩山怪背著她往愉悅窩爬去的同時，第一顆頭對她說。

「我不是女士。」山怪把她放下來時，希剋銳絲女王不屑地說。「我是『女王』。」

希剋銳絲女王消失在礦井裡之後，無情暴虐馬上跑到巫妖嗅獵人面前。

「有話快說！」無情暴虐命令。

「你終於讓我說話了嗎？」巫妖嗅獵人冷笑著說。「我說的話可不中聽喔。你剛剛基本上是判了自己死刑，皇帝一定會殺了你……希剋銳絲女王在找的小孩是她的親生女兒，那個女孩是對我們戰士部族最大的威脅……因為，那個女孩擁有**操控鐵的魔法**……而且，希剋銳絲女王想必是和巫師們結盟了……」

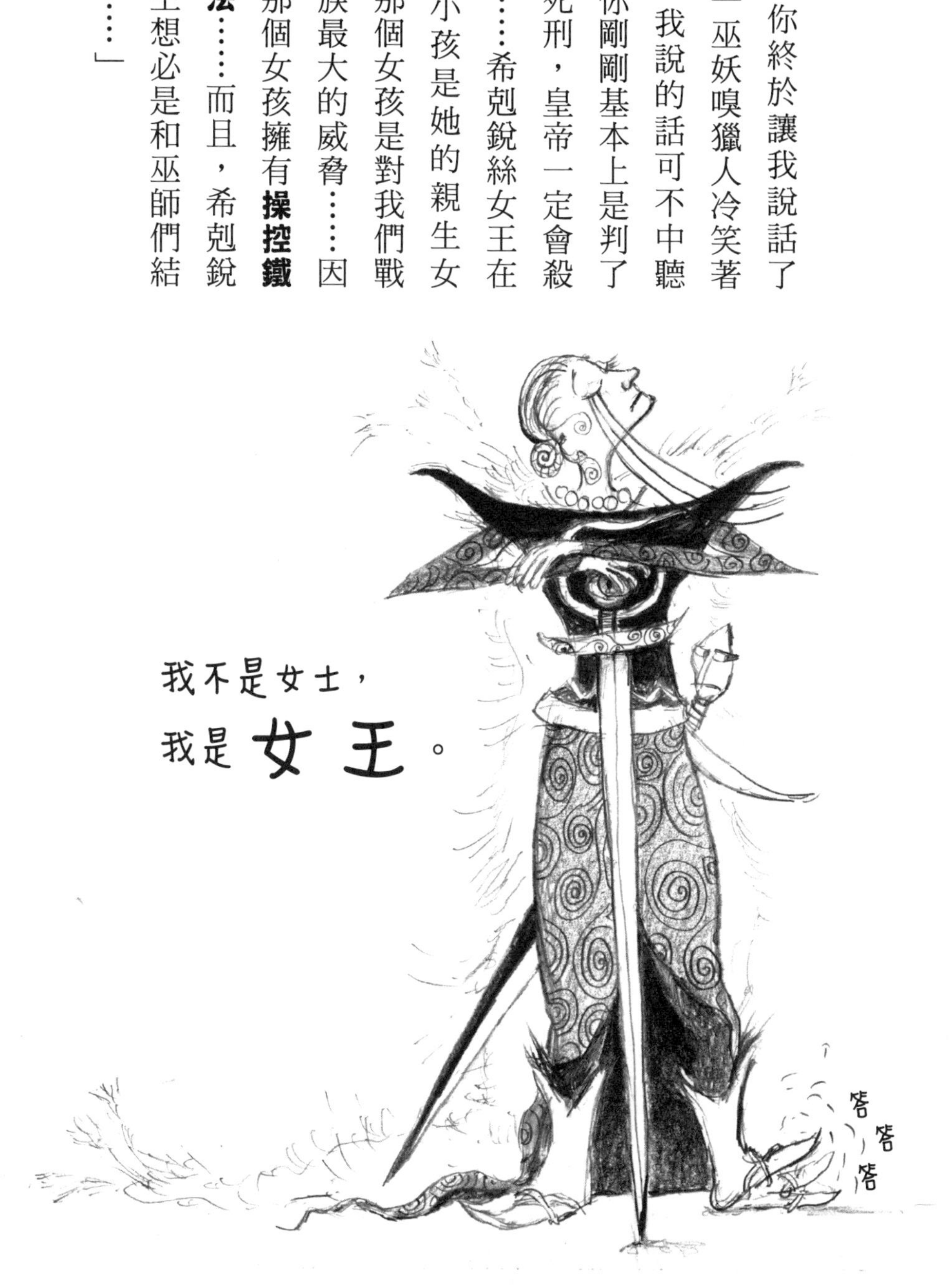

「不可能……」無情暴虐輕聲說。說是這麼說，他的臉還是變得無比蒼白。真的有可能嗎？情況真的很詭異。

與此同時，恩卡佐一爬進愉悅窩，就看到札爾在洞穴中間吹號角。恩卡佐全速往兒子的方向跑去，想出其不意抓住他。

而在岩壁上，恩卡佐的長子劫客和兩個同伴遇到麻煩了。一隻山怪大步朝出口跑去的時候不小心撞到劫客，把劫客撞得快要從平臺上摔下來了。劫客雙手手腕被鎖鏈銬住，他一時間沒辦法恢復平衡。

劫客只能死命抓著十字鎬，高懸在岩壁上，一不小心摔下去就可能沒命。

「**救命啊！**」劫客大喊。

「**救救他啊！**」劫客的朋友——水泡和冷

嘲——跟著高喊。**「他是非常重要的人物！」**

「劫客你別擔心，我馬上過去救你！」恩卡佐大吼一聲改變方向，往長子那邊直奔過去。

「刺錐！上車！」希望邊喊邊爬進排在最前面的一臺礦車，刺錐和札爾趕緊爬進最後面的礦車。希望掀開眼罩，動了動手指……相連的礦車全都飄到空中，從恩卡佐頭頂飛了過去，飛向掛在岩壁上的劫客。

「還好他沒出事，謝天謝地……」恩卡佐鬆了口氣。只見劫客終於抓不住十字鎬，重重摔進飛天礦車隊中間一臺礦車。「至少他有保護好施法術用的那隻手……那孩子可是擁有出色的魔法天賦呢……」

「大家坐穩囉！」希望大喊。她讓飛天車隊掉頭，從忙著撤退的小孩和魔法生物頭上飛過去，直奔礦場出口。恩卡佐驚訝得愣住了，片刻後才回過神來，全速跟著礦車隊跑去。他看到札爾和刺錐所在的最後一臺礦車在空中上下起伏。恩卡佐往上跳，勉強抓住礦車邊緣，跟著車隊一起飛到空中。

希剋銳絲女王又對疙瘩山怪打了個響指，要山怪把她背回礦場入口，她想在入口攔截飛天礦車隊。「女士，妳一定要一直改變心意嗎？」疙瘩山怪邊抱怨邊背起女王。

「希望！我父親想爬上來！」札爾警告道。礦車隊與掛在最後面的恩卡佐飛出了愉悅窩，來到礦場的入口。

這裡一片混亂。

大批巫師、魔法生物、山怪、矮妖與戰士都驚慌地湧出礦場，飛天礦車隊與掛在後面的恩卡佐和希剋銳絲則從他們頭上飛了出去。

「可惡的綠色叢林！」無情暴虐大聲咒罵起來。他抬頭看著飛天車隊，實在不敢相信自己的眼睛。「希剋銳絲女王還真的是和巫師一夥的！」

「我就說吧！」巫妖嗅獵人得意地說。

這實在不是親子談心的好時機，但希剋銳絲和恩卡佐最近都沒什麼和小孩相處的機會，他們只能把握機會將話說出來。不過呢，我其實不怎麼推薦他們這種「強硬」的管教方式。

「希望，妳糟糕的行為讓我非常丟臉。雖然妳從以前就是我們家族的恥辱，但這次我真的對妳失望透頂！」希剋銳絲女王罵道。雖然她抓著飛天礦車，很不威嚴地在空中搖來晃去，希望還是被罵得很難過。

希望真的很想得到母親的讚許，所以聽到母親用甜美的聲音說出如此冰冷、如此失望的話，她感覺自己的心整個萎縮了。

在對小孩說話的時候，你必須注意自己的言詞。因為小孩都會把你說的話聽進去。

「別在外面胡搞瞎搞了，還不快跟我回戰士鐵堡！」希剋銳絲女王命令。她還真是了不起，自己明明拚命抓著飛天礦車、在空中晃來晃去，還是能面不改色地責罵女兒。

「父親，劫客說的是真的嗎？你真的覺得我讓你丟臉嗎？」札爾邊高喊邊

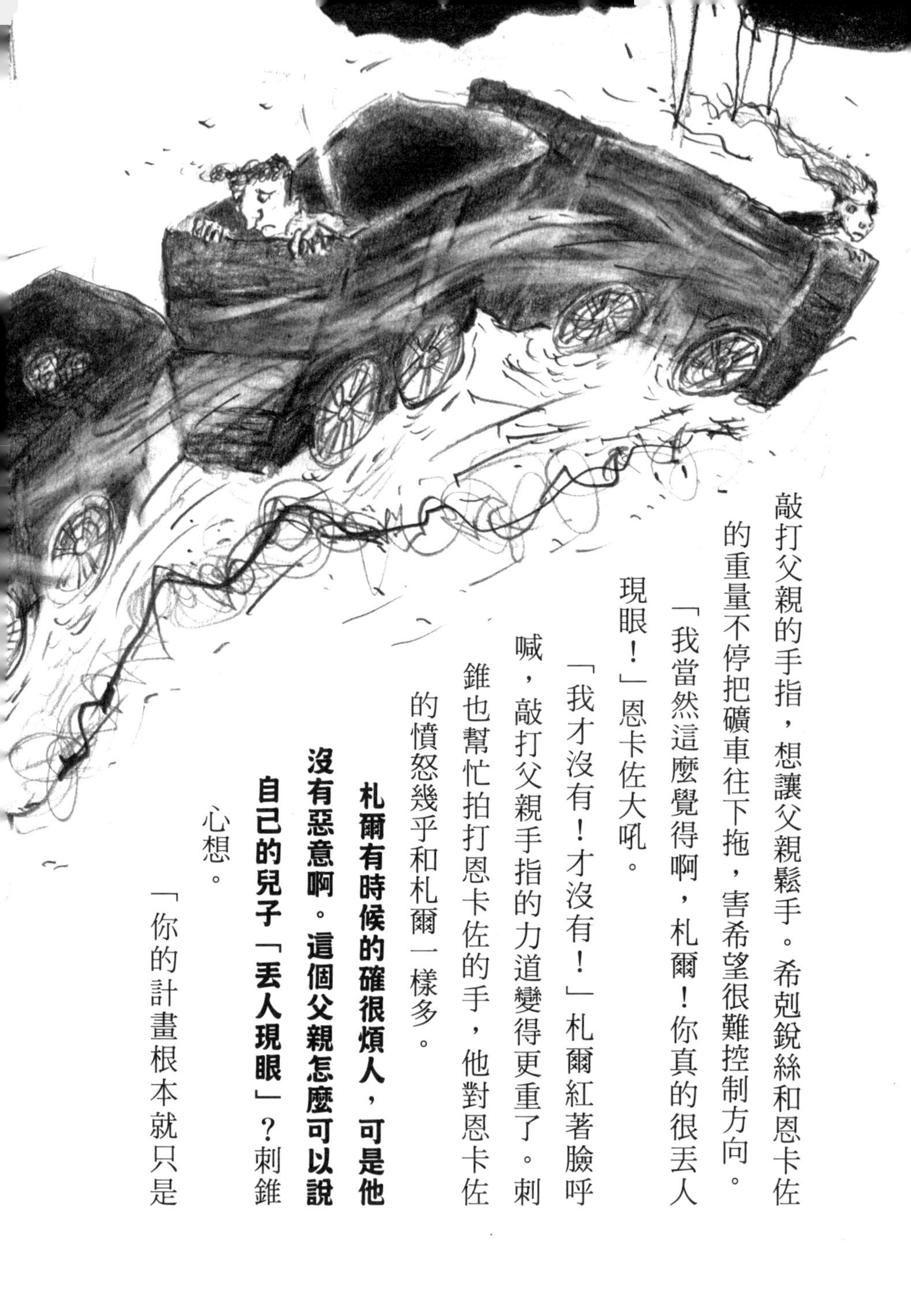

敲打父親的手指，想讓父親鬆手。希剋銳絲和恩卡佐的重量不停把礦車往下拖，害希望很難控制方向。

「我當然這麼覺得啊，札爾！你真的很丟人現眼！」恩卡佐大吼。

「我才沒有！才沒有！」札爾紅著臉呼喊，敲打父親手指的力道變得更重了。刺錐也幫忙拍打恩卡佐的手，他對恩卡佐的憤怒幾乎和札爾一樣多。

札爾有時候的確很煩人，可是他沒有惡意啊。這個父親怎麼可以說自己的兒子「丟人現眼」？刺錐心想。

「你的計畫根本就只是

「希望，我這次真的對妳失望透頂！」希剋銳絲女王罵道。

『自我滿足』罷了！」恩卡佐怒吼。「世界上才沒有消滅巫妖的法術呢！」

恩卡佐和希剋銳絲用他們的重量讓礦車猛然往左歪。

礦車突然往左邊歪去，害希望一時間無法專心駕駛車隊，車隊撞上一隻正在奔跑的疙瘩山怪。

整批礦車都從空中落下，砸在洞穴地面。

希剋銳絲和恩卡佐跳了起來，志得意滿地準備把叛逆的小孩抓回去。

但這時希望動了動鼻子，原本鎖住劫客雙腳的鐵鏈解了下來，彷彿自然解開的繩結。

鎖鏈飛起來，俐落地把恩卡佐的右手臂和希剋銳絲的左手臂銬在一起。與此同時，巫妖嗅獵人與無情暴虐分別抓住巫師之王與戰士女王的肩膀。

轉眼間，勝利化成了絕望。

前一刻，勝券在握的兩位家長還以為自己抓到不聽話的小孩，完美地完成任務了……結果下一刻，他們自己就被別人抓住了。

「我以皇帝之名逮捕你們！」無情暴虐大吼。

巫妖嗅獵人開心地搓著戴手套的雙手。「喔喔，皇上一定會很高興的！」

在事情發生轉折時，希望把握機會再次讓東倒西歪的礦車隊飛到空中。

「真是的，我們總不能讓他們被逮捕吧……」她擔憂地往下望去，看著被銬在一起的兩位家長。

但希望不必為這件事操心。

吼吼吼吼吼吼吼吼吼吼！

一頭巨大的棕熊從礦場入口跳了進來。她高大得不可思議，體型至少是一般棕熊的三倍大，而且蓬鬆的毛髮還因為憤怒或恐懼而豎了起來，讓她顯得更大隻了。

熊身邊的生物實在太奇特了，就連恩卡佐也很少有機會和這種生物互動。那是兩匹巨大的野馬，他們的形狀不停變化，有時看起來骨瘦如柴，有時看似長了強而有力的肌肉，但無論身體怎麼改變，他們的眼神一直沒變，閃爍著火

光。他們張大嘴巴發出尖銳的嘶鳴，口吐白沫衝上前，看起來是完全發瘋失控了。

「是怒馬！」恩卡佐震驚地說。

第九章　波蒂塔與怒馬

巫妖嗅獵人與無情暴虐完全愣住了，只能眼睜睜看著兩隻尖叫的怒馬直衝過來。

無情暴虐只來得及說：「這到底是怎麼回事？」然後才意識到怒馬正像巨大的落石一樣筆直朝他們奔來。無情暴虐和巫妖嗅獵人再不閃開，馬上就要被巨馬可怕的馬蹄踩扁了，於是他們轉身全速往反方向跑。

他們沒有跑遠就被怒馬追上了，兩匹怒馬立刻開始攻擊他們，撕扯他們的衣服，把兩人身上的毛皮衣撕成碎片，還把無情暴虐的勳章踩得扭曲變形。怒馬完全沒有要住手的意思，要不是巨熊到場用吼聲喝止他們，巫妖嗅獵人和無情暴虐就只能繼續遭受暴力攻擊了。

噩夢般可怕的怒馬不情願地停止攻擊，最後惡狠狠地朝巫妖嗅獵人與無情暴虐踢了幾腳，這才跑去看守恩卡佐與希剋銳絲。

兩位君王想要逃跑，問題是他們被銬在一起，卻想往兩個不同的方向跑，結果當然哪裡也去不成。七竅生煙的怒馬繞著他們轉圈，不停尖叫、嗤氣、踩踏。與此同時，巨熊把巫妖嗅獵人和無情暴虐撲倒，兩隻大大的腳把兩人按在礦場入口的地上。

熊對著兩人的臉**吼吼吼吼吼吼吼吼吼**，恐怖的吼聲吹得兩人的頭髮往後亂翹。熊用強壯的後腿站了起來，兩隻毛茸茸的大前爪用力敲著胸膛。巫妖嗅獵人與無情暴虐根本不想留下來觀察巨熊，也不想知道巨熊有什麼意圖，他們直接加入尖叫著瘋狂逃離礦場的人群，穿著破破爛爛的衣服、大聲哭喊著，頭也不回地逃走了。

熊的兩隻前腳重重落回地面。

她滿意地嗤氣……

……接著開始變身。

變身術是巫師最厲害的魔法技能之一。前一秒，她還是高大、壯觀、狂野的巨熊，下一秒，熊的輪廓就開始縮水、縮水……最後變成一個不修邊幅、看不出年紀的女人。女人打扮得很奇特，但她的眼睛充滿了笑意。

「波蒂塔夫人！」希望從飛天礦車往下望，開心又寬慰地呼喊一聲。

「姊妹！」卡利伯歡呼。波蒂塔是法力高強的巫師，同時也是卡利伯的雙胞胎姊妹。（註5）

「謝天謝地。」希望說。「波蒂塔會幫我們解決問題的……」

「我就知道她不會拋下我們不管！」札爾說。希望駕駛飛天礦車往下飛，

註5　這件事說來話長，請參閱《昔日巫師Ⅲ：幸運三生》。

準備降落……卻發現有隻一臉嚴肅的小貓頭鷹飛在他們前方，擋住他們的路。

這是呼菈，她是和波蒂塔形影不離的同伴。

「你們這是要去哪裡？」小貓頭鷹呼菈凶巴巴地說。「我們可不是為了你們來的……你們還沒完成任務呢……還不快去迷失湖解救札爾和吱吱啾！**快去啊！**」

「妳們不是來幫助我們的嗎？」希望失望地說。

「不用我們幫忙，你們自己也

可以好好完成任務的。」呼菈冷淡地說。「而且波蒂塔還得把這些人帶去安全的地方，哪有空幫你們……我們必須找到離這裡最近的巫師營地，請巫師收留他們……」她用翅膀指向忙著逃跑的年輕巫師與魔法生物。

「那之後，我們還得把大家帶回各自家長身邊。」呼菈嘀咕。「這根本是一場麻煩得要命的噩夢啊……」呼菈不停唉聲嘆氣，但其實她心裡很高興，因為她很喜歡管別人，也很喜歡處理這種噩夢般的麻煩狀況。

「那至少要放我下去吧？」劫客說。「這個礦車對我來說太擠了，而且我也不想跟這些瘋子和怪人待在一起。我可是非常重要的人物喔……」

「沒時間讓你們降落了。」呼菈說。「況且，親愛的劫客，你不覺得和瘋子與怪人待在一起總比困在礦場裡好嗎？你要知福惜福啊……去吧，去吧，你們快走吧……你們的雪貓在外面等著……去找巫妖王、拯救吱吱啾吧……波蒂塔會留在這邊收拾殘局的……**去吧**……」

希望心懷渴望地從礦車上探出頭，望向地上的波蒂塔，只見波蒂塔的圍巾在身邊亂飛，一副副活著的眼鏡像大昆蟲般在她身上爬來爬去。波蒂塔愉快地對希望揮揮手，不知為何，看到波蒂塔在混亂的礦場裡露出鎮定的笑容，希望突然覺得心裡踏實多了。即使在所有人四處奔逃的混亂中，即使在人們與魔法生物瘋狂逃出幸福礦場之時，波蒂塔也平靜無比，彷彿在撲克丘幫大家上烹飪課，只不過是課堂上亂了一點而已。

「你們做得**很好**喔！」波蒂塔大聲鼓勵他們。「快去吧！」

小貓頭鷹意志堅定地飛去解決問題……

希望不情願地駕駛礦車隊飛出幸福礦場，飛往森林的某一個位置。粉碎者、狼人、熊、狼與雪貓都在那邊等著他們來會合。

下方，希剋銳絲女王高高抬起下巴，漂亮的小腳在地上「答、答、答」踩個不停。她完完全全氣壞了。在戰士鐵堡裡，僕人和臣民如果看到她露出這種表情，通常都會趕緊躲到家具後面，免得被女王亂丟的陶器砸中。

希剋銳絲女王現在怒不可遏，而且就算附近有陶器，她也沒辦法拿來亂丟出氣。

這是為什麼呢？因為她的慣用手和敵方國王銬在一起了。槲寄生啊，她非但**不愛**這個國王——沒錯，她**一點也不愛**這個人——理論上還應該和國王處於全面開戰的狀態。

情況完全失控了。希剋銳絲女王最討厭失控的狀況了。

於是，希剋銳絲把自己毒蛇般的怒火集中在接下來這句話之中，諷刺地對波蒂塔夫人說：「妳說他們做得**很好**？他們哪裡做得好了？妳這個瘋瘋癲癲、奇裝異服的茶壺套，妳好大的膽子，竟然敢鼓勵他們！」

「大家不是常說『幸福礦場是不可能關閉的』嗎？」波蒂塔夫人說。「你們瞧！他們這不是讓不可能的事情成真了嗎？而且這還是一件大大的好事呢。」她變得稍微嚴肅一點，補充道：「天底下可能沒有比這座礦場更糟糕、更令人難受的地方了。」

「所有戰士都殘忍無情。」恩卡佐譏諷道。「妳看，你們所謂的『文明』是如此腐敗……」

希剋銳絲漲紅了臉。她就知道恩卡佐會提起這件事。「我不會替皇帝找藉口，」她輕蔑地說，「但並不是所有戰士都和他一樣……」

「可是啊，妳既然選擇效忠戰士皇帝，」波蒂塔夫人說，「不就代表妳認同這種地方，也覺得這種地方沒有問題嗎？」

這是希剋銳絲無法回答的問題，她一時間說不出話來。這非常難得，希剋銳絲可是很少啞口無言的。

「妳就是這個意思。」恩卡佐殘酷地說。「希剋銳絲，認清事實吧。」

「槲寄生啊！」希剋銳絲煩躁地說。「好啦，我接受你們的論點。看到這座礦場關閉，我心裡也很高興。至於我和手下的戰士究竟應不應該繼續追隨皇帝那種人，我也該仔細考慮一下了。」

太神奇了！希剋銳絲女王竟然承認自己可能犯了錯，希剋銳絲女王竟然要重新考慮自己的態度，這可是非常難得的事件！這會不會是只有在童話故事裡才可能發生的事情呢？

波蒂塔夫人滿意地點頭。有時候，人們必須親眼看見、親自體驗，才能改變自己長久堅持的想法。

「希剋銳絲女王要獨立了嗎？」恩卡佐的譏諷破壞了美好氣氛。「她漂亮的嘴脣不會再親吻戰士皇帝的手了嗎？她不會再效忠那個糟糕的皇帝了嗎？我不信……」

「你閉嘴啦！」希剋銳絲女王罵道。「波蒂塔夫人，妳怎麼會來這裡？我們這是在管教自己家的小孩，妳不該插手！」

「不是你們把我召喚過來的嗎？」波蒂塔驚訝地說。「我之前說過啊，如果你們和小孩相處時遇到困難，可以敲三下找我來幫忙。你們不是敲三下了嗎？我不是來了嗎？我很樂意幫忙啊。」

「我們怎麼會需要妳幫忙！」希剋銳絲女王驚呼。「我們才不需要妳的幫助呢！」

「而且我們也沒有敲三下啊……」恩卡佐說。「那是孩子們敲的，他們假裝是敲敲怪發出叩叩聲……妳應該也知道敲敲怪是什麼吧？他們是住在礦場裡的小生物，當地道快要崩塌時，他們就會用敲擊聲警告同伴。戰士們就是聽到敲敲聲，才決定關閉礦場的。」

「他們好機智喔！」波蒂塔讚許地說。「從他們來我的資優巫師學院學習時，我就發現你們的孩子很聰明了。我相信你們都以這兩個聰明的孩子為傲。」

這個嗎……兩位家長若有所思地挪動雙腳。

目前為止，他們有認真欣賞過孩子的聰明嗎？並沒有。但這是因為當家長真的很辛苦啊……更何況他們的小孩違反了部族與野林所有的規則，身為家長的希剋銳絲和恩卡佐哪有心情為孩子的聰明機智感到驕傲？

「嗯，」波蒂塔接著說。「既然這都是一場誤會，你們並沒有敲三下召喚我，你們顯然也不需要我幫忙，那我還是離開好了。」

那之後是一段很短卻意味深重的沉默。

希剋銳絲和恩卡佐同時想到一件事：他們還真的需要波蒂塔夫人的幫助。

「呃，波蒂塔夫人，」恩卡佐若無其事地說，「在妳離開之前，能不能幫我們一個小忙，把這條鎖鏈解下來？我的魔法對它無效，我們兩個好像困住了……」他舉起和希剋銳絲女王銬在一起的那隻手。

「的確呢。」波蒂塔夫人讚賞地說。她開心地笑了一聲。「可惜我幫不上忙，因為希望是用操控鐵的魔法鎖上手銬的，所以只有希望能幫你們解開鎖鏈。孩子們現在應該在前往迷失湖的路上了，他們打算去面對恐怖的巫妖王，用消滅巫妖的法術對付他。」

「我們**必須**阻止他們！」恩卡佐高呼。「要是希望把巫妖王從鐵球裡放出來，我們所知的世界就會被巫妖完全摧毀，我們愛的一切也都會毀滅殆盡……」

「想追上他們的話，你們得加緊腳步了。」波蒂塔警告道。「我雖然沒辦法解開鎖鏈，還是可以幫助你們。我請一隻怒馬載你們吧。」

她轉向兩匹怒馬，用馬語和他們交談。他們的對話聽起來很好笑，波蒂塔和兩匹馬都連連嘶鳴，還甩頭強調自己說的話。

「怒馬一般不會讓人騎在他們背上，不過他們願意破例幫助你們。其中一匹會留在我身邊，另一匹會載你們去往德魯伊的堡壘。」波蒂塔說。

波蒂塔站在巨馬的頭邊，試著用溫和的聲音安撫巨獸。怒馬憤怒得全身顫抖，換作是別人可能不敢接近她，但兩位君王還是勇敢地爬了上去。

希剋銳絲堅持要側坐在馬背上。戰士女王都會盡量側坐著騎馬，這樣才能給人莊嚴高貴的印象。

「妳這樣會摔下去。」恩卡佐警告她。

「我……才……不會……」希剋銳絲女王說話的同時，怒馬用後腿直立起來，尖叫著瘋狂飛奔。馬蹄聲達達響起，她像被巫妖追趕似地拔腿狂奔，尾巴還在身後甩來甩去，像是在嘲諷巫妖。

怒馬油亮的背部和水銀一樣滑溜，還隨著奔跑的動作不停挪動——但希剋銳絲憑著膠水般堅強的意志力，緊緊黏在馬背上。

波蒂塔目送他們離去，好笑地搖了搖頭。**無論你是誰，無論你對希剋銳絲女王有什麼看法，都無法否定她堅強的「意志力」**。

「呼！」呼菈飛下來說。「波蒂塔！我們必須把礦場逃出來的巫師小孩和魔法生物找回來，幫他們找到歸宿。」

「對，對。」波蒂塔說。「這份任務就交給妳了……妳很擅長做各種安排嘛……至於我呢，我得展開冒險了。我剛剛故意把跑得最快的怒馬留在身邊……」

呼菈降落在波蒂塔肩頭，非常嚴肅地盯著她的眼睛。

「波蒂塔，」呼菈說，「妳該不會想加入那幾個瘋孩子，和他們一起去迷失湖冒險吧？我們不是要退休了嗎？巫師本來就該四處遊歷……雲遊天下……享受吹過頭髮的風……讓穿舊了的靴子帶著我們去往未知境界……妳難道忘了嗎？而且啊，妳不應該隨便插手的。」

「我不會插手。」波蒂塔答應她。「這是孩子們的冒險，一切由他們作主。但是，他們需要我的幫助。」

波蒂塔的表情非常認真。

「恩卡佐和希剋銳絲雖然愚昧，」波蒂塔說，「不過他們有一點說對了：假如希望把巫妖王從鐵牢裡放出來，結果不幸被巫妖王打敗，那世界將會陷入無與倫比的恐怖——」

波蒂塔看到呼菈害怕的樣子，沒再說下去。她摸摸小貓頭鷹的羽毛，努力安撫她。「呼菈，相信我，我必須去追他們，也必須盡量幫忙。等妳完成這邊的工作，也可以來加入我們。」

於是呼菈飛去幫助從礦場解放出來的孩子們找爸媽，波蒂塔則爬上第二匹怒馬，出發去追希望和札爾了。

與此同時，希望的飛天礦車迫降在森林的某一個位置，他們的朋友和同伴都在那裡等著會合。

三隻美麗的雪貓穿越森林走來，像三隻巨大的小貓開心地撲倒從礦車裡爬出來的札爾他們，還興奮得一直舔他們的臉。

「貓王！森心！夜眸！」希望呼喊著把臉埋進他們深雪般的毛髮。「我好想你們喔！」

她接著抱住長步高行巨人粉碎者的腳踝。「我也很想你喔，粉碎者。」

「我們都很擔心你們。」巨人說。**「你們去了好久，一直沒回來……」**

「我們成功了！」札爾舉著拳頭歡呼。「我們關閉礦場了！還拯救了劫客跟礦場裡其他人！我就知道我們會成功！**我是命運之子，感受我偉大的力量吧！**」

卡利伯嘆了口氣。至少札爾說的是「我們成功了」。如果是在六個月前，札爾大概會宣稱任務是自己獨力完成的……這麼看來，他的確進步了「那麼一點」。

「這下我們就可以從劫客那裡拿到第二次機會之杯，完成消滅巫妖的法術了。」札爾又說。

「**哈！**」刺錐指出。「札爾，**你**一開始不是不想去礦場冒險嗎？別說得好像這都是你出的主意一樣。」

這時，樹叢突然傳出碰撞聲。

貓王！森心！夜眸！
我好想你們喔！

「那是什麼聲音？」卡利伯焦慮地問。

跟蹤他們的人是戰士呢？還是巫妖？還是巫師？還是說，那是疙瘩山怪毛茸茸的腳追過來的聲響？

卡利伯看清跌跌撞撞地跑進林中空地的東西時，忽然大喜過望……

……那是一隻巨大的棕熊。

「姊妹！」卡利伯欣喜地高呼。

「波蒂塔！」希望、刺錐和札爾看著棕熊變身成不修邊幅、親切和善的波蒂塔，忍不住興奮地歡呼。有了波蒂塔，這場冒險似乎沒那麼可怕了。

波蒂塔身邊跟了一群小綠仙。

「小綠仙……」亞列爾、風暴提芬與嗡嗡咻煩躁地瞪著他們，嘶聲說。小妖精們真的很

波蒂塔
（卡利伯的姊妹）

受不了小綠仙。

小綠仙小小隻毛茸茸的，有點像長不大的毛妖精，還會把黃蜂當寵物養，騎著黃蜂飛來飛去。他們像變色龍一樣可以變色，用長了荊棘的小樹枝把頭髮梳成華麗的髮型（小妖精認為他們這是在炫耀）。

大群大群小綠仙在嗡嗡聲中湧來，他們沒有平常那麼歡樂，但是在目前艱困的情境下，他們還是盡量表現出愉快的樣子。他們用傳統的方式對大家打招呼：

「**哈囉**！**哈囉**！我們在這裡我們在這裡！

「哈囉！長得像裝在錫罐裡的大頭菜的男孩……戴眼罩的歪斜怪咖……手會背叛大家投奔巫妖的男孩……我們要加入你們這場……超級瘋狂……像自殺一樣……瘋瘋癲癲……蠢蠢笨笨……**莫名其妙**的新冒險！」

波蒂塔親切地擁抱所有人，高興地說：「札爾、希望、刺錐，我好想你們喔！」

「喔你好啊，自以為是沒有自己以為那麼重要曾經被變成哥拉哲特勾柏金的高大男孩……」

小綠仙們看到悶悶不樂地待在陰影中的劫客，歌唱著對他打招呼。他雖然被救出幸福礦場了，卻沒有感激涕零，反而覺得很煩躁——怎麼大家都只關心札爾和希望，沒有人來關心最重要、最偉大的他？

波蒂塔皺著眉頭看他。「喔對，這位是哥哥吧。我終於知道你們為什麼要帶他來了——第二次機會之杯在他身上，對不對？那孩子，快把杯子交出來吧！」

劫客又驚又怒，整張臉都紅了。

「妳終於知道他們為什麼要帶我來了？這什麼意思嘛！我可是巫師王儲，還有很多人說我擁有不可思議的魔法潛力。第二次機會之杯是父親送給我本人的禮物，我才不要交給你們呢。」

波蒂塔用非常嚴厲的眼神看著他，又用很細微很細微的動作眨了一隻眼睛。一般人可能不會注意到她這個動作，不過波蒂塔和希望一樣，是世界上少數天生擁有魔眼的人物之一。

波蒂塔眨眼時，劫客背上的帆布背包開始震動，包包裡似乎有什麼東西活了起來。第二次機會之杯從背包裡猛衝出來，重重撞了劫客的頭一下，飛到波蒂塔張開的手裡。

「**很痛耶！**」劫客大叫。

「抱歉了，親愛的。」波蒂塔接住杯子，和善地說。「不過我請你交出杯子的時候，你就該把東西交出來了啊。」

杯子側面有一些捲捲的小妖精文字，是恩卡佐之前刻上去的。

波蒂塔把那段文字唸出來：「『給劫客，我最親、最愛、最優秀的兒子，慶賀他的魔法降臨。』唔……」波蒂塔若有所思地說。「不得不說，恩卡佐教養小孩的方式還有待加強，我一看就知道札爾和劫客為什麼相處不睦了。」

「把杯子還給我！」劫客揉著腫起來的頭，大聲吼叫。「而且我要你們盡快把我帶去安全的地方。札爾遭遇什麼都無所謂，可是我非常重要，要是我父親死去，我就會是部族最後的希望了。」

「是，是。劫客，我相信你真的非常重要。」波蒂塔安慰道。「可是呢，我們現在沒時間把你帶去安全的地方，所以你只能跟著我們走了，路上盡量不要妨礙我們喔。好了，我們別站在這裡乾等，還是在天黑前趕緊遠離幸福礦場吧。」

「妳不是要讓札爾、希望和刺錐自己去冒險嗎？」卡利伯問道。一聽到姊妹要同行，他不禁露出大喜過望的表情。

「他們敲三下召喚我了啊。」波蒂塔簡單地回答。「當孩子召喚你，就表示他們真的需要你幫忙，你當然該回應囉。」

第十章　忽然間，一切似乎都進行得很順利

孩子們和一小群同伴再次踏上旅程。

他們盡可能逃離幸福礦場，來到野林中心一顆巨岩下面的空間。波蒂塔認為這裡夠安全了，可以紮營休息。

和孩子們同行的第一晚，波蒂塔就動手幫助他們調製消滅巫妖的法術。

「不幸的是，我現在是背包客，沒有隨身攜帶大釜。」波蒂塔皺著眉頭說。「如果要施展出厲害的法術，就一定要用到大釜，不過那東西真的很笨重。親愛的粉碎者，能請你幫幫忙嗎？」

波蒂塔夫人抬頭對粉碎者呼喊。巨人個子很大，思想往往也很宏大，而身

為長步高行巨人的粉碎者，思想更是無比深遠。當長步高行巨人忙著思考深遠的事情時，你實在很難引起他們的注意。

粉碎者作夢般從樹冠摘下幾片葉子，像正在反芻的牛一樣緩慢咀嚼樹葉，同時心想：

問題是，我知道這些樹葉是綠色的，但我怎麼知道「我」看到的綠色和「別人」看到的綠色一樣？

這個問題讓粉碎者十分興奮，他不禁加快咀嚼的速度。對人類來說，他吃樹葉的速度還是很慢，畢竟巨人的動作都非——常——緩——慢，不過這對長步高行巨人來說已經很快了。

還有，我們高興的時候為什麼會哭？這和我們難過時哭出來的眼淚一樣嗎？

粉碎者今天和小小朋友們重聚，高興到巨大的頭腦開始用力思考，提出一個又一個有趣的問題，結果他完全沒看到下方的朋友們努力跳上跳下對他揮手。

如果你愛你的敵人，那他們會變成你的朋友嗎？粉碎者心想。**如果你預期到難以預料的事情會發生，那難以預料的事情是不是就變成可以預料的事了？那如果有兩個會讀心術的人互相讀心……到底是誰在讀誰的心呢？還有，如果有人說「我在說謊——這句是真話還是謊話？」答案究竟是什麼呢？**

「粉碎者！」小小朋友們在下方吶喊，過了好一陣子粉碎者才愣住，彎腰把和善的月亮臉湊到大家面前。

「**真是抱歉。**」粉碎者說。「**我剛剛在想其他事情……你們需要我幫忙嗎？**」

大家提出問題時，粉碎者其實有點失望，他本來期待大家提出重要的問題，例如：「宇宙真的在膨脹嗎？如果它停止膨脹，那會發生什麼事？」儘管如此，他還是配合地把宏大的想法轉向平凡乏味的問題，思考起自己有沒有隨

身攜帶大釜。

他並沒有。

雖然沒有大釜，粉碎者還是把他的金屬火絨盒拿出來給大家用。對巨人來說，火絨盒就和火柴盒一樣大，不過對人類來說，它和大釜一樣大。

波蒂塔用風暴提芬替她保管的特殊火焰，點燃火絨盒大釜下面的木柴。她之前從半島各地蒐集了火焰，這就是結合各地火焰的特殊火苗。

接著，波蒂塔請曾精拿出法術材料，將它們一一撒進大釜，同時唱著不同元素的歌，彷彿在宴會上幫各位材料朋友做介紹。「如此一來，它們才能好好混融在一起。」她告訴希望。

「第一！死亡堡巨人的最後一口氣（諒解）。

「第二！巫妖羽毛（渴望）。

「第三！冰凍女王的淚水（溫柔）。

「第四！馬魔的鱗片（勇氣）。

「第五！迷失湖德魯伊的淚水（耐心）……

「我們加了兩種淚水進去。」波蒂塔憂心地搖頭說。「不知道這個法術為什麼需要這麼多淚水，我擔心這是不祥之兆……」

劫客氣呼呼地雙手抱胸。「所以說，我們根本就不該去冒險。這太危險了，而且我擁有優秀的魔法資質，我要是死了，世界就會失去一大奇才。」

噗噗噗噗噗噗噗噗噗噗噗！札爾的號角得意地說。號角聽到札爾吹牛時，通常會有點興奮地發出噗噗聲，但在劫客身邊它吹得更響亮了，聲音是以前的兩倍大，也比以前失禮一倍。現在只要劫客張開嘴巴，號角就會聚精會神地等他說話，像是準備全力吹響似地發出低鳴聲。

劫客沉下臉，他認為這是札爾的錯。他總是把事情怪到弟弟頭上。「札爾，你就不能管好你的號角嗎？」劫客罵道。

法術在火絨盒裡沸騰冒泡，變成各種不同的顏色。法術劇烈翻騰，最後有一顆大泡泡噴在波蒂塔夫人臉上，她頗感興趣地嘗了嘗法術的味道。「完美！而且味道十分美味，這對魔法的效力也很有幫助。法術越可口美味，就越有機會成功。**把第二次機會之杯拿過來！**」

刺錐把杯子交給波蒂塔，她將法術倒進杯子裡。

「我們必須用活著的湯匙攪拌消滅巫妖的法術。」波蒂塔說。「那魔法湯匙！這就是你一展長才的機會……請你盡全力攪拌法術吧！」

湯匙很樂意扮演如此關鍵的角色，他跳進杯子，興奮又激動地攪拌最後幾滴法術，讓法術冒出更多泡泡。法術的量變成原本的兩倍，然後是三倍，同時不停變色，還發出小小的吱吱聲，聽起來像是各種材料在交談的聲音。

「很棒。」波蒂塔滿意地說。「小湯匙，可以停下來了。」

法術聞起來好香，蜂蜜般圓潤的芳香飄進希望的鼻子，讓她的味蕾興奮了起來，她期待到差點流口水。

「喔喔喔……」希望渴望地說，「波蒂塔，我們可不可以偷喝一點點？我們只是想檢查法術有沒有調配好而已。」

其他人也嗅著法術的味道，那個香味令人魂不守舍，實在太誘人了，大家都恨不得從波蒂塔手中搶過杯子，一口把法術喝光光。札爾有巫妖印記的那隻手往前挪了挪，可是波蒂塔馬上就把杯子移開，不讓他們碰。

「我們不能現在品嘗法術。」波蒂塔邊解釋邊把法術倒入瓶子，緊緊塞上瓶塞後交給曾精保管。「我們之後還得用這個法術和巫妖王戰鬥，連一滴都不能浪費。」

希望鬆了一口氣。法術被裝進瓶子以後，不再用誘人的香味引誘他們了。

在眾人發自內心的歡呼聲中，波蒂塔將法術瓶舉到空中，驕傲地高呼：「大家都做得很好！多虧了你們了不起的努力、勇氣與堅持，多虧了你們的耐心與意志力，你們完成了不可能的任務。你們完成了人類史上的創舉，創造出『消滅巫妖的法術』了！」

希望、札爾和刺錐興奮地歡呼，呼菈與雪貓蹦蹦跳跳，孤狼與狼對天號叫，小妖精們飛來飛去發射出小煙火般的慶祝法術，魔法物品也興奮地繞圈亂跑。

只有劫客悶悶不樂。波蒂塔把第二次機會之杯還給他之後，他還是高興不起來，但這不影響其他人歡慶。

看到不可能的任務完美地完成了，所有人感到滿意又高興，並滿心期待之後也順利完成打敗巫妖的大任務。他們在營火邊談笑到了深夜，享用波蒂塔美味的燉菜——她是用調製法術的火絨盒煮燉菜，因此這頓飯味道特別甘美。

波蒂塔和希望一樣，一般物品在她身邊都會活起來，湯匙、叉子、鑰匙與大頭針身邊多了很多魔法物品同伴，他們非常高興。大家吃完飯都不用洗碗，碗和杯子都自己滾到附近的小溪洗澡去了，刀叉也蹦蹦跳跳跟了過去。

一把比較大的刀子敲破小溪結凍的冰面，餐具們開開心心地在三更半夜開洗澡派對。叉子很擅長游泳，故意在鑰匙面前表演特技，它從高高的雪堆上跳下來，在空中後空翻幾圈以後落進水裡。它把叉尖當手用，優雅地在小溪裡展現速度很快的狗爬式、慵懶的仰式還有蝶式，像小烏賊似地在水裡優游。

就連湯匙也無法讓他高興起來。

耶耶耶耶耶 !!

可惜魔法鑰匙都在欣賞湯匙善良的表現，沒心思看叉子漂亮的泳技，害叉子很火大。有幾根小大頭針不會游泳，卻還是想參加派對，它們跟著叉子從雪堆上跳下去，邊跳邊興奮地扭來扭去（它們要是能出聲，想必會尖聲說：「耶耶耶耶耶！」）……

……結果呢，它們跳進小溪的瞬間就沉到水底。湯匙連忙在水中接住大頭針，還把它們從水底淤泥中挖出來。

小大頭針們似乎不以為忤，充滿正義感的魔法湯匙才剛把它們救上岸，它們又高高興興、不顧危險地跳上雪堆玩跳水了。

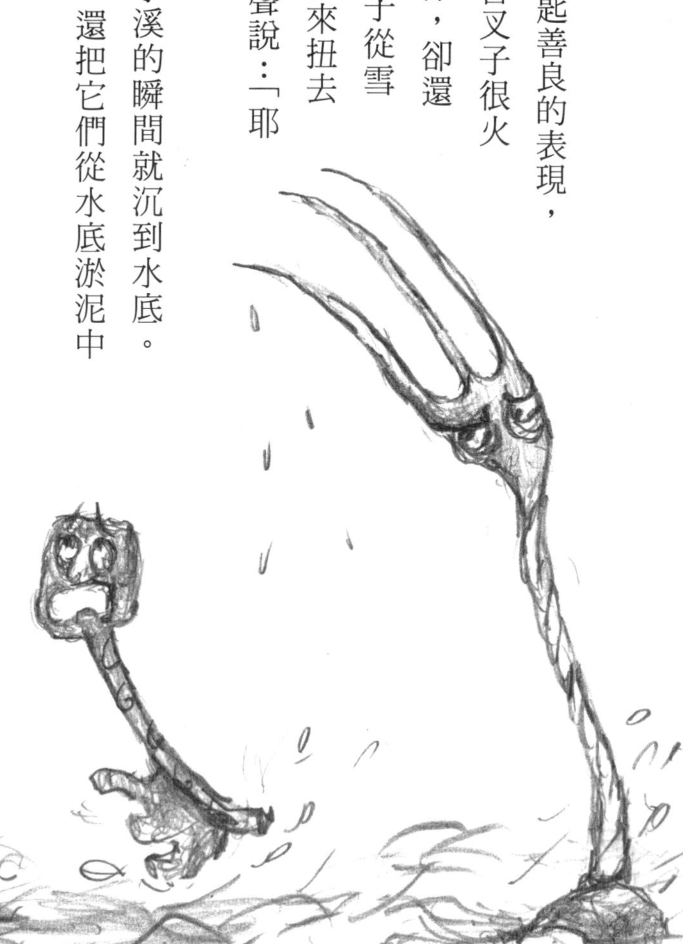

鑰匙站在陰影中大喊：「那邊又有一根大頭針沉下去了！湯匙，你真是我的**英雄偶像！**」可想而知，魔法叉子看了一點也高興不起來。它可是示範了自己發明的泳式，用華麗的動作到處噴水呢。叉子把這種游法命名為「雙叉進出前後泳」（請注意，這是只有叉子才做得到的游法，請勿模仿——但如果你**也是**叉子，那歡迎模仿）。

餐具們游完泳後累得想睡覺，於是波蒂塔施了一些看不見的法術，讓空氣變得和羽毛床墊一樣又軟又彈，這樣餐具就不必在硬邦邦的地上睡覺了。小綠仙習慣結繭睡覺，波蒂塔和她的棒針也幫他們結了繭。

希望湊到夜眸厚厚的毛髮裡，在溫暖的雪貓身邊睡著了。

貓王輕輕舔著札爾有巫妖印記的手臂，想要舔掉手臂的疼痛，幫助札爾入睡。**吱吱啾，別擔心。**這是札爾睡著前的最後一個念頭。**我們完成消滅巫妖的法術了，我也遵守諾言了。我們馬上就來救你……**

勝利與希望的美好夜晚，就這麼結束了。

沒有人看見在上方偷窺他們的月耙，這也許算是一件幸事。

月耙這種生物最愛聊八卦了。

他們所謂的「機密任務」，很快就不會是機密了。

夜晚結束時，野林裡每一隻小妖精都聽到消息了：波蒂塔和那幾個小怪咖創造了強大的新法術，準備去迷失湖消滅巫妖王。

再過不久，消息將會傳到巫妖王耳中……

第十一章　可憐的小吱吱啾後來怎麼了？

與此同時，雖然上床休息的時間早就過了，吱吱啾還是獨自在雪地裡努力行走。黑害蟲在他身邊飛來飛去，他每一隻迷你的毛妖精腳都凍得疼痛不已，他幾乎沒力氣抬腳往前走。他完全不想去迷失湖，卻無法阻止自己往那個方向走去。

吱吱啾的體型很小很小，所以走得很慢，到現在還在幸福礦場的鐵礦影響範圍內，沒辦法飛行。

他先前看見希望、札爾、劫客等人搭飛天礦車從天上飛過去時，突然又恢復神智了，心中還閃過一絲喜悅。**他們逃出來了！他們出來了！札爾會來救窩！**

他試著對札爾他們呼喊，可是他太小了，其他人又在天上高處，吱吱啾再怎麼努力叫喊還是沒有人聽見。那之後，巫妖魔法再次控制住他的頭腦，黑害蟲繼續嗡嗡飛著叮咬他，他惡狠狠地心想：**他們才不關心「窩」……那個大塊頭劫客是「人類」，所以他們去救他，都不來救窩……**

又過一段時間，載著希剋銳絲與恩卡佐的怒馬從吱吱啾身邊狂奔而過，還差點把他踩扁，吱吱啾差一點點就沒命了。他只聽到可怕的鼓聲，感覺到馬蹄踏在地面的震動，怒馬巨大的馬蹄就從上方踩下來，吱吱啾的一根觸手還被踩斷，他整個人摔進雪地裡的蹄印。等到震驚的吱吱啾顫抖著爬出蹄印時，恩卡佐與希剋銳絲已經勒住直冒蒸氣、全身微顫的怒馬，在離吱吱啾幾英尺的位置停了下來。

他們兩個在吵架。

「妳不是要看地圖嗎！」恩卡佐怒吼。希剋銳絲確實拿著地圖，那是恩卡佐的《法術全書》裡一張摺疊地圖。問題是，怒馬跑得實在太快了，地圖被暴雪狂風黏在她漂亮的小鼻子上，她根本看不清這張該死的地圖嘛。

「我的槲寄生啊，我都忘了，你這個人說的話**一定沒錯**。」希剋銳絲女王諷刺地說。她好不容易攤開地圖，對恩卡佐說：「**你看！**我就說吧，我們**走錯方向了！**你應該讓我操縱怒馬的……還有一個問題是，我們到底該怎麼在不被德魯伊殺掉的情況下闖進迷失湖？我們兩個被銬在一起，哪有辦法潛伏行動？」

「現在是半人馬往南方遷徙的時節。」恩卡佐說。「德魯伊會讓他們穿過沼澤南遷，我們可以讓怒馬混進半人馬群……」

「好主意。」希剋銳絲女王讚許地說。「往這邊走！」怒馬立刻飛奔而去，像水銀一樣奔跑在樹木與飛雪中，消失在遠方。

「是巫師之王恩卡佐與希剋銳絲女王……」吱吱啾輕聲自語。

吱吱啾剛才完全沒有要對他們呼喊的意思。他非常害怕希剋銳絲女王，就算在女王沒有騎乘差點踩死他的巨大怒馬的平時，吱吱啾也不敢對她說話。

「窩可以跟窩主人王妖巫說他們要來了……窩可以把他們的計畫告訴主

人，他一定會很高興……」怒馬在達達蹄聲中跑遠時，吱吱啾自言自語。這時，他短暫恢復了神智，想到巫妖王其實是自己的敵人。「噢！他怎麼會變成窩的主人？」可憐的吱吱啾哭了起來，內心痛苦又混亂。「窩『真正』的主人是札爾，窩真的很愛他，窩甚至願意為他犧牲性命。野林偉大的綠色神明啊，拜託不要讓『窩』背叛他……」

但在越來越大的暴風雪中，偉大的綠色神明似乎沒聽見這隻小毛妖精的哀求。

那已經是一個小時前的事了。吱吱啾花了一個小時在暴風雪中疲憊地行走，走到眼睛灼痛、觸手凍僵、心臟都快停下來了。他知道自己不該往這個方向前進的。

「說不定王妖巫主人不會『超級生氣』。」可憐的小毛妖精不斷喃喃道。

「那也不是吱吱啾的錯啊……」

吱吱啾上方高處，傳來一聲令人毛骨悚然的尖叫。巫妖都在夜間活動，現在就有三隻大巫妖在上空盤旋。即使在狂風暴雪中，他們還是嗅到黑害蟲與同伴的氣味，遠遠望見在雪地裡掙扎的小妖精。現在，三隻巫妖發出怨毒駭人的尖叫聲，朝他俯衝而來。

吱吱啾驚恐地號叫一聲，試圖把自己埋進雪裡。

巫妖們將他從雪裡挖出來，吱吱啾被三隻巫妖在空中拋來接去。

「有……操控鐵的魔法……的女孩……在哪裡——？」最大的巫妖嘶聲說。受了傷的吱吱啾不停發抖，他努力不去看巫妖沒有靈魂的眼睛，生怕對上那雙水銀般的眼眸。

「他們不肯跟窩來……不是吱吱啾的錯……『拜託』不要生氣……」吱吱啾哀求道。

三個巫妖沒有出聲回應。

他們直接毀了那整片林中空地。

他們從嘴巴和耳朵射出毒雷電，被射中的樹幹馬上融化了。巫妖毒讓結

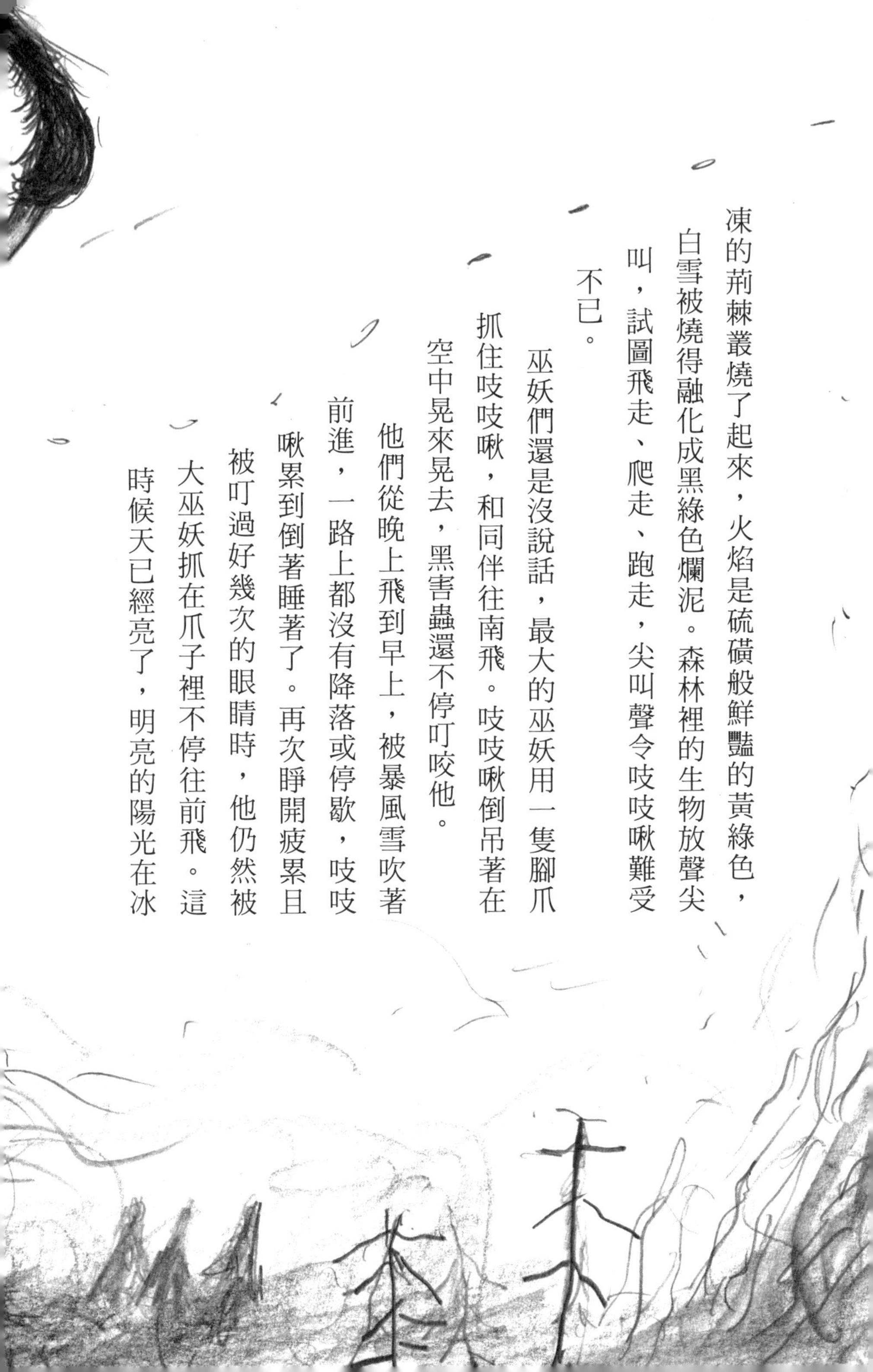

凍的荊棘叢燒了起來，火焰是硫磺般鮮豔的黃綠色，白雪被燒得融化成黑綠色爛泥。森林裡的生物放聲尖叫，試圖飛走、爬走、跑走，尖叫聲令吱吱啾難受不已。

巫妖們還是沒說話，最大的巫妖用一隻腳爪抓住吱吱啾，和同伴往南飛。吱吱啾倒吊著在空中晃來晃去，黑害蟲還不停叮咬他。

他們從晚上飛到早上，被暴風雪吹著前進，一路上都沒有降落或停歇，吱吱啾累到倒著睡著了。再次睜開疲累且被叮過好幾次的眼睛時，他仍然被大巫妖抓在爪子裡不停往前飛。這時候天已經亮了，明亮的陽光在冰

冷藍天高處閃耀，看樣子是下午。吱吱啾伸長脖子往下望，看見總是籠罩迷失湖、緩緩變動的霧氣，即使在豔陽高照的日子，霧氣也沒有散去。

霧氣之下是甜美小徑木橋，以及大批大批的半人馬。半人馬數量多得不可思議，放眼望去地上到處都是他們的身影，他們正在穿行危險的沼澤地，準備遷徙去南方過冬。

甜美小徑從北方蜿蜒延伸過來，穿過了好幾英里的怪鼻領土、永恆之森，終點就是迷失湖。小徑在迷失湖形成巨大的螺旋形狀，遠看彷彿美麗的大蕨類，而完美螺旋中央就是德魯伊最高統帥部，巫妖們正往那個方向前進。

往那邊前進的不只有巫妖，這是因為德魯伊最高統帥部最近發生了非常奇怪的事情。

迷失湖的沼澤地與草地上聚集了大群大群的巫妖，只見一隻隻巫妖眼睛從結霜的蘆葦叢中往外窺。他們看著半人馬群遷徙，默默等待進攻的命令，黑色口水都從嘴唇滴了下來。有些巫妖用一條腿站在沼澤深處休息，也有一些巫妖平穩地在天上飛行，成群巫妖從巫妖山脈裡的藏身處快速湧向迷失湖，彷彿被什麼東西吸引過去。

我也不知道這是怎麼回事。巫妖從以前就一直是德魯伊的敵人，然而……

德魯伊巡邏兵竟然停下腳步和巫妖談話，簡直像是遇到了老盟友。

《法術全書》

半人馬

半人馬是高貴的生物，擁有強大的魔法與其他能力。半人馬會在冬季成群南遷，去往氣候較溫暖的地帶。

看他們的態度，巫妖似乎是受邀前來迷失湖的。

不可能！太荒謬了！莫名其妙。

但這就是事實。

他們要把窩帶去王妖巫那邊。吱吱啾決然地心想。**可是窩不必聽他的命令……窩不必說出背叛札爾的話……窩雖然很小，還是可以堅強……**

冰凍的迷失湖裡有一座島嶼，德魯伊最高統帥部就建在長滿青草的島上。德魯伊部族在這裡建造了高高的城垛，可以站在城牆上眺望遼闊的湖泊。

整座小島的形狀像是挖空的大碗，碗內還有好幾層類似階梯的構造，除此之外還有圍成圓圈的樹木、圍成圓圈的岩石，以及只有最尊貴傑出的德魯伊才可以進入的區塊。巨碗最底部是一座神聖的圓形露天劇場，這裡是法術戰鬥的場所，戰爭中被俘虜的可憐巫師與戰士都被迫在這裡戰鬥，打贏的人才不用成為德魯伊的活祭品。

巫妖們直接飛進德魯伊的神聖空間，站在圓形劇場最上層的德魯伊守衛也直接揮手請他們進去，彷彿在歡迎貴客。

抓著吱吱啾的巫妖降落在劇場中央，宛如丟垃圾一般將小妖精扔到地上。

吱吱啾摔在地上時撞到頭，一瞬間失去意識，接著才睜開迷濛的雙眼。他的額頭被撞得腫了起來，周圍黑害蟲興奮到瘋狂亂飛。

在令人崩潰的嗡嗡害蟲包圍下，吱吱啾努力看清周遭景象。他看見……

……**巫妖王**。

吱吱啾的小肚子驚恐地融化了。巫妖王被大鐵塊包裹著，鐵塊曾經是長矛、箭矢與盾牌，不過這些鐵器之前在戰鬥中被希望的魔法融成一顆形狀詭異的大球了。

這團畸形的鐵塊散發出邪惡的氛圍，吱吱啾忍不住嗚咽著往後縮——與此同時，陰森鐵球中央的巫妖王睜開了眼睛。受困的巫妖王手裡握有希望身體的一部分，那是一小片藍色塵埃，他一直用這片塵埃摩擦鐵球內部，現在鐵球已經有好幾塊變得透明了。

巫妖王睜眼時，眼睛射出的光束照亮他的身軀，只見他像巨大的蝗蟲一樣摺疊著身體，蜷縮在鐵球裡，看起來噁心至極。

巫妖王十分憤怒。

吱吱啾看見他的怒火，憤怒像惱怒的雷電，在鐵球裡劈啪作響。巫妖王說話時，聲音宛如濃縮的仇恨與毒藥，讓吱吱啾後頸汗毛直豎，冰冷的恐懼刺入他身心。

「**她……在……哪……裡？**」巫妖王厲聲問。「你為什麼沒帶她來？」

吱吱啾，逆要堅強。小吱吱啾默默告訴自己。

吱吱啾什麼都沒說，就只用八條害怕得不停顫抖的腿站在原地。

這時候，黑害蟲開始認真攻擊他，叮得他全身受傷。巫妖魔法淹沒他全身，他實在無法思考了。

「他們不肯跟窩來……」吱吱啾終於有辦法說話時，哭哭啼啼地告訴巫妖王。「他們進幸福礦場找第二次機會之杯了……」

他的八條腿害怕得不停顫抖。

「你失敗了……」巫妖王怒喝。「綠息！毒參！你們去這隻小妖精出生的地方，去到他還是一顆蛋時居住的林中空地，然後**摧毀**那個地方！」

兩隻蹲在巫妖王面前的巫妖高興地垂下喙，接著飛到空中。吱吱啾哭喊道：「不要啊！拜託不要！」

「他們現在在哪裡？」巫妖王問道。

黑害蟲再次攻擊吱吱啾，他根本無力抵抗。「窩有『咬』那個邪惡的札爾。」吱吱啾喘過一口氣後說，希望巫妖王聽了能饒過他。親愛的讀者，請不要責怪可憐的吱吱啾，他畢竟是很小很小的生物，而他面對的是高深莫測的邪惡力量。

「把一切都告訴我。」巫妖王說。於是，吱吱啾將一切都告訴了他。

「他們要往這邊來了……他們會坐飛行門過來……他們拿到第二次機會之杯了……希剋銳絲跟恩卡佐也會來……他們騎著怒馬，打算混進半人馬群，然

「主人，對不起，對不起！

後闖進迷失湖……」吱吱啾語無倫次地說。

「毒蛇昂！」巫妖王下令。「去找德魯伊和其他巫妖，叫他們仔細觀察半人馬群，看看有沒有怒馬混進去……」

第三隻大巫妖對巫妖王深深鞠躬。

「女孩如果愚蠢到把我放出鐵牢，就表示他們會將所有信念投注在他們那個可笑的法術上。吱吱啾啊，你應該也明白，他們的小法術是**不可能成功的**。」巫妖王譏諷道。

「不！不！」可憐的吱吱啾用八隻腳摀住耳朵。

「等我擊敗女孩，奪走她所有的魔法，」巫妖王冷笑著說，「——我告訴你，我一定能成功的——到時候，我**絕對不會留情**。

「我會背叛這些和我結盟的愚蠢德魯伊……把他們殺光……那之後，我會摧毀野林，直到放眼望去一切都化為冒著毒煙的灰燼。」巫妖王發誓。

吱吱啾盯著鐵球內的巫妖王，完全看清了對方幾乎沸騰的怒火。他知道巫

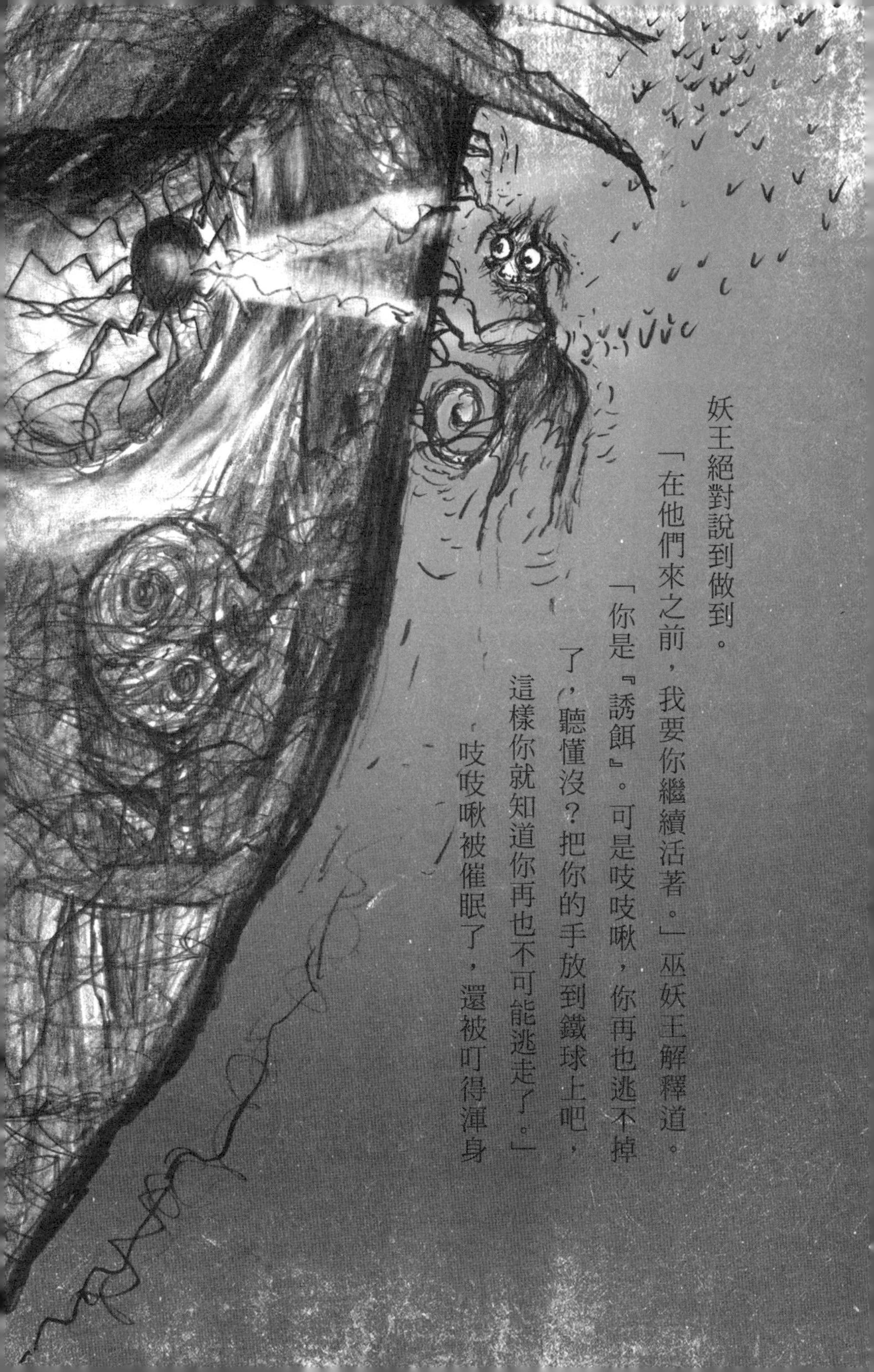

妖王絕對說到做到。

「在他們來之前，我要你繼續活著。」巫妖王解釋道。

「你是『誘餌』。可是吱吱啾，你再也逃不掉了，聽懂沒？把你的手放到鐵球上吧，這樣你就知道你再也不可能逃走了。」

吱吱啾被催眠了，還被叮得渾身

不舒服，他明明知道不能這樣做，卻還是聽話地把手放上鐵球。如此一來，除非他主人有意放開他，他都不可能把手移開了。

吱吱啾就這麼待在鐵球邊，每隔一段時間短暫地恢復清明。在恢復自我的時候，他都想著：**不要來救窩。窩把之前的話收回來。不要過來，不要靠近這裡……**

第十二章　前往迷失湖的路上

與此同時，在迷失湖北方某處，札爾、希望、刺錐與波蒂塔還不知道可憐的吱吱啾發生了什麼事，他們正全速朝迷失湖前進。雖然沒聽到巫妖王對吱吱啾說的那段話，他們也知道失敗的後果會非常慘重，世界即將面對恐怖的災厄。

森林裡充斥著各種聲響：劍與利爪尖銳的碰撞聲、人與生物逃離巫妖大軍時驚恐的尖叫聲。野林裡有很多區域都已經被燒成灰燼了，很多大樹被連根拔起，半埋在持續落下的雪裡。很多棵橡樹似乎是被巫妖用爪子故意抓爛了，樹枝都被扯了下來，樹皮還多了深深的刮痕。每次看到這種畫面，小嗡嗡咻就忍不住號啕大哭，因為她深愛這些樹木，實在不想看到樹木被這樣虐待。這些樹又沒有傷害過任何人，世界上沒有比樹木更無辜的巨大生物了。粉碎者面帶嚴肅的表情將手搭在每一棵受傷樹木的樹幹上，盡量治療它們。

一行人已經來到德魯伊領地深處，樹林裡滿滿都是巫妖。刺錐看見巫妖時不禁心跳加速，他抬頭就能看見巫妖們棲在樹上，或者成群飛過上空，刺錐緊張得手心冒汗。

還好波蒂塔是法力高強的魔法大師，大家如果經過德魯伊狩獵隊或巫妖部隊，她就會讓附近的樹木變得更茂密，用茂盛的叢林植物掩飾行蹤。

波蒂塔不讓他們坐飛行門行動，她說這會消耗希望大量的魔法能量，希望必須將魔法保留到決戰時使用。這個理由某方面令人擔憂，但換個角度想，一聽到自己不用操縱飛行門，希望就偷偷鬆了口氣——她之前為了讓門飛在空中費了太多力量，努力到頭都痛了。

波蒂塔叫希望把門拆成小塊裝進背包，門在背包裡發出一絲聲響，有點類似放心的嘆息。「它這個樣子看起來就像是一堆木屑耶。」希望擔憂地說。

「別擔心。」波蒂塔安慰她。「在妳需要它時，它會記得自己該有的形狀的。它在現在這種狀態可以休息，妳也能一起休息。」

今天的天氣冷得要命，大家都很冷，於是波蒂塔讓棒針自己動起來，替所有人織毛衣。如此一來，波蒂塔無論走到哪，飄在身邊的棒針都會發出忙碌的「叮、咚」聲響。一天下來，天氣變得越來越冷了，大家都很慶幸自己身上穿了棒針做的魔法毛衣，毛衣讓他們暖和多了。

一個小小的問題是，棒針一直把毛線以外的東西織到毛衣裡，除了樹葉以外還有小樹枝、圍巾和背包的一部分，甚至連希望的幾根頭髮都被織了進去，結果每個人的毛衣都長得有點奇怪。他們身上穿著羊毛與狼人毛衣，希望非常喜歡她那件聞起來像雪貓的毛衣。棒針把沼澤野豬毛織到了劫客的毛衣裡，整件衣服臭烘烘的，可是他冷到不想把臭毛衣脫下來。

到午餐時間，波蒂塔似乎憑空變出了一頓美味佳餚，但其實有很多材料都是她從自己頭髮裡拿出來的，料理方式也有點四不像。

一行人騎著雪貓與狼前進，波蒂塔邊走邊講解法術戰鬥的規則。她教希望如何變身成絨絨靶以外的各種東西，如此一來，希望就不用每次都自動變身成絨絨靶了。波蒂塔叫希望等人維持熊、隼和狼這些猛獸的型態，維持好幾個小時。她想讓希望體驗到這些生物的生活，學到猛獸的戰鬥意識。

大家在變身時都有各自最喜歡的動物。波蒂塔把刺錐變成一匹狼，因為他平時個性溫和，變成狼以後才能自在地低吼與嘶吼。希望喜歡當熊，因為她個子像樹枝一樣瘦小，平常總是覺得冷，她喜歡擁有自己溫暖的毛皮，也很享受身為熊的這幾個鐘頭。

札爾最喜歡變成隼，他熱愛飛行的自由。坐在門上或礦車上飛行當然也很棒，但只有用自己的翅膀飛行時，你才能體驗到真正的自由。這種不受拘束的感覺真的令人陶醉——有了翅膀以後，札爾哪裡都可以去，他可以飛到雲端，

也可以優雅地低飛在野林的綠色樹海之上。

到傍晚，他們知道目的地就在附近了。他們看見一群群南遷的半人馬——德魯伊部族特別准許半人馬在湖面結冰時穿過迷失湖。

「哇，他們好美喔！」希望看著半人馬飛奔而過，忍不住驚嘆。半人馬的長髮在身後飄揚，他們在持續的雪天南下，走了好幾英里的路，背上都積了厚厚一層雪。

希望他們遠遠聽見數千隻半人馬蹄踩過冰面，穿越迷失湖。半人馬們沒有特別注意札爾和希望等人，他們非常專心在遷徙，想要在寒冬到來前抵達南方。

「現在離迷失湖不遠了。」呼菈啼叫道。她已經完成個人任務，把幸福礦場的小孩安全送回家長身邊了，現在和札爾等人一起旅行。

但是，他們雖然快到目的地了，札爾還是一直纏著波蒂塔，要她施天氣法術讓最後這一個小時路程好走一些。札爾已經受夠了一路上的風雪與掙扎。

「札爾，我們只有在緊急時刻才可以干涉天氣。」波蒂塔整天都在重複這句話。「天氣會造成難以預料的結果，這些力量實在太強、太複雜了，我們必須對它們心懷敬畏，只有在別無選擇時才對它們施法。而且，我們就快到了。」

雖然聽了波蒂塔的勸告，札爾仍然天生叛逆，加上受到巫妖印記影響，想試著自己施天氣法術。

札爾施法的結果當然只能用「災難」形容。

大家停下來休息時，札爾偷偷拿走波蒂塔其中一根法杖。他走在團隊最後面，盡量不引起其他人的注意，同時在《法術全書》裡尋找讓天氣好轉的法術。他找到一個看起來不錯的法術了。

但札爾是用雙手將波蒂塔的法杖指向天空，在他唸出天氣法術咒語的瞬間，天上就傳來震耳欲聾的雷鳴，彷彿陰雲滿布的天空要裂開了。

希望從沒見過這樣的場面，雷雨竟然和暴風雪與豪雨同時降下——真是不可思議。

在如此惡劣的天候，他們根本不打算繼續前進，於是大家就地紮營，努力不被凍死。他們在雪地裡瑟瑟發抖，為明早等著他們的戰鬥操心。札爾心想：「我夠好嗎？」刺錐擔心地想：「我夠勇敢嗎？」希望則在想：「我夠強大嗎？」

後來暴風雪大到三個小孩都爬到波蒂塔厚厚的大斗篷下，波蒂塔則桀驁不馴地站在風雪中。孩子們站在她毛茸茸又溫暖的腳上，免得地上的寒冷鑽進身體，他們

就這樣站著入睡了，睡得很不安穩。狂風在他們四周呼嘯，面對毫不妥協、毫不讓步的熊巫師，寒風加強了力道。

暴風雪雷雨又持續了二十四小時。

天氣終於恢復正常時，大家發現他們的營地其實距離迷失湖最外圍只有幾百碼而已。迷霧、狂風與暴雪散去，他們清楚看見周遭的森林，發覺這裡的氣氛變得非常陰森。

最令人難受的，是森林裡的死寂。

令人心底發寒的死寂。

半人馬都去哪裡了？

一般情況下，半人馬群會堅定地往南遷徙，無論是誰都阻止不了他們。但現在，大家放眼望去卻沒看到任何半人馬，針一般刺骨的冷空氣中也完全聽不見蹄聲。

這時候，有聲音蓋過了寂靜，波蒂塔聽了頓時臉色刷白。

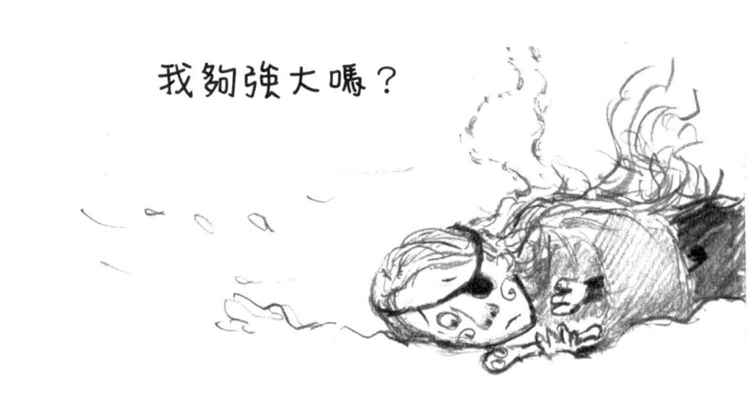

鼓聲。

咚，咚，咚。

咚，咚，咚。

「那……是……什麼？」刺錐用氣聲說，同時用顫抖的手拿出長矛。

「那是德魯伊的聲音。」波蒂塔神情嚴肅地說。「……那是他們準備處死可憐人的鼓聲。」

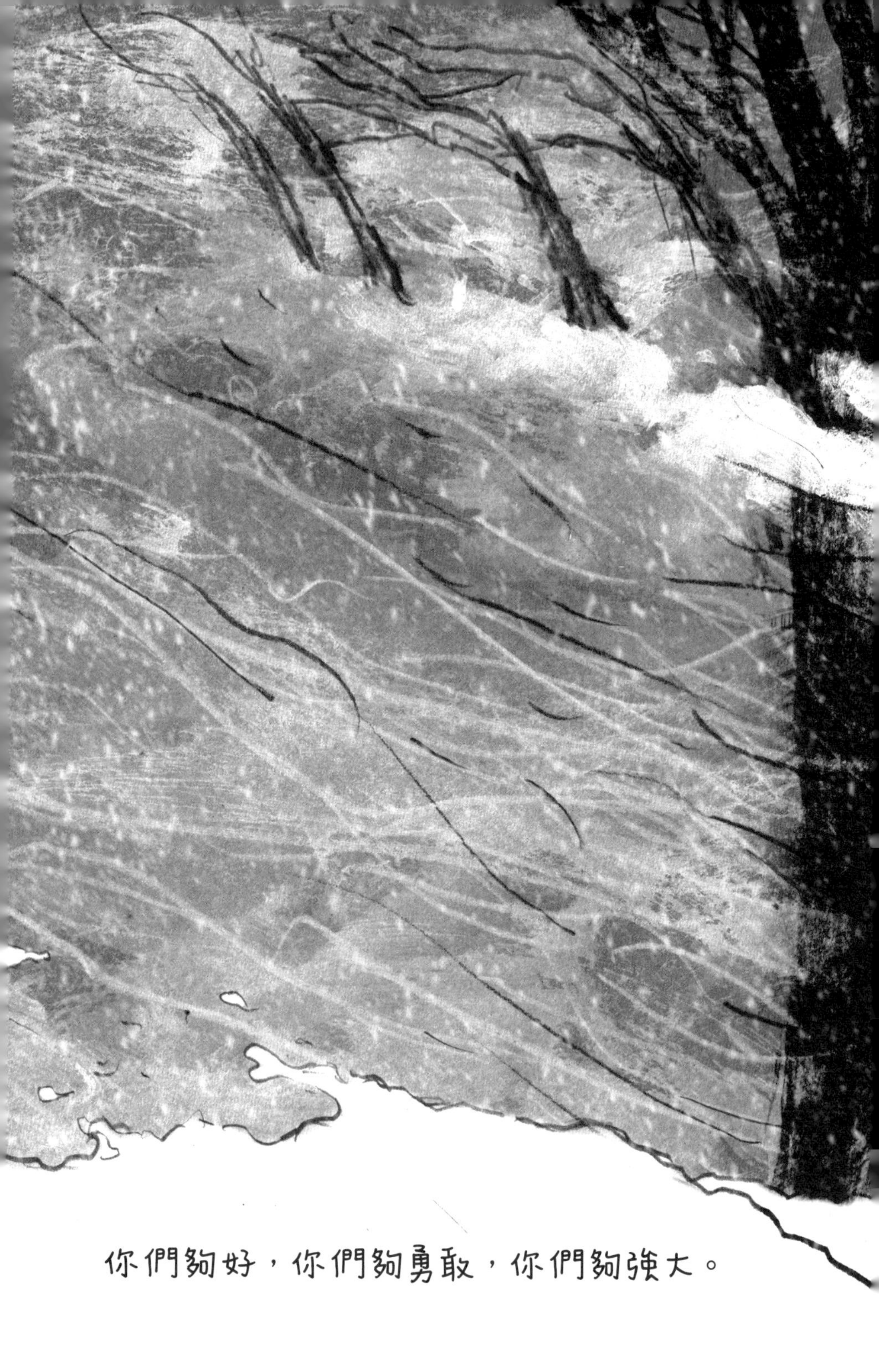

你們夠好，你們夠勇敢，你們夠強大。

Part Two

The Lake of the Lost

第二部　迷失湖

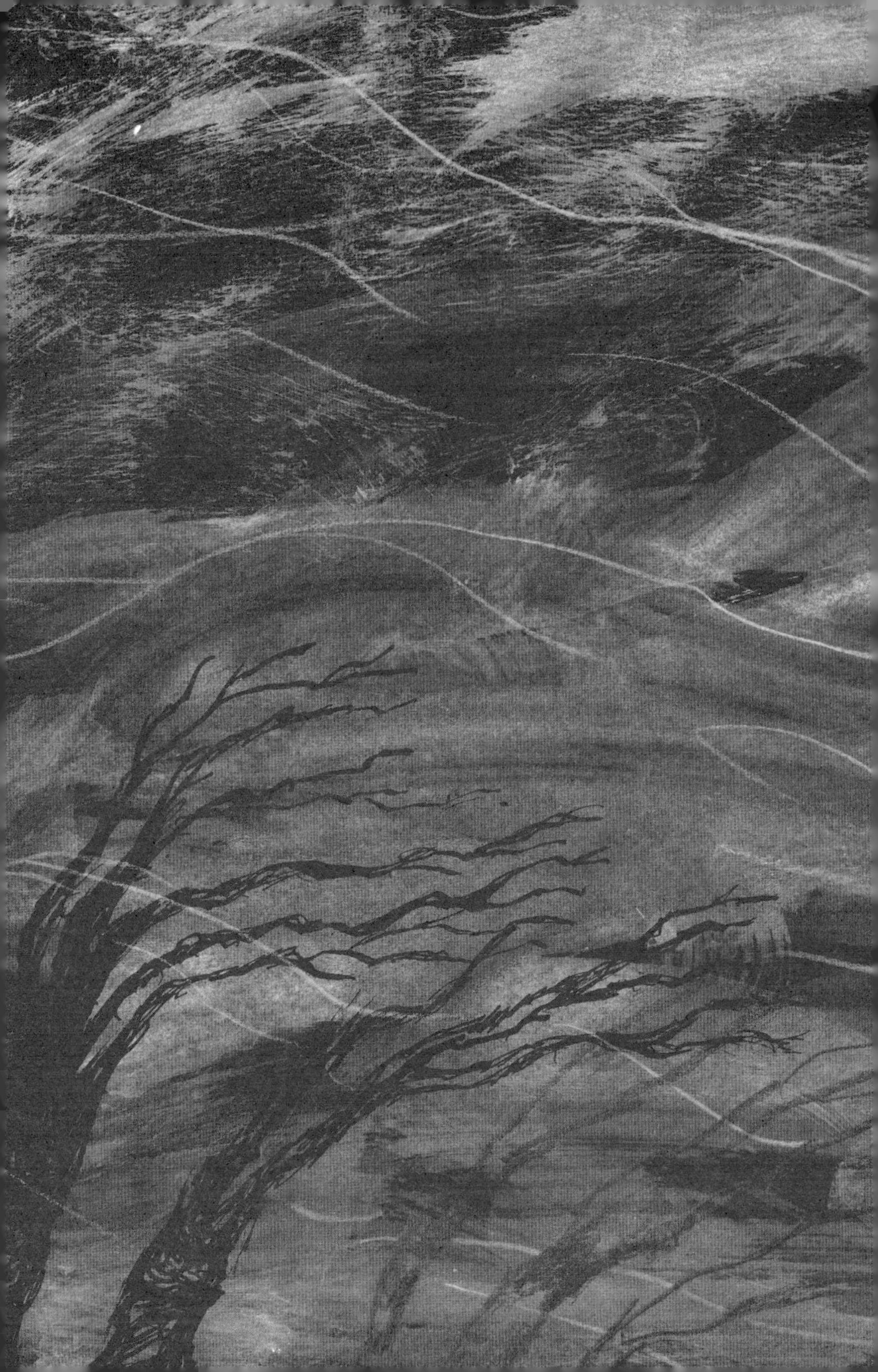

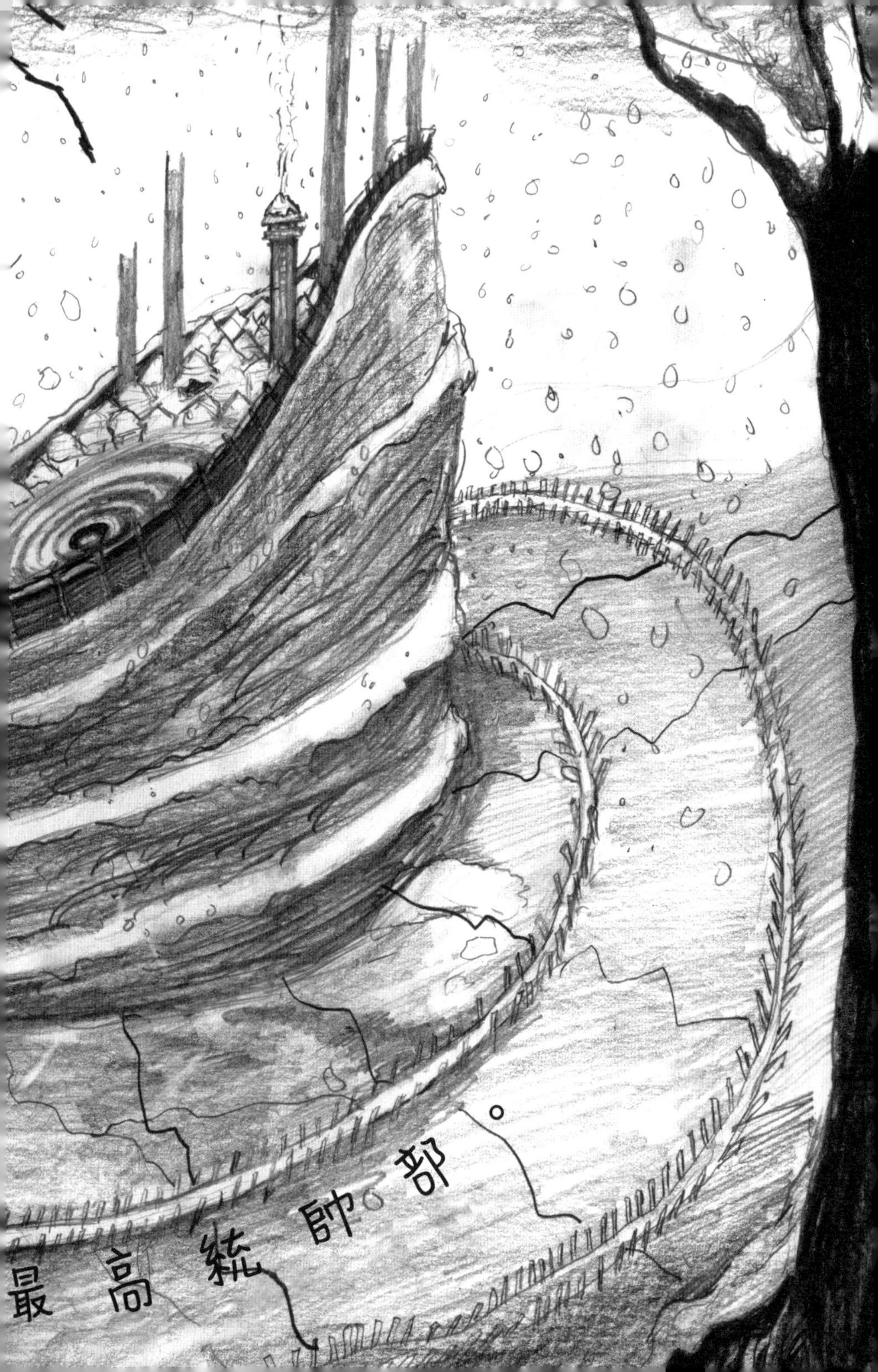
最高統帥部。

迷失湖的德魯伊

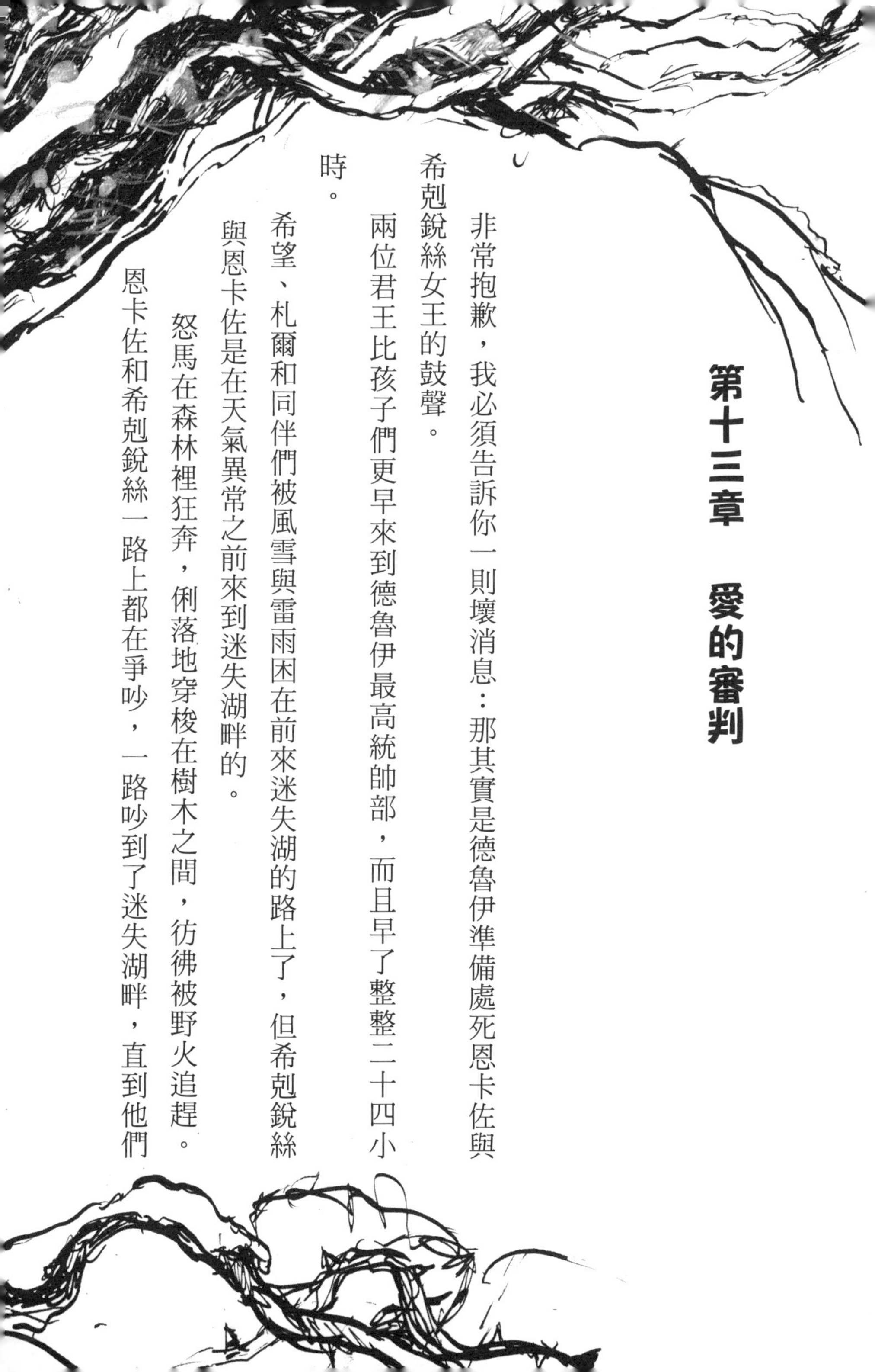

第十三章　愛的審判

非常抱歉，我必須告訴你一則壞消息：那其實是德魯伊準備處死恩卡佐與希剋銳絲女王的鼓聲。

兩位君王比孩子們更早來到德魯伊最高統帥部，而且早了整整二十四小時。

希望、札爾和同伴們被風雪與雷雨困在前來迷失湖的路上了，但希剋銳絲與恩卡佐是在天氣異常之前來到迷失湖畔的。

怒馬在森林裡狂奔，俐落地穿梭在樹木之間，彷彿被野火追趕。

恩卡佐和希剋銳絲一路上都在爭吵，一路吵到了迷失湖畔，直到他們加入奔往冰凍的迷失湖畔的半人馬群為止。

迷失湖其實並不是一座湖。

它是一大片錯綜複雜的沼澤地、島嶼、積水與蘆葦，德魯伊經常埋伏在蘆葦叢中，等著突襲入侵者。在夏季，德魯伊會像大型水鳥似地踩高蹺走在水鄉澤國，斗篷隨風飄揚在身後。他們常以這種方式吸引敵人跟蹤他們，接著將敵人引導到流沙地，讓敵人被沼澤吞噬殆盡。

以前就有大批大批的戰士與巫師部隊消失在沼澤泥濘中，他們只會感覺到淤泥在噁心的冒泡聲中淹沒頭頂，所有人都被吸到了潭底，在噁心黏膩的淤泥中死去。德魯伊部族喜歡從泥水中挖出敵人的頭盔，用長竿把頭盔撐起來，當作對其他人的警告——除此之外，消失在沼澤中的敵人根本不會留下任何痕跡。

但是在冬季，整片沼澤地都會結凍，現在的冰層已經足足三英尺厚了，半人馬蹄踩過去時還會發出清亮的聲音。

希剋銳絲與恩卡佐不再爭吵，而是彎下腰、蓋上恩卡佐的斗篷，盡量躲在怒馬的背上混進半人馬群。

在一般情況下，不會有人發現他們。

可惜吱吱啾沒有自己期望的那麼堅強，他已經把恩卡佐與希剋銳絲闖進德魯伊領地的計畫告訴巫妖王了。在巫妖王的命令下，巫妖手下與德魯伊盟友都聚精會神注意附近的半人馬群，仔細觀察半人馬群之中是否藏了一匹怒馬。

在冬天，德魯伊並不會踩高蹺，而是會穿上溜冰鞋在湖面滑冰。因此，希剋銳絲與恩卡佐發現自己被跟蹤時，聽到的第一個聲音是：

咻！

咻！

咻！

冰刀滑過冰面的殘酷聲響。

怒馬發出恐懼的嘶鳴，她現在就算想掉頭也沒辦法，因為前後左右都擠滿了不停奔跑前進的半人馬。

霧水升起後不停變動，看得人一頭霧水，一不小心就會被引入歧途。

鬼火的呼喚聲令人毛骨悚然，即使是希剋銳絲與恩卡佐這兩個大人聽了也感到害怕。「跟我們來……留在我們身邊……」

接著，有幾道形影輕快地在濃霧中掠過。

咻！咻！咻！

能如此順暢溜冰的魔法生物，就只有一種。

「唉，雷神索爾啊。」恩卡佐說。他若有心臟，現在想必會漏一拍。「是**德魯伊**。我們被德魯伊跟蹤了。他們怎麼會知道我們在這裡？」

他們聽見細柔的詛咒聲，聲音宛如鬼火陰森的細語，卻比鬼火恐怖得多。

忽然間，好幾個德魯伊迅速從濃霧中冒出來包圍他們，還射出魔法光束阻止怒馬前行。

捕獵隊的首領就是德魯伊族長——不腐。

頭戴斗篷帽的他低頭看著不停顫抖的怒馬，以及馬背上的兩個騎士。

「一個是巫師，一個是戰士……」他似乎不敢相信自己的眼睛，揭下了兜帽。「兩個人居然被『鐵』銬在一起。」他若有所思地說。

「偉大的綠色神靈啊，這究竟是怎麼回事呢？難怪巫妖會感到不安，還好他們先警告過我們了。」

希剋銳絲與恩卡佐被拉下馬背，兩個人被德魯伊拖著滑過冰面，簡直像裝滿甘藍菜的袋子。對兩位位高權重的君王而言，這實在很丟臉。

波蒂塔、希望與札爾聽見的鼓聲就是為恩卡佐與希剋銳絲而響，他們兩人被抓到德魯伊最高統帥部的圓形劇場接受審判，現在身處險境。

從沒有人在接受這樣的審判後成功活下來。

德魯伊向來以最嚴厲的方式審判與處罰人。「如果一個人沒有罪，那一開始就不會接受審判了啊。」德魯伊都是這樣想的。

除了坐在階梯觀眾席的一排排德魯伊之外，劇場裡還可以看到一隻隻折起翅膀的巫妖。

在最高層的階梯上，一隻大巫妖爪子裡握著一根超長的巫師法杖，那是馬魔守護了多年的法力之杖。（註6）

巫妖與德魯伊果然結盟了，困在大鐵球裡的巫妖王就在不腐身後。他和世界上所有德魯伊的領導人站在一起，散發可怕的氣息。

手腕銬在一起的希剋銳絲與恩卡佐站在不腐面前，兩人都抬頭挺胸、絲毫沒有示弱。

「諸神啊，請降下鋒銳的報復吧！」不腐高舉雙手，對著天空高呼。「這可不是尋常的審判，這兩人犯下的也不是尋常罪行。假如兩位被告——巫師之王與戰士女王——被判有罪，那他們將會被處死……」他發出不屑的一聲咆哮，轉向旁觀的眾人。「……因為，有人指控他們犯下最低劣的罪……

註6　這就是德魯伊與巫妖結盟的緣由。德魯伊失去了對一些魔法物品的掌控，結果這些珍貴的物品被巫妖拿去了，務實的德魯伊決定不和敵人作戰，改而和敵人合作。

「……他們兩個人竟然**相愛**。」不腐冷笑著說，語氣嫌惡到彷彿嘴裡含著一條蛞蝓。

觀眾驚恐地倒抽一口氣。「**相愛**？那怎麼可能！不會吧！怎麼會這樣？」

「**巫師之王**怎麼會愛**戰士女王**？難怪眾神會惱怒。」德魯伊們竊竊私語。

「希剋銳絲、恩卡佐，你們認不認罪？」不腐大聲說。

希剋銳絲輕蔑地說：「我沒有罪。即使野林裡所有的男人都死光了，就只剩下這個蚯蚓般的巫師，我也不會愛他。」

「**哈！**」恩卡佐嗤之以鼻。「我寧可被害蟲妖精舔死，也不要愛這個狐妖般的女人！」

他們說的似乎是肺腑之言。

「那你們為什麼會銬在一起，表現得如此下流？」不腐憤慨地問。

「你以為我們是**故意**被銬在一起的嗎？」希剋銳絲諷刺地說。「我原本俘虜了巫師之王恩卡佐，想把他帶去幸福礦場當奴工，結果卻被敵方戰士伏擊，兩

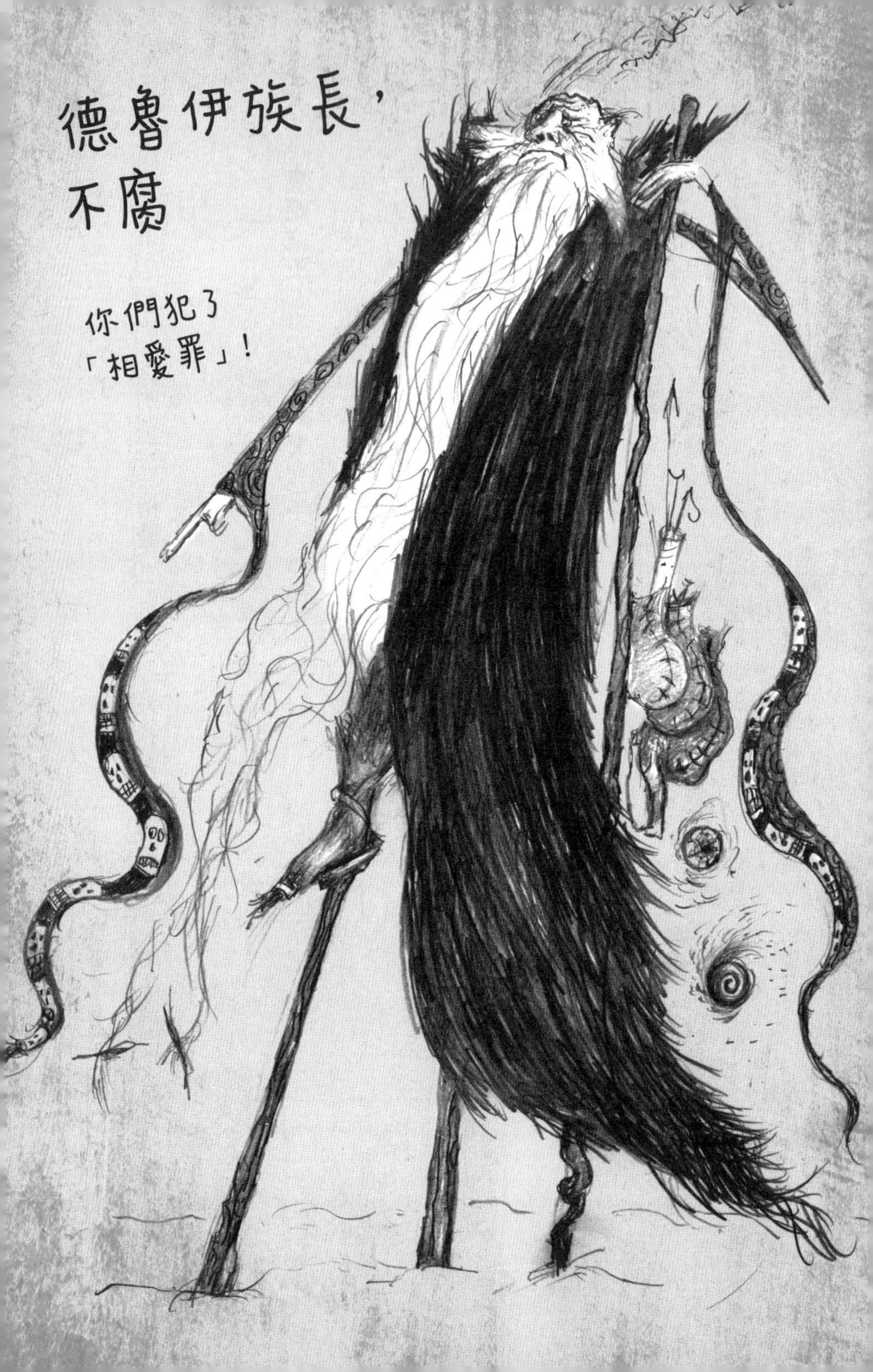
德魯伊族長，
不腐
你們犯了
「相愛罪」！

個人被銬在了一起……」

「妳說謊！」恩卡佐怒吼。「是我俘虜了希剋銳絲女王，正打算把她關進戈閔克拉監獄，結果在那裡被所謂敵方戰士伏擊……」

「我這麼強，你怎麼可能俘虜我！」希剋銳絲女王火大地高喊。「我猜你連織毛線的技術都比你的劍術強！」

「還真像妳會說的話呢！」恩卡佐冷笑著說。「你們戰士對肢體暴力**執迷不悟**……和砍別人腦袋的技術相比，織毛線可是正面許多、實際許多，妳難道看不出來嗎？還是說，妳整天都忙著放火燒森林，都沒辦法理性思考了？」

我們
沒有罪

「**是你說要混進半人馬群的！**」希剋銳絲女王扯著嗓門高喊，她氣得硬糖般甜美的嗓音變得像霧角一樣刺耳。「**大笨蛋，你現在還覺得自己很聰明嗎？**」

不腐聽他們吵架聽得一頭霧水。從這兩個俘虜的表現看來，他們之間似乎絲毫沒有愛意。

話雖如此，不腐的工作就是確保他們被判罪，所以他無論如何都會設法讓恩卡佐和希剋銳絲被處刑。

「我要傳第一位證人出庭作證！」不腐高呼。

「這都是你的錯！」觀眾興奮地交頭接耳時，希剋銳絲女王嘶聲對恩卡佐說。「我就說應該在永恆之森左轉了！可是你堅稱自己最能幹……」

「我都說過幾百遍了，我當時在**操縱怒馬！**」巫師之王恩卡佐罵道。「當時都來不及轉彎了，妳才說要左轉。邊聽人導航邊駕駛可是非常困難的一件事，妳下次試試看就知道了——」

「兩個罪犯，你們就不能安靜嗎？」不腐震驚地說。

在德魯伊最高統帥部接受審判的人通常都哭哭啼啼的，在不腐傳喚證人時他們往往會下跪求饒，不腐還是第一次看到兩個犯人在法庭上氣急敗壞地爭吵。

「第一位證人是歪樹斯維利！」一名德魯伊守衛宣布。

恩卡佐的舊敵斯維利不懷好意地走上前。斯維利從很多年前就想當巫師之王，現在他的機會終於來了。「德魯伊族長大人。」斯維利對不腐深深鞠躬，不腐最喜歡別人對他畢恭畢敬了。「我從多年前就懷疑恩卡佐對戰士的態度太過軟弱……而現在我們終於明白了，恩卡佐軟弱的態度是源自他對這個女人——焚燒森林的希剋銳絲女王——的愛慕之情。」

「斯維利，你說這種話都不害臊嗎？我對戰士部族所謂『軟弱的態度』，是源自我們巫師存在的意義。我可沒忘記我們巫師的原則。」巫師之王恩卡佐驕傲地反駁。「巫師的生活理念是創造，而不是戰爭與破壞。說來奇怪，你和德魯伊部族怎麼會跟巫妖作朋友呢？」

「我們真正的敵人是『戰士』，所以我們是暫時和巫妖結盟。」不腐罵道。恩卡佐高傲的態度氣得他臉色發白。「在戰爭時期，我們有時得做些不道德的行為。」

「是啊。」恩卡佐若有所思地說。「我的確聽過你這種說法：為了達到正當目的，就算不擇手段也無所謂。只要最後得到好結果，過程中用的方法再怎麼糟糕都沒關係……」

「……而這些骯髒的手段，都是為了追求大義。」希剋銳絲替他說完。

希剋銳絲與恩卡佐都在思考同一件事。**我們是不是偏離了本該走的那條路，再也回不去了**？

在追捕小孩的過程中，他們去到了自己原本視若無睹的地方。他們見證了戰士世界最極端的幸福礦場。

現在來到了巫師世界最極端的迷失湖德魯伊最高統帥部。

兩位家長腦中同時浮現新的想法。

也許，我們的孩子打從一開始就說對了。

也許巫師與戰士應該「聯手」對抗巫妖，而不是自相殘殺……

「但是不可能啊……」希剋銳絲悄聲說。「這違反我們的傳統。」恩卡佐輕聲說。兩位君王用眼角互看一眼。

「我要傳第二位證人出庭！」不腐高呼。「第二位證人就是巫妖王！」

不腐戲劇化地向後一揮手，示意囚禁巫妖王的可怖鐵球。

巫妖王剛才一直靜靜站在那裡，大家幾乎都忘了他的存在。

然而，當巫妖王睜開眼睛，在牢裡完全顯露出怒火中燒的恐怖面目時，所有人都嚇得自動倒退一步。

巫妖王面前有東西動了一下，那個東西很渺小，像破布一樣癱軟在鐵球前。現在，巫妖王終於讓這個無足輕重的小東西放開黏在鐵球上的八隻手，讓他在這齣戲裡好好扮演自己的角色。小東西微弱地動了起來，接著突然呻吟起來，嘶嘶叫著飛上天，他全身爬滿跳來跳去的黑害蟲，嗡嗡作響的黑害蟲不停叮咬他抽搐著、尖叫著的小身體。

「窩……代替……王妖巫……發言……」發狂的可憐小東西輕聲說，雙眼發出噁心的鮮黃色光芒。

「那……是什麼東西？」希剋銳絲又驚又嘔地悄聲說。

恩卡佐的聲音變得無比沉重。「那恐怕，」他說，「是我兒子的小妖精，吱吱啾。他被這些邪惡的巫妖控制，加入黑暗勢力了。」

「神靈保佑我們啊！」不腐驚呼著抽出法杖。「邪惡生物，不准靠近我！」

曾是吱吱啾的小生物飛在半空中，狡猾的小眼睛瞇了起來。「逆說得沒錯。窩……會咬人！」

不腐穩穩舉著法杖，聽到不是吱吱啾的生物發出怨毒的笑聲說：「窩知道那個故事……窩親耳聽過大巫師潘塔利昂的巨人說故事……巨人臨死前說過……他們曾經『相愛』……」不是吱吱啾的生物冷笑一聲，發出嘔吐的聲音。

「**誰**曾經相愛？你快說是誰，我們來判罪……」不腐說。

「相愛的人是……」不是吱吱啾的生物嘶聲說著，用翅膀指向恩卡佐與希剋銳絲。不腐與觀眾都滿意地嘆一口氣。

「他們是『笨蛋』……」不是吱吱啾的生物惡狠狠地說。他的眼睛突然恢復正常，絕望的眼淚滾下小小的臉。

「因為……

他們曾經相愛！

「因為……因為……」小妖精吞了口口水，語氣絕望得令人同情。「愛並不存在……世界上沒有愛這種東西。希望跟札爾拋棄窩了……他們不愛窩……他們沒有回來救窩……」

不腐說道：「你說的希望和札爾又是誰？」

吱吱啾的眼睛蒙上陰影，他又變成不是吱吱啾的生物了。毛茸茸的小胸膛發出低吼聲，他齜牙咧嘴，吐出猛毒般的一字一句：「希望跟札爾是窩的敵人……恩卡佐和希剋銳絲犯了罪，所以眾神用希望和札爾處罰他們。男孩札爾被巫妖印記詛咒了……而那個女孩希望……」

觀眾湊近一些，想聽清吱吱啾的下一句話。

但巫妖王先開口了。

他的聲音邪惡陰森，充滿貪婪與渴望的洪亮聲音嚇了所有人一跳。

「希剋銳絲生下的小孩，擁有**操控鐵的魔法**！」

第十四章　犯下愛之罪的人

德魯伊最高統帥部一片譁然。

不腐的眼睛貪婪地一亮。「只要取得操控鐵的魔法，我們就終於能反擊戰士了！」他興奮地說。

「更棒的是，」巫妖王浸滿邪惡的粗啞聲音說，「有了法力之杖，我——不對，我是說**我們**，當然是**我們**了——」（他匆匆改口）「我們就無敵了……」

審判階梯最上層，一隻巫妖用右手握著法力之杖，抖了抖那根法杖。

歡呼聲響徹了德魯伊最高統帥部，穿著斗篷的德魯伊十分欣賞巫妖王的計畫，他們紛紛跺腳表示贊同。

不腐轉向希剋銳絲。

「妳把小孩帶來給我們，我們就赦免妳。」不腐說。「一命抵一命，用她的命換妳的命。我願意對妳許下德魯伊恐怖承諾——這可是非常嚴肅認真的承諾，效力等同於德魯伊死亡詛咒。我會用我的綠色舌頭吐痰發誓，用濃痰確立誓言。」

「好噁喔。」暫時恢復自我的吱吱啾說。「噁心耶。」

「是啊。」希剋銳絲女王一臉嫌惡地說。「真是野蠻。」

這下。

愛的審判變得和原本不太一樣了。

他們審判的不只是希剋銳絲對恩卡佐的愛。

他們這是在挑戰她對希望的愛。

目前為止，我們從各方面觀察到，希剋銳絲女王有一點點缺乏母愛。她也不是故意的，但希望有點奇怪又令她失望，再考慮到讓她丟臉的詛咒魔法……

她實在很難付出希望應得的母愛。

然而到了緊要關頭，當希剋銳絲在德魯伊最高統帥部接受終極考驗，面對一命抵一命的挑戰時，我們發現……

……希剋銳絲似乎還是愛著希望。

「我拒絕。」希剋銳絲女王說。「我絕不會把孩子交給你們的。」

希剋銳絲女王啊。

這位冰冷無情的希剋銳絲女王，也許擁有一顆心。

只有在如此糟糕的情境下，我們才看得到她的愛。

「妳開心就好。」不腐聳肩說。「既然如此，我們就來看看孩子對母親的愛是否和母親對孩子的愛等價了。

「**大家肅靜**！我要下達判決了。」不腐高呼。

他對天舉起大法杖，在他說話時，法杖在他手裡變黑了。

德魯伊族長不腐用黑法杖敲了面前的石頭三下。

「我對天底下眾生宣布……」德魯伊不腐高聲說。「希剋銳絲女王與巫師之王恩卡佐**有罪**，身為巫師與戰士的他們彼此相愛……我們將在明天下午兩點鐘處死他們！」

圓形劇場裡，觀眾們貪婪地嘆息一聲。德魯伊紛紛跺腳和用法杖敲地面，還高興地喊著口號。

「**除非……**」不腐舉起一根手指讓群眾安靜下來。「除非希剋銳絲女王的女兒前來營救他們。

「**敲響死亡之鼓吧！**」不腐大喊。

「希望和札爾應該離這裡夠近，他們會聽到鼓聲的。」不祥的鼓聲響起時，恩卡佐說道。

「希望如果得知我們將被處死，就一定會來拯救我們。」希剋銳絲說。「是我沒把她教育好，她愛得太多了。我們都知道，愛是一種弱點。」

「說得沒錯。」恩卡佐說。「假如希望來了，操控鐵的魔法將會落入巫妖的掌握。」

希剋銳絲女王看向巫師之王恩卡佐。「你是不是和我想到同一件事了？」

「應該是。我們可以試著跳進湖裡逃走。」恩卡佐說。「但我們不可能成功。」他補充道。

「我們又不是沒做過不可能的事情。」希剋銳絲說。「還記得當初嗎？我們以前可是堅信不可能的事物呢。我們現在還是能再年輕一回。」

「但希剋銳絲，我們已經不年輕了。」恩卡佐疲憊不已。「而且我們都銬著鐵手銬，所以無法施展魔法。鐵的重量會把我們拖到水下，我們將會葬身湖底。」恩卡佐說。

「我們的心如此堅強，怎麼可能溺死呢。」希剋銳絲說。「這樣吧，如果你救我，那我也會救你。我們一定能勝過波浪的……」然後，她對恩卡佐投了個有些親暱、有些調皮的眼神。「怎麼樣，你該不會怕了吧？」

「那怎麼可能！」恩卡佐高呼。

「永不可能！」希剋銳絲高喊。

於是兩位君王牽著手轉身逃跑，兩人並肩跑到德魯伊最高統帥部外圍的懸崖草地邊緣。不腐在後面對衛兵呼喝：「不不不！**去抓他們！**」

太遲了。

希剋銳絲與恩卡佐手牽著手跳下懸崖，同時放聲大喊：

「**永不可能啊啊啊！**」

第十五章　永不可能！

「**永不可能啊啊啊！**」希剋銳絲與恩卡佐呼喊著下墜。

兩人勇敢又堅強地下墜，他們都百分之百相信自己墜地之後還是能活下來，也相信自己英勇到不可能被鐵鏈拖到水底。

至於我呢，我就沒有他們這種堅定的信念了。

即使在夏季，他們光是從五十英尺高的懸崖跳到水裡就可能摔死了，更何況今年冬季提前來臨，湖面已經結了冰霜，冰層和骨頭一樣堅硬。

話雖如此，他們當了一輩子的君王，習慣發號施令與存活，還習慣憑藉機智與魔法排除萬難。

所以他們此時欣喜若狂，確信自己不受物理法則束縛。他們一邊下墜，一邊吶喊：

「**永不可能！**」

他們確信自己不可能溺死，但他們的信念究竟是對是錯，我們就無從得知了。

因為，就在他們下墜之時，有某個東西低低掠過迷失湖的冰雪，飛得比以前都還要快。希望、札爾與刺錐坐在懲罰壁櫥壞掉的門上，尖叫著前來救援。

希望的眼睛射出一道光束，在希剋銳絲與恩卡佐墜落時切開鐐銬。希剋銳絲與恩卡佐的狂喜轉變成恐懼，他們眼睜睜看著飛行門從上方掠過，向上飛往

希剋銳絲與恩卡佐變身成正在俯衝的塘鵝

德魯伊最高統帥部。他們雖然得救了，卻不知道自己需要別人來救援，所以比起自己摔死的可能性，他們更擔心迅速飛往目的地的孩子們出事。

飛行門沒有停下來，從兩人頭上呼嘯而過，然後不停上升、上升、上升，直奔孩子們與巫妖王最終的決戰。

「母親，抱歉了！」擦身而過時，希望高聲說。

希剋銳絲與恩卡佐伸長手臂，似乎想在落到湖裡之前抓住飛行門。

他們怎麼可能成功呢。

在失敗的同時，兩位君王好像終於意識到事實了：他們並非堅不可摧。

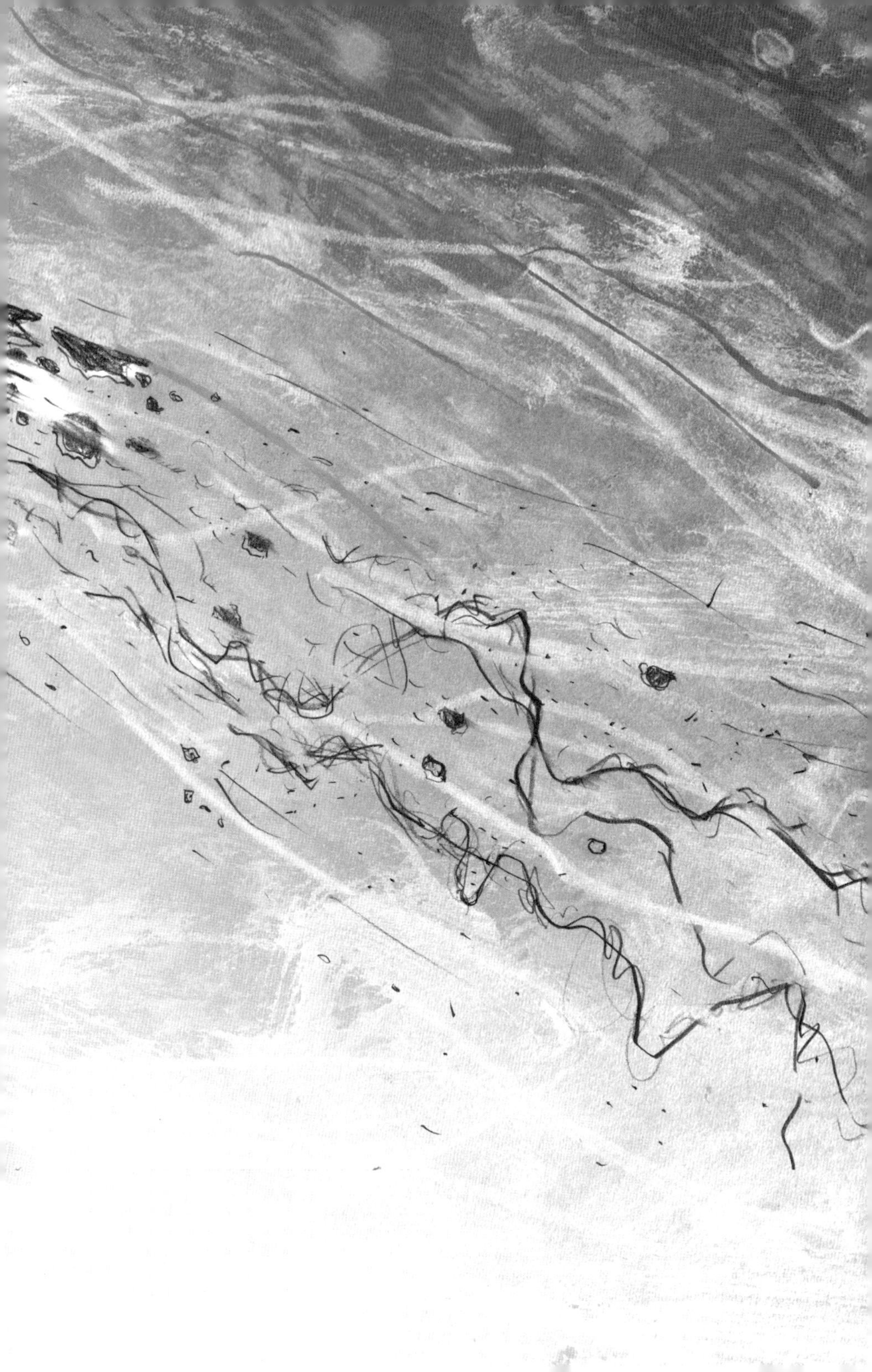

不僅如此，他們還正以超高速墜向迷失湖，馬上就會像撞上金屬板一樣，在結冰的湖面摔得粉身碎骨。

「**快變身！**」希剋銳絲女王大喊。

少了銬住手腕的鐵鏈，兩位君王又能夠施展魔法了。

摔死前的最後一刻，兩人在一眨眼間變身。

兩人都變身成正在俯衝的鳥類，而且剛好都變成了塘鵝。（這可能不是巧合，畢竟我再怎麼發揮想像力，還是無法想像希剋銳絲或恩卡佐變身成「鴨子」。）

粉碎者在下方的迷失湖裡行走，冰層被他踩出一個個巨大的腳印。飛行門載不動所有人，因此雪貓、波蒂塔與狼等其他同伴都被粉碎者帶著行走，劫客和他口袋裡的同伴也坐在粉碎者身上。

希剋銳絲與恩卡佐及時收起棕色尖端的翅膀，用鳥喙瞄準湖面，並且閉上塘鵝眼睛特殊的薄膜，以免潛水時眼睛受傷。下一刻，他們宛如兩顆白色魚雷，從被粉碎者踩破的冰層縫隙鑽到水裡。

「他們沒事了。」希望放心地說。她望向下方兩團水花，看著兩位家長潛到水下。

「**他們**沒事了，」刺錐說，「那我們呢？」與此同時，飛行門在尖響中飛到懸崖草地上，希望讓門暫停在空中。飛行門顫抖著懸浮在空中，三個小英雄探頭望向下方可怕的圓形劇場，看到一個個穿著斗篷的德魯伊、在場的一隻隻巫妖、劇場裡的火圈，以及鐵球裡的巫妖王。乍看下，鐵球彷彿巨大的眼球，而巫妖王就是瞳孔。

「我們……」嗡嗡咻悄聲說，「我們麻煩大了……」

「闖進去吧！」札爾雙眼閃閃發亮。有巫妖印記的手一把從希望手裡搶過鑰匙，用插在鑰匙孔裡的它駕駛飛行門，讓門以嚇人的高速往下衝。不停掉羽毛的卡利伯飛在他們後面，小妖精們也跟了過來，身後拖著煙火尾巴般的焦慮魔法。

「年輕人，小心點！」鑰匙警告他。它被札爾粗暴地推來推去，不禁生氣了。

「停下來啊啊！」刺錐大叫。

「我停不下來！」札爾困惑又害怕地回應。有巫妖印記的手臂現在似乎完全脫離他的控制了，它駕駛飛行門瘋狂俯衝，嚇得德魯伊四散逃跑，還有很多德魯伊指著他們大呼小叫。

我們只能跟著小英雄們前進，隨他們撲向——

嗯，我本來想說「**末日**」的，但這樣聽起來太負面了。

那不然我們用「**命運**」吧——他們撲向了命運。

第十六章　還來得及拯救吱吱啾嗎？

飛行門重重撞上圓形劇場的地板，力道大到它立刻粉碎了，門的碎片散到各處，替札爾他們吸收衝擊力，還有一些碎片落在地上接住三個小孩。他們三個從門上飛了出去，在空中翻滾之後落在了火圈中間。

如果將這個畫面當成最終決戰的預兆，那它似乎算不上吉兆。

札爾、希望與刺錐看到巫妖王可怕的眼睛在鐵球裡發出亮光。巫妖王用含有操控鐵的魔法的藍色塵埃把鐵球內側某一塊磨得很薄，他眼睛熾熱的亮光從這裡透了出來。如果只用那一小片藍色塵埃，他可能得花好幾個世紀才能逃出鐵牢籠，這就和你用小茶匙撈乾迷失湖裡的水一樣困難。

所以，巫妖王需要希望完整的力量。

現在，希望近在眼前了。

「她來了……」巫妖王輕聲說，粗糙、嘶啞又邪惡的氣音得意洋洋。「她**終於**來了，這下我終於能取得我應得的東西了……我蜷縮在黑暗中等了這麼多年，等的就是這一刻……」

「奎蛇的舌頭啊，無足蜥蜴的毒刺啊！」卡利伯高呼。「蜥蜴腿啊，小貓頭鷹的翅膀啊！他們在等我們出現，他們知道我們會來。」

舞臺中央畫了一個大大的粉筆圈，那外圍是一圈火焰，而靜靜躺在圓圈中間的東西，正是鐵球中不懷好意的巫妖王。不腐雙手抱胸站在他旁邊，而一圈圈岩石座位上坐滿了德魯伊，他們都戴著斗篷帽，正襟危坐盯著舞臺。觀眾原本等著看希剋銳絲與恩卡佐被處死，但他們現在想看到更精采的處刑。

「可是……可是……這個人怎麼可能是她！」不腐瞪大眼睛，結結巴巴地說。「這個人不過是個**無足輕重**的小孩啊！她不過是個……是個**瘦巴巴**的人

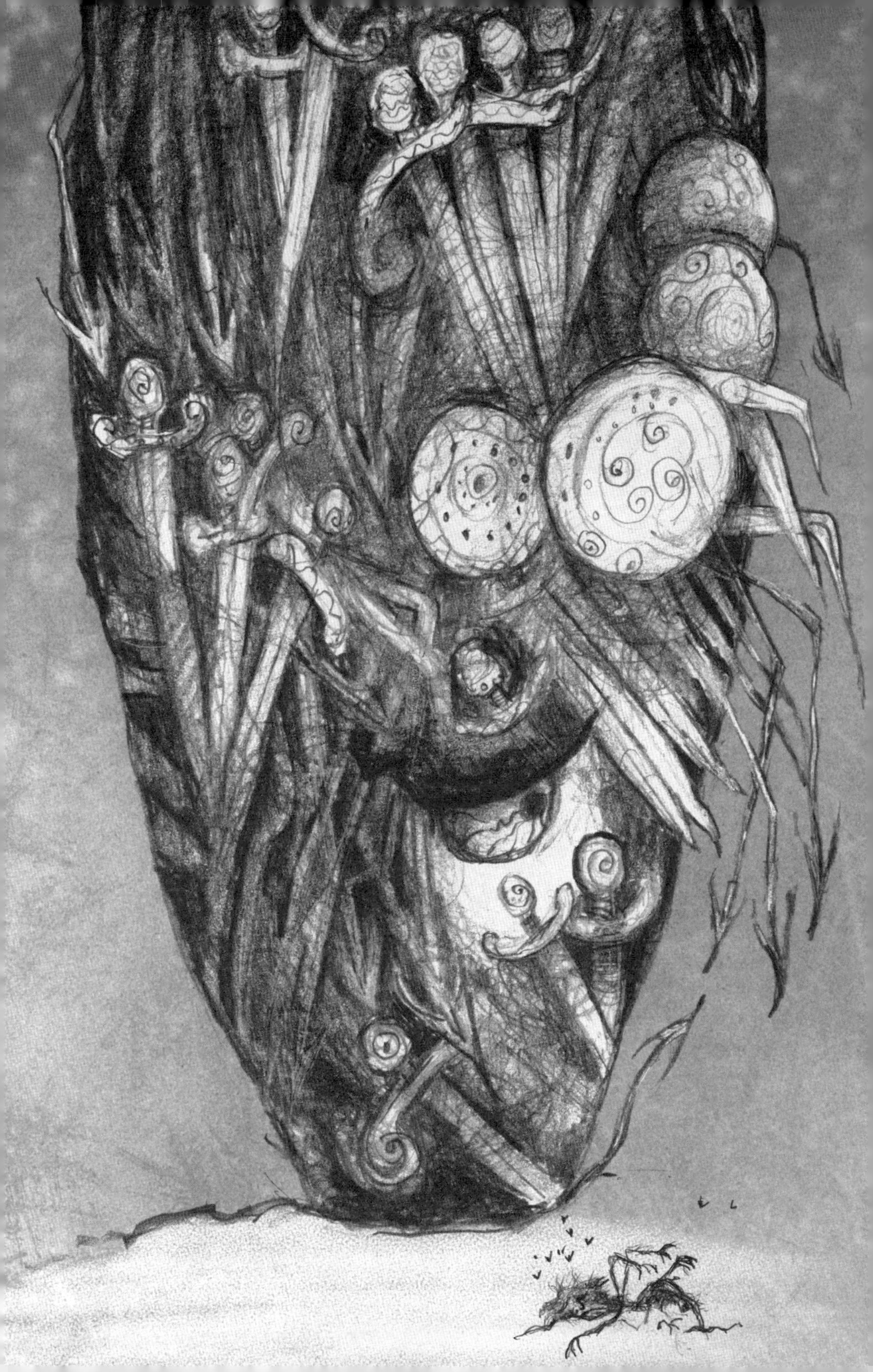

類……和**小蝙蝠**一樣……**她**怎麼可能是命運之子呢！……**第一個擁有操控鐵的魔法的巫師，怎麼可能會是她**？怎麼可能是這個小丫頭？不可能啊！」

「話雖如此，」巫妖王志得意滿地輕聲說，「她就是命運之子。」

湯匙、鑰匙、叉子與大頭針紛紛從希望的頭髮裡跳出來，不腐赫然發現這些魔法物品都是鐵做的，忍不住驚呼一聲。

希望踏上前，這種感覺就像從懸崖邊緣往前走一樣，她的膝蓋在劇烈顫抖，但她還是逼雙腿一步步前進。「巫妖王，我來了，我接受你提出的交易。」希望說。「只要你把毒害吱吱啾和札爾的巫妖魔法吸走，我就和你用一對一的法術戰鬥一決勝負。」

劇場裡一片沉寂，所有人都認知到此刻的重要性。

只有巫妖們發出滿意的嘶嘶聲。

嘶嘶嘶……他們從各個方向發出聲響，彷彿逐漸醒過來的一窩蛇……嘶嘶嘶嘶嘶……鐵球內的巫妖王也發出嘶聲，似是在迎接巫妖時代的到來。

「我接受妳的交易。」巫妖王嘶聲說，語音透出了顯而易見的得意。

「你先把吱吱啾治好再說。」札爾說。「你這隻邪惡的蝗蟲心黃鼠狼鐵球巫妖，你把我的小妖精藏到哪裡去了？」

「你可憐的小妖精只剩下一點殘骸了，他就在這裡。」巫妖王啞聲說。

巫妖王面前有個小東西，希望和札爾剛才以為那不過是一片爬滿蒼蠅的枯葉，但那東西慢慢動了起來。

他是吱吱啾。他虛弱到幾乎沒辦法把身體往前拖，而且他已經快被巫妖王完全控制住了，甚至沒有認出札爾他們。「敵人……」他用氣音說。「敵人……」

札爾愣了一下，駭然發現手腳糾纏地朝他爬來的小生物竟然曾經是可愛的小吱吱啾。他臉色慘白地驚呼：「吱吱啾！來不及了……拜託別跟我說現在已經來不及救你了……」

吱吱啾又踉蹌地往前走幾步，面朝下癱倒在泥地裡。黑害蟲瘋狂在他周圍

嗡嗡亂飛，不停凶猛地叮咬他毫無動靜的身體。

希望的魔法物品看到吱吱啾都嚇一大跳，躲進希望的頭髮和衣服，希望本人卻匆匆跑上前說：「還來得及，來得及的！札爾，別說喪氣話！」她不顧危險，抱起倒在地上的小妖精。吱吱啾已經意識不清了，希望將他抱起來時他幾乎沒有反應，只能勉強擠出微弱的聲音：「窩是王妖巫的人……」他試圖咬希望的手指，可是小小的嘴巴幾乎連咬人的力氣都沒有，希望只有稍微擦破皮而已。

粉碎者現在才姍姍來遲，他爬上懸崖後把波蒂塔等人放到地上。波蒂塔立刻朝札爾他們跑來，身上的圍巾在地上拖來拖去，看起來十分狼狽。

「我想對大家聲明，我並不是這些人的同伴！」

劫客氣呼呼地指著札爾、希望與波蒂塔說。「我是被他們綁架的，他們背叛了巫師與德魯伊的世界！」

沒有人理他。

札爾和希望都淚流滿面，札爾焦急地拍開黑害蟲，希望則摸著吱吱啾毛茸茸的頭。

「吱吱啾你別擔心，我們都來了，我們來救你了。」札爾痛苦地說。「我不是答應過一定會來的嗎？這都是我的錯……你只是一路追隨我而已……你是為了保護我才沾到巫妖印記的……你明明之前就求我們過來了，結果我們拖到現在才來……」

這時，吱吱啾突然展現出英雄氣概。

他集中自己所剩無幾的力氣，抬頭對希望與札爾說話，聲音微弱卻又非常急切：

「不可以！不要救窩！巫妖王……他說法術沒有用……他說……如果他從

鐵球裡出來……他就會毀滅『全世界』……窩不值得逆們冒險……」吱吱啾語無倫次。

他很努力在警告大家。

真是太奇妙了！吱吱啾明明是最嬌小的毛妖精，長期以來受可怕的巫妖印記影響，還八隻手黏著鐵球在地上跪了將近兩天，現在卻能夠抵抗巫妖王的邪惡力量！

但是……

對札爾來說，吱吱啾比全世界還要重要。

「你這隻躲在大錫罐裡的膽小噁心毒蛇巫妖，快把你的爛魔法從我可愛的小妖精身上吸走！」札爾義憤填膺地大喊。「你給我小心一點，要是他受到任何永久傷害……要是他已經被你傷到真的沒救了……那我跟你保證，我絕對不會讓希望跟你決鬥的。如果吱吱啾死了，我自己發生什麼事都無所謂了。」

「隨你便……」巫妖王輕柔地說。

於是，希望用不停顫抖的手捧起吱吱啾，札爾捧起吱吱啾小小的腳，輕輕放在囚禁巫妖王的大鐵球上。

拜託，拜託讓他活下去。希望全心全意許願。**拜託了**。

拜託，拜託，拜託，拜託，「拜託」。

全世界似乎都屏著一口氣，希望、札爾與刺錐喃喃對所有綠色神明祈禱，希望吱吱啾能活下去……

……但是，什麼事都沒有發生。

札爾穩穩握著毛妖精小小的腳，但吱吱啾僵硬的身體依舊和綠寶石同樣堅硬，黑害蟲也還是在四周嗡嗡作響，聲音變得更響、更諷刺了。

又一分鐘過去了，感覺像是過了一輩子時間。

就在希望努力許願、刺錐努力祈禱、札爾喃喃唸著「**救救他，救救他，救救他**」之時……就在他們全心渴望吱吱啾得救之時……

……吱吱啾小小的胸膛開始很——慢、很——慢地起伏，上、下。

上、下。

上、下……

陰森的綠色消退了……他的眼皮開始顫動，他睜開眼睛。黑害蟲像舊痂一樣從他身上剝落，他們似乎以巫妖魔法為食，此時吱吱啾身上不再有巫妖魔法，黑害蟲全都掉到地上死了。

真是令人心安的畫面。

「他還活著！」札爾欣喜地高呼。「我的槲寄生啊！我的長春藤啊！謝天謝地，**他還活著！**」

「巫妖王，你答應要把他身上每一滴巫妖魔法都吸走的，你有實現諾言嗎？」希望嚴厲地問。「這次應該**連一丁點也不剩**了吧？你能發誓他現在完全沒有巫妖魔法了嗎？」

「我以巫妖律法起誓，這隻小妖精身上已經完全沒有我珍貴的毒芹天鵝絨魔法了，連一小滴、一丁點也不剩。」巫妖王說。「他身上只剩下自己的魔法了。」

吱吱啾用八隻腳搖搖晃晃地在希望手上站起來，像是出生之後第一次站起來的小牛。他腳步蹣跚地在希望手心走一圈後，抬頭敬慕地注視著札爾的眼睛。

「主人救了窩！」吱吱啾輕聲說（他這樣說其實有點不公平，畢竟是大家合力拯救了他，不過吱吱啾現在恢復了自我，又像以前那樣崇拜札爾了）。「窩就知道他會來……窩就說……

窩沒事！窩的後腿很麻……窩的翅膀有點軟趴趴的……可是

窩沒事！

「札爾是……

「全世界……

「最棒的……

「主人！」

「主人」兩個字才剛說完，吱吱啾就猛然跳到空中。札爾高興地說：「他還會飛！」

巫妖王實現了承諾，完全移除了屬於自己的巫妖魔法，沒有奪走小妖精本身的魔法。

札爾他們來得正好，要是他們晚一個小時才來，甚至是晚半個小時，小妖精想必已經死了。對小生物而言，巫妖的黑暗魔法太過強大，他們無法承受如此龐大的恨意。

「窩不是巫妖王的人了！」吱吱啾歡呼。「窩可以自己思考了！」

「太好了，吱吱啾！」希望高呼。

吱吱啾降落在札爾的耳朵上，小小的頭靠著札爾的頭。他打從內心深處發出心滿意足的一小聲嘆息。

「窩**回家**了。」吱吱啾說。

有時候啊，「家」並不是一個地方。

「家」可能是你深愛的人。

只要是那個人所在的地方，就是你的家。

札爾是全世界最棒的主人！

第十七章　那現在……還來得及救札爾嗎？

「小妖精活下來了。」巫妖王說道。「但我必須警告你們，並不是所有人在移除魔法之後都能存活下來……手上有印記的男孩，踏上前吧。你願意冒險的話，你希望我把魔法吸走的話，我這就把你身上的魔法抽乾。」

札爾大大嘆了口氣，即使經歷了這麼多磨難，他心裡還是有點不希望手上的巫妖魔法消失。如果少了巫妖的魔法，他就只是個沒有絲毫魔力的尋常巫師男孩罷了……他明明是魔法大師恩卡佐的兒子，自己卻沒有魔法。

儘管如此，他還是明白：他現在必須讓巫妖王移除印記的魔法。

一年前，札爾把手放在消除魔法的石頭上，但是他太快移開手了，所以還有一些巫妖魔法殘留在身上。這次，他不能再犯相同的錯誤了。

札爾把手放到鐵球上。

巫妖魔法最近在札爾體內快速增生，糾纏著他的神經與血管，滲透到他的骨髓裡，現在抽取魔法的過程令他苦不堪言。札爾滿身大汗地連連痛呼，感覺身體快要燒起來了。魔法被硬生生扯出來的同時，他驚慌地試圖逃跑，刺錐與希望只能大喊：「不行！不行！」他們看到朋友這麼痛苦，自己也感到非常難受。

最終，最後一小滴魔法被抽了出來，「**轟**！」一聲巨響過後，札爾整個人從鐵球邊彈開。他飛出去倒在草地上，像布娃娃一樣全身軟趴趴的，刺錐與希望見狀趕緊跑了過去。

「他還好嗎？他還好嗎？」希望焦慮驚慌地重複問道。札爾毫無動靜地躺在地上，四肢攤成大字形，跪在他鼻孔邊的風暴提芬感覺不到他的呼吸。

在那心驚肉跳的數秒，札爾在地上動也不動……

妳看！
巫妖印記不見了！

……不過札爾和吱吱啾同樣堅強，他習慣自由自在地在外面亂闖，每次有人想把他抓走，他都會奮力抵抗。即使巫妖王深深探入他的內在，把巫妖魔法全挖了出來，天性叛逆的札爾還是緊抓著自我與生命不放。

「他沒事。」刺錐鬆一口氣說。札爾搖搖晃晃地坐了起來，刺錐舉起札爾的手臂說：「妳看，巫妖印記不見了！」

果不其然，從札爾手腕爬到手肘、甚至接近肩膀的醜陋綠印完全消失了，就連他的手上也沒留下任何痕跡，只剩下手心淡淡的「X」形白疤，提醒他巫妖印記曾經存在。疤痕已經在魔法作用下癒合了，彷彿某個久遠事件的回憶。

札爾醒過來做的第一件事竟然是號啕大哭，他為此感到十分害羞。他平時沒這麼容易落淚，不過事情發生得太突然了，他哭得彷彿心都碎了，才高傲地用左手袖子擦一擦鼻子（他的右手到現在還麻麻的動彈不得，像是整條手臂都不見了）。

札爾跌跌撞撞站起身來。他和疼痛共存了這麼久，現在痛楚忽然消失了，感覺好新鮮。手臂終於不再抽搐、不再往錯誤的方向移動了，而且少了巫妖印記的干擾與混亂，札爾似乎終於能清楚思考了。他感覺自己有點脆弱，但也十分平靜。

希望轉向鐵球裡的巫妖王。「你把所有的魔法都吸走了嗎？他身上應該連最後一丁點噁心的邪惡巫妖魔法都不剩了吧？」

「那當然。」巫妖說。「我不是以巫妖律法起誓了嗎？」

「我的槲寄生啊，長春藤啊，所有綠色事物啊！」札爾燦笑著對空氣揮拳。「我終於自由了！」

刺錐和希望緊緊抱住札爾，波蒂塔拍拍他的背，卡利伯親暱地輕咬他的耳朵恭喜他，吱吱啾也開心地在空中翻筋斗。

就連劫客看到札爾勇敢的表現，心裡也暗自感到佩服。他腦中浮現了一絲懷疑——假如劫客自己擁有如此強大的力量，他會願意放棄這份力量嗎？但這不是現在的重點，他還想跟札爾算帳呢，於是他壓下那個想法，冷笑著說：「老弟，你現在又回到原點了，你還是個沒有魔法的瘋子魯蛇……這樣看來，你的小冒險完全划不來嘛，你現在不是和一開始的狀況一樣嗎！」

札爾的臉垮了下來。

「閉嘴啦，劫客！」刺錐厲聲說。

「擁有操控鐵的魔法的女孩啊，現在輪到妳來賭命了。」巫妖王柔聲說。「我已經兌現我的承諾，換妳來兌現妳的了。妳當初用了陰險的伎倆，把我困在這個鐵球裡，現在總該放我出去了吧！」

刺錐的心被某種冰冷的感覺淹沒了。其實，刺錐不僅是希望的保鑣，他還暗戀希望。他對此時此刻的情勢感到非常不安。

「札爾和吱吱啾都已經得救了，妳就算違背諾言應該都沒有關係。」刺錐焦急地在希望耳邊說。「吱吱啾之前不是說了嗎……要是巫妖王從鐵球裡跑出來，**全世界**都會受到威脅！」

「可是我答應過他了。」希望面無血色地說。「我不能違背這麼重大的承諾。這場災難之所以會發生，就是因為我母親違背了她對札爾父親的承諾，我總不能用『食言』的方式終結災難吧？而且刺錐，我們是不可能永遠躲著巫妖的，有時候我們非得站出來面對他們不可。」

「**放……我……出去！**」巫妖王啞聲說。

「小心喔。」卡利伯拍著翅膀降落在希望肩頭，出聲警告她。

「妳**千萬**要小心。」變身成小老鼠的波蒂塔悄悄來到渡鴉身旁，跟著警告希望。「天啊天啊天啊……妳接下來要做的事情萬分危險。」她用小老鼠又高又尖的聲音輕輕地說。「一旦妳和巫妖王之間出現魔法的流動，他就會試圖將妳的魔法全部奪走。」

「不准讓老鼠或渡鴉坐在妳肩膀上。」巫妖王惡聲說。「我們已經談好條件了，不准讓躲在老鼠身體裡的魔法大師幫助妳……」

卡利伯拍拍翅膀飛走，變身成小老鼠的波蒂塔沿著希望的手臂爬下去。

希望只剩自己一個人了……但魔法湯匙、叉子、鑰匙和大頭針還是站在她身邊，想要保護她。

希望掀開眼罩。

她現在需要魔眼完整的力量。

希望顫抖著在鐵球旁邊跪下來。光是看著這顆鐵球她就想吐，她凝望鐵球被藍色塵埃磨得和薄膜一樣薄的位置，望向黑暗深處那顆巨大的眼珠。巫妖王離她好近，幾乎觸手可及，她感覺自己的心臟如同驚慌的兔子，在胸腔飛速奔跑。希望逼自己將不停發抖的手放到自己與巫妖王之間的薄膜上。

事情發生得很快。

她雙手黏在鐵球的薄膜上，怎麼也拔不開。

鐵球裡的巫妖王貪婪又愉悅地嘶嘶叫。

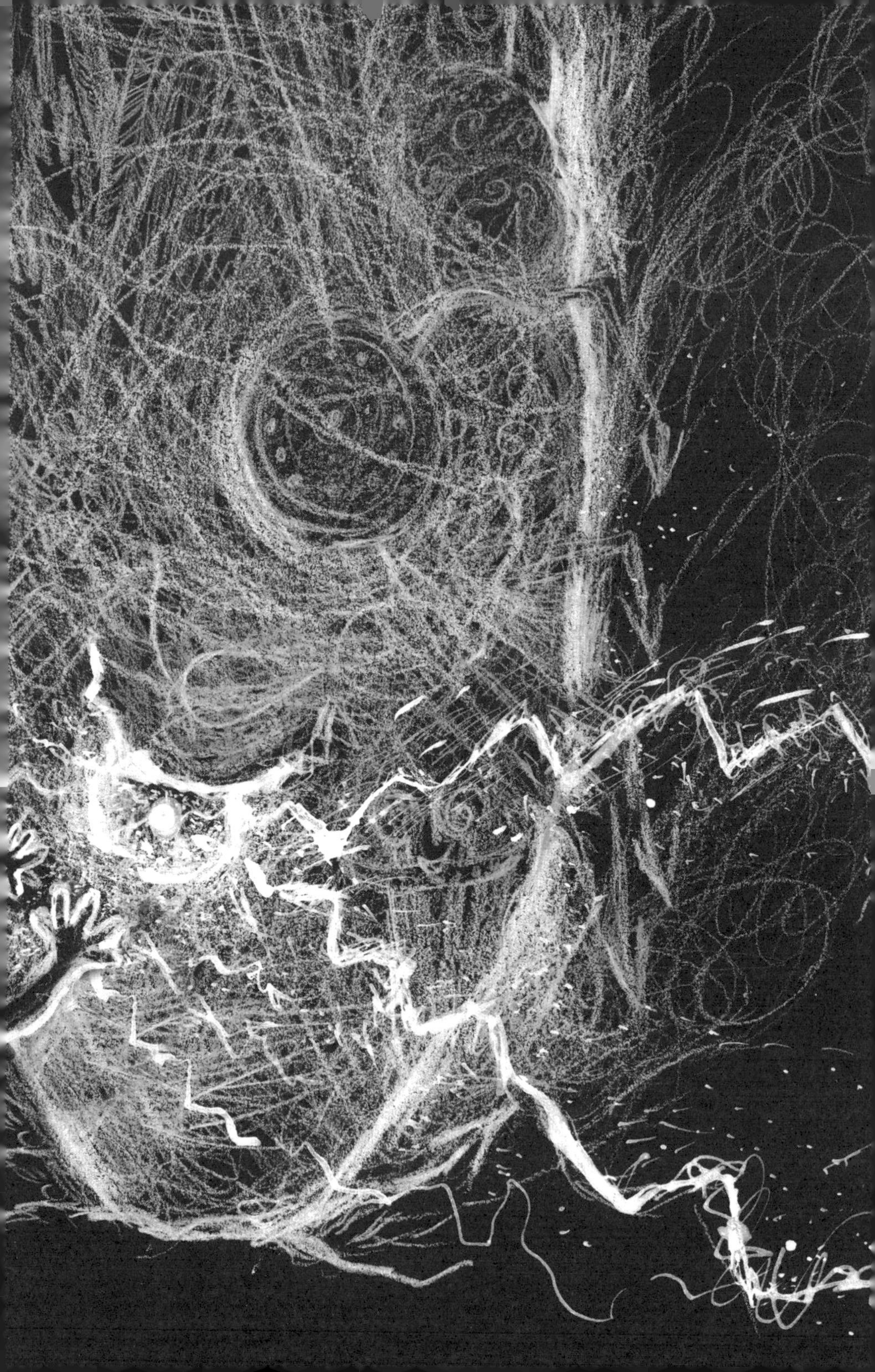

希望的頭髮像觸電的樹籬，猛然豎了起來。她感受到噁心又熟悉的感覺，那是體內魔法被硬生生抽走的感覺，而且這次的感覺比上回還要強烈，因為這次她沒有抵抗。

巫妖王的吸力很強，湯匙、大頭針、叉子與鑰匙都彷彿被磁鐵吸了過去，全都重重撞上薄膜。可憐的魔法物品們黏在那裡，怎麼掙扎也沒有用。

「**把妳的魔法給我，把妳的魔法給我，把妳的魔法給我！**」巫妖王發出駭人的尖叫聲，聲音在希望腦子裡迴響。

在場所有人都震驚地倒抽一口氣，抬手遮住眼睛。

鐵球像熊熊焚燒的星星似地發光，深色金屬被一絲絲鮮明的魔法點亮，幾

乎完全變透明了。這是眾人未曾見過的顏色，我也無法形容那個色彩，只能說它非常刺眼，像蓊鬱森林裡不停冒泡、發光的蜿蜒小徑，從希望通往巫妖王。

希望感覺到巫妖的思緒和自己的想法混雜在一起，感覺自己的腦袋變得麻木了，她奮力掙扎，想要維持獨立思考與判斷的能力。巫妖王正在誘惑她。

只有希望聽得見巫妖王的勸誘，因為他的話語不是透過耳朵傳達進來，而是從她黏住的雙手傳到了腦子裡。

「留在我身邊……我們將會所向披靡……我們能永遠主宰世界……萬物都將臣服於我們……」

別給他太多魔法……希望心想。**偉大的綠色神靈啊……給他一點點魔法，讓他從鐵球裡出來就夠了……等待合適的時機……**

鐵球開始來回搖晃，表面出現裂痕，看上去宛如明亮的巨蛋。

準備好了……好了……就是……

「**現在！**」希望大喊。

「**抵抗他！**」卡利伯高呼。

「**抗拒他！**」變回棕熊的波蒂塔低吼。她覺得自己變身成熊的模樣站在後面，可以多少達到威嚇敵人的效果。

「**妳要憤怒！**」札爾大叫。

想想札爾反抗父親的模樣。希望心想。**我自己也學到反抗母親的方法了，快回想起來。想想波蒂塔的力量，想想自己的力量，承認這份力量吧**。

「**大家趴下！**」波蒂塔大吼。

階梯看臺上的德魯伊紛紛撲倒在草地上。

希望想著札爾違抗父親的模樣，想著變成巨熊的波蒂塔。

然後，她用魔眼看向鐵球，準備切開連結。

轟轟轟轟轟轟轟！

鐵球爆了開來，長矛、箭矢與盾牌化為飛彈射往四面八方。巫妖王

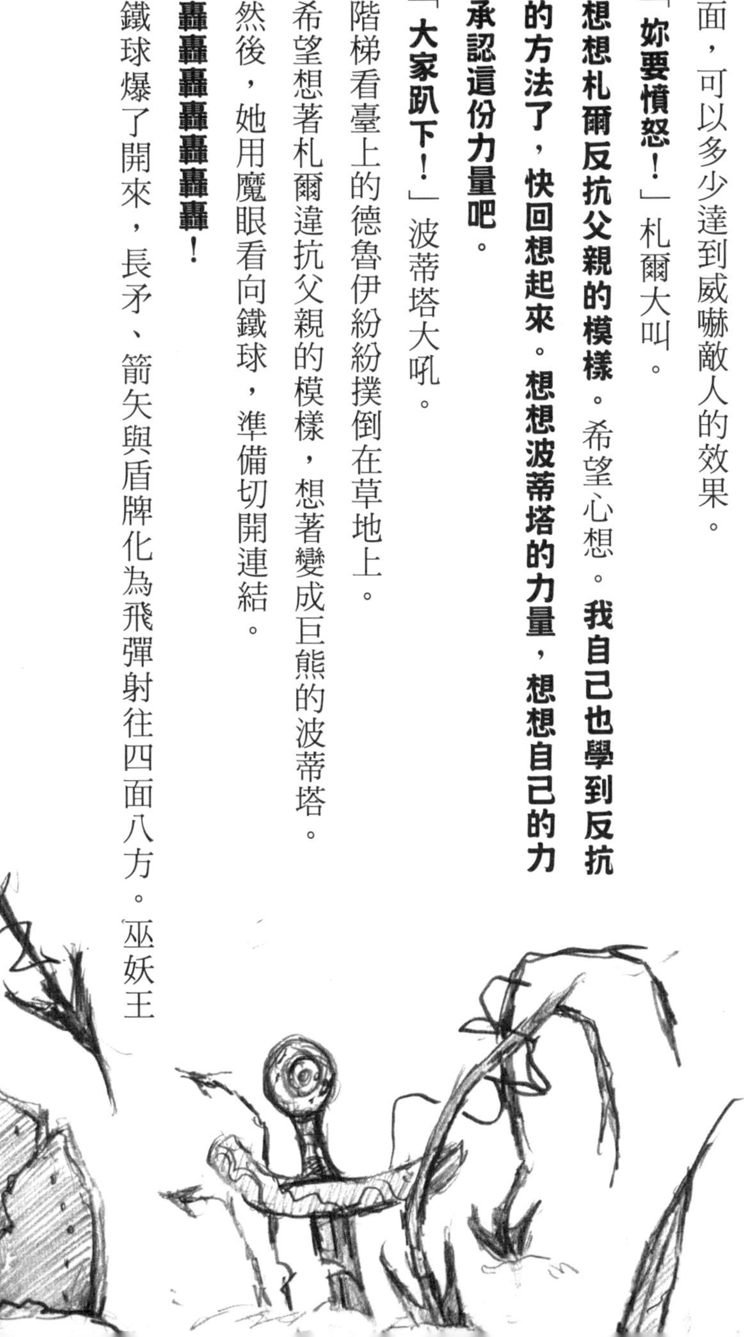

也不在乎別人會不會被鐵器擊中……

……但希望非常在乎。

她現在能更精準地控制力量了，居然還能分心控制住爆炸，確保每一根矛、每一支箭、每一塊融化的鐵都從人類與巫妖頭上飛出圓形劇場，黑暗雨點似地落進迷失湖。

這下，巫妖王……

……**自由了**。

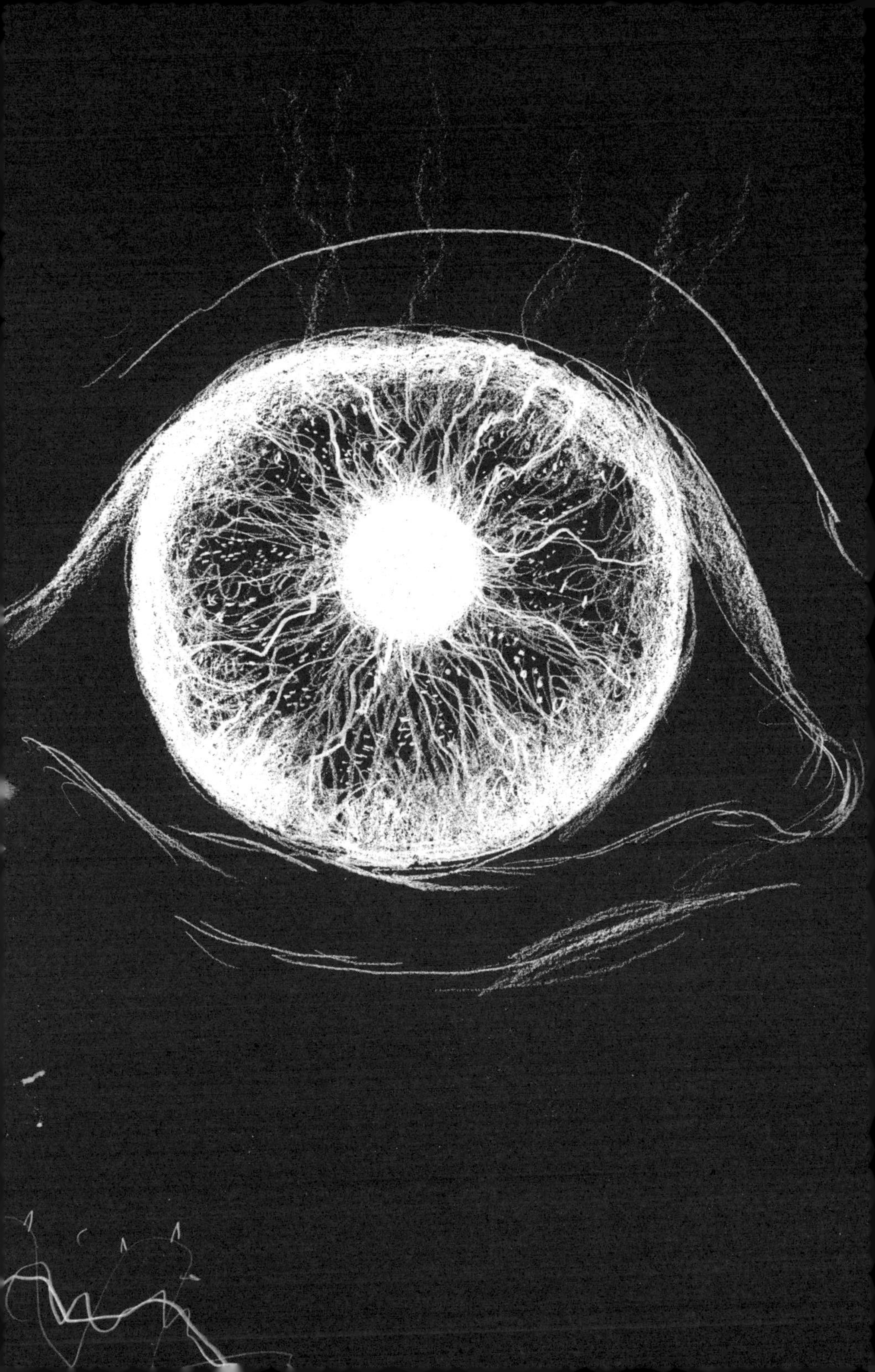

我們幹了
什麼好事？

第十八章　終極法術戰鬥

「我的槲寄生啊，長春藤啊，蠑螈眼睛啊，青蛙腳趾啊。」德魯伊不腐咒罵了起來。「**我們幹了什麼好事？**」

現在已經來不及改變事情了，德魯伊族長才發現自己將邪惡的存在迎進了德魯伊領地中心。德魯伊不腐先前也受到巫妖王誘惑，巫妖王對不腐提出了他現在對希望提出的交易，結果不腐接受了。

然而，困在鐵球裡的巫妖王和重獲自由的巫妖王可是迥然不同的兩種存在。

長滿羽毛的巫妖王緩緩撐開黑色大翅膀，散發出濃濃的力量，冒煙的黑色

口水從飢餓的尖牙滴落。他仰頭對天空淒厲地尖叫，那是絲毫沒有慈悲仁愛，充滿了邪惡的尖叫聲，比可憐小動物被狐狸虐待致死的叫聲還要駭人。

和德魯伊一同坐在觀眾席的巫妖們滿意地嘶嘶叫，宛如燒開了的水壺。

接著，巫妖王轉動盈滿仇恨的雙眼，閃爍著水銀暗光的眼眸轉向希望。

「擁有操控鐵的魔法的女孩啊，我剛才以巫妖律法起誓，說要和妳一對一決鬥。」巫妖王說。「就我們兩個，誰贏了就能奪走輸家所有的魔法。」他貪婪地說，充滿仇恨的眼睛閃爍著期盼的光芒。「那之後……**我就把全世界燒成焦炭！**」

「準備決鬥圈！」

不腐瑟縮著身體走上前，用粉筆在地上畫圈。德魯伊手下的小妖精種族——綠外套——現在都聚集過來，吐了一些東西在地上，他們的嘔吐物馬上變成法術戰鬥圈周圍的火焰。

現在要反悔也來不及了。

希剋銳絲與恩卡佐終於趕到現場了。

兩位君王方才墜到迷失湖底，沉得又快又深，沉到了長滿蘆葦的湖底。他們花了一些時間才從水中飛出來、持續往上飛，塘鵝頭上的黃色羽毛宛如閃耀的王冠。他們全速飛來，想解救被他們捲入混亂的孩子。

然而，希望已經身在火圈裡了。

希剋銳絲與恩卡佐拍著寬闊的塘鵝翅膀降落，落在札爾、刺錐與劫客身邊時變回人形。

「父親，我有試著阻止他們過來。」劫客正經八百地說。「我跟他們說了好幾次，他們都不聽我的話……」

從大兒子生下來到現在，恩卡佐首次開口責罵這個被寵壞了的兒子。

「劫客，你能不能先閉嘴？這次的事情和你本人沒有關係，你弟弟和他朋友已經在盡力了！」

劫客驚呆了，父親竟然沒把他當成重點？

開始飄雪了，所有人都注視著站在落雪中的女孩與巫妖。

一邊是嬌小的女孩。

一邊是巨大、恐怖的巫妖，他沒有極限，也沒有慈悲之心。

兩位家長不知所措，就連波蒂塔、卡利伯、札爾與刺錐都幫不了希望，她只能單打獨鬥。

「妳要用什麼武器？」巫妖王嘶聲說。

希望拔出魔法劍，它被抽出來時令人心安地「**咻——**」了一聲。拔劍的同時，希望回想起札爾和劫客打鬥時違規拔劍的事情。

「我要用魔法劍。」希望說。陽光照在劍身刻著文字的地方，清晰的文字寫道：**世上曾存在巫妖……**另一面寫的則是：……**但是我殺了他們**。

「父親、希剋銳絲女王，你們不用擔心。」札爾信心十足地低聲告訴恩卡佐與希剋銳絲。「那把劍沾了消滅巫妖的法術，巫妖王是不可能打贏的。」

「很好。」巫妖王柔聲說。「那我選擇的武器是……法力之杖！」

長滿青草的圓形劇場高處，握著法力之杖的巫妖站了起來。傳統上，使用法力之杖的德魯伊都會踩高蹺，這樣才有辦法使用這把特別長的法杖。

但是巫妖王的體形是一般人類三倍，他不需要高蹺也能正常使用法杖。巫妖王將一隻長著利爪的手舉到空中，兩隻巫妖將法杖拋給他，法力之杖被他輕輕鬆鬆地握在手裡，彷彿為他量身打造的武器。

「那麼，」巫妖王邊說邊轉頭面對希望，「得到妳剩餘魔法的時候到了。有了這把法杖和妳的力量，我們巫妖將會**天下無敵**……」

在場的巫妖紛紛發出刺耳恐怖的歡呼聲。

「天啊，天啊，天啊。」刺錐憂心忡忡。「但願消滅巫妖的法術真的有效。如果沒有效的話……我有種很糟糕的預感……」

「希望擅長這種決鬥嗎？」恩卡佐問道。

「她**最不擅長**法術戰鬥了。」刺錐焦慮地說。

「這樣說不太公平吧。」波蒂塔說。她又變回人形了，玫瑰色眼鏡搖搖欲墜地攀在她鼻子上。「我已經把我會的一切都教給她了，她還是能和別人鬥法的。」

聽到這段話，札爾背包裡的號角無禮地吹氣：**噗噗噗**！

「好吧，她沒有把我的技藝學全。」波蒂塔坦承。「但我還是覺得她準備好了。」

札爾背包裡的號角大力反對，比剛才更大聲說：**噗噗噗噗**！

「我已經**盡量**樂觀了啦。」波蒂塔無奈地說。

短促、尖銳的嗡嗡聲過後，一片魔法結界罩住了希望與巫妖王，滋滋作響的魔法形成薄薄的透明圓拱。

握劍的小女孩與持有法力之杖的巫妖王站在結界內，小心翼翼地繞著圈。

希望的魔眼中燃著熊熊光芒。

人類的眼睛不會變色，不會從不自然的純粹綠色變成星星般明亮的黃色。人類受自然法則約束，眼睛就是固定的顏色。

魔眼和一般眼睛完全不同，它會像暴風雨來襲前的海洋那樣變色……而且更奇怪的是，它甚至能變化成不存在人類世界的色彩。

希望的魔眼周圍有著奇怪的紫色瘀青，像是深深的黑眼圈。對她的人類肉體來說，魔眼似乎是一份重擔。

「開始戰鬥！」穿著白斗篷的斯維利高舉手臂，向下一揮。

他才剛說完，巫妖王與希望所在的圓拱就爆出嘈雜噪音，鋸齒狀的鮮豔魔法束到處亂飛。結界被戳破好幾個洞，像星星似地爆出光束。巫妖王朝希望發射一束又一束尖叫的魔法，希望用魔法劍一一彈開巫妖王的攻擊。

「她上過那麼多劍術課，現在總算派上用場了。」希剋銳絲滿意地說。這句話不完全正確，因為魔法劍像現抓的鮭魚似地在希望手裡活了起來，彷彿有了自己的生命。劍替希望預測下一束魔法火束會從哪個方向襲來，再拖著她的手擋下攻擊。

希望等待的時機來了。

巫妖王攻擊時疏忽了，在那一毫秒，他的胸口門戶洞開。

就是現在。

這是希望他們計畫多月的策略，這幾個月來，刺錐一直在努力把自己學過的保鑣技術傳授給她。

希望努力記

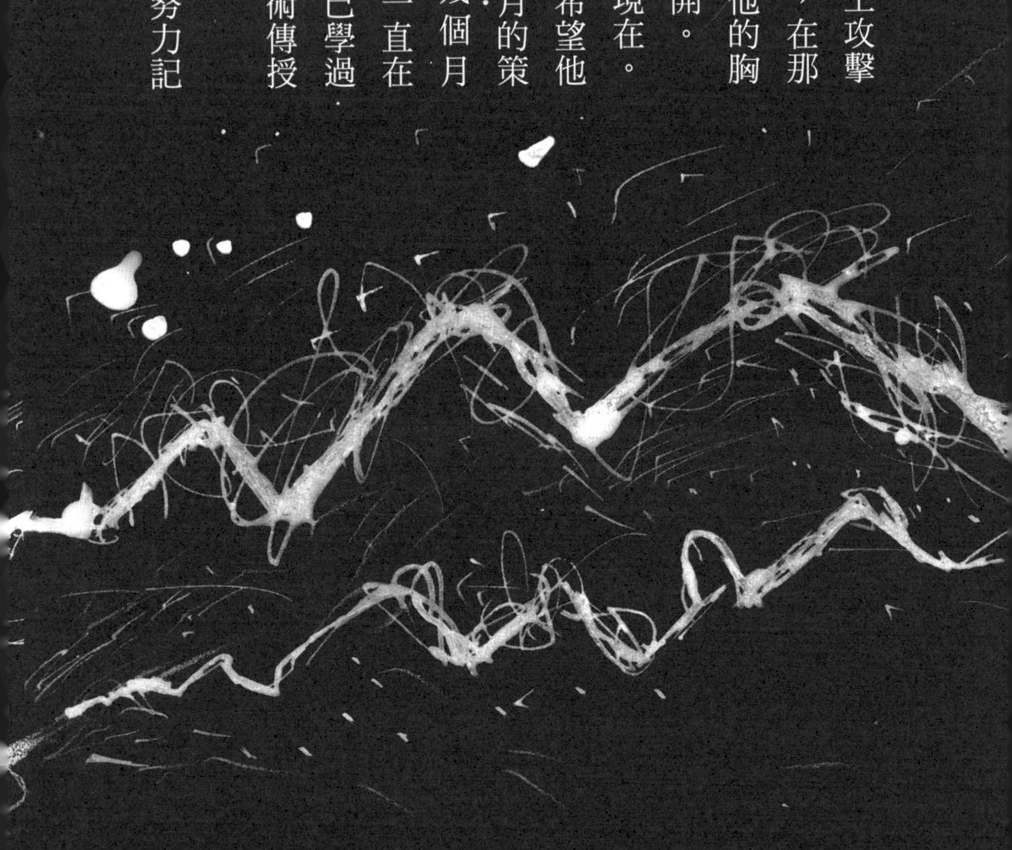

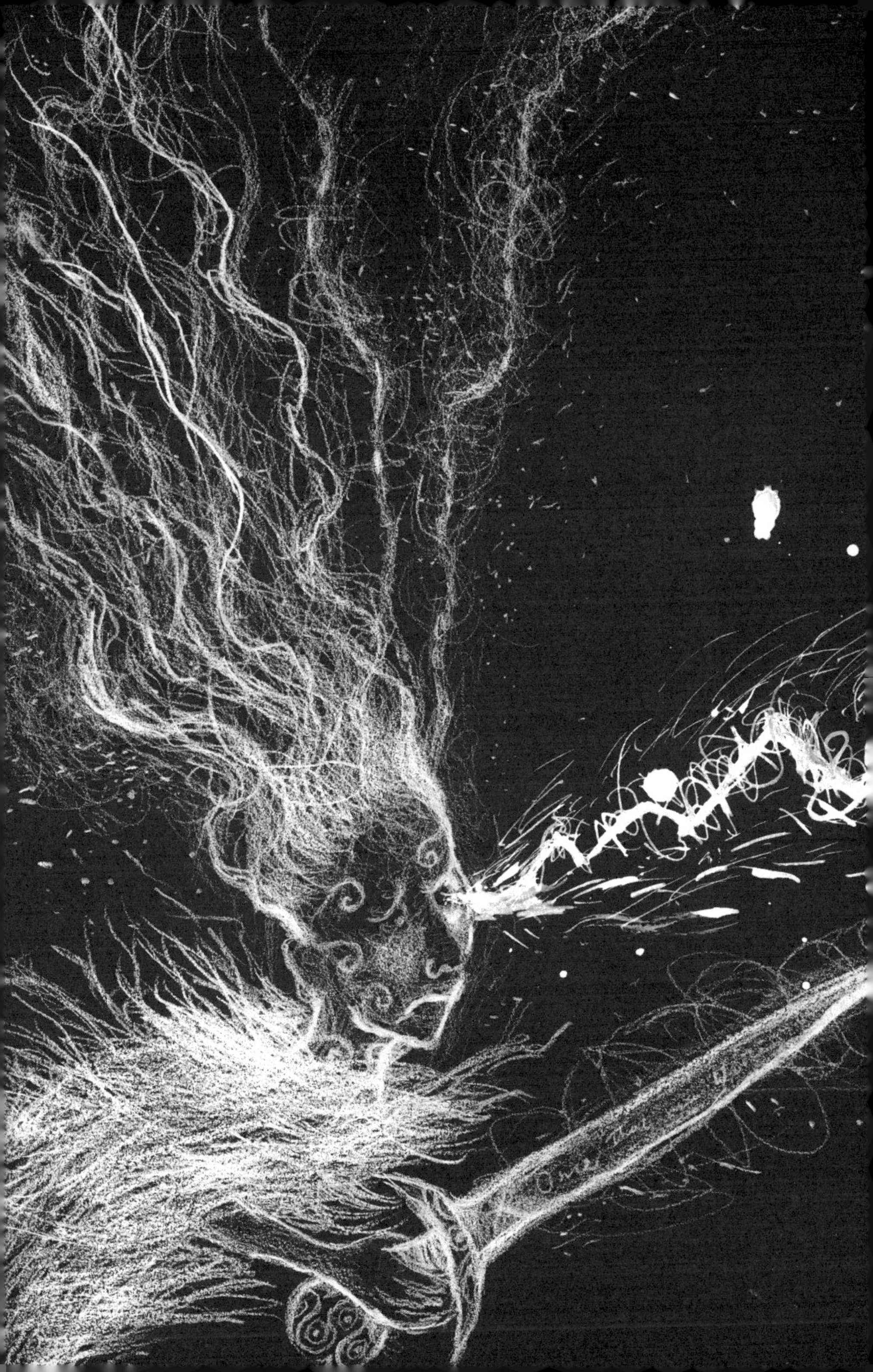

得自己是戰士，她的祖先全都是巫妖殺手。

她同時用眼睛與手瞄準，劍從她手裡發射出去，筆直刺向巫妖王的心臟。

「世上曾存在巫妖！」希望用最凶猛的聲音大喊。**「但是我殺了他們！」**

巫妖王驚訝地低頭一看，動作幾乎稱得上好笑。他愣愣盯著刺進自己胸膛的劍。

刺錐緊閉著雙眼。

「拜託……拜託讓法術生效……」刺錐看著天空喃喃自語。「善良的宇宙啊，拜託了……拜託讓法術生效。天上的星星……拜託你們讓法術生效。讓世界上善良的勢力打敗邪惡的勢力吧……

「就……

「這麼……

「**一次**。」

然而，宇宙似乎沒聽見他的祈禱。

天上的星星也對刺錐的乞求聽而不聞。

巫妖王低頭看著自己胸口，輕聲說：「擁有操控鐵的魔法的女孩啊，巫妖王可是有『兩顆』心臟喔……」

巫妖王伸手拔出魔法劍，劍一拔出來，傷口就自動癒合了，巫妖王的胸膛和一開始一樣完好無缺。「我有兩顆心臟，還有很多條命。這條小小的劃痕已經癒合了——妳瞧，我的心臟漏了一拍，但現在又在跳動了。」巫妖王彷彿要幫助希望理解他這段話，胸中兩顆心臟亮了起來，賣力地鼓動。

巫妖王在手裡翻轉古劍。

「具玩小的亮漂是真……」他悄聲說。「但操控鐵的魔法已經嚇不了我了。這把劍失去了殺巫妖的力量，而且我剛才取得了妳特別的魔法，自己也能使用這把劍了……」巫妖王用黃鼠狼般迅捷的動作，全力把劍往希望的方向一丟。

巫妖都強壯無比，而在那一瞬間，魔法劍似乎不在乎自己的主人是不是希望了。劍在希望頭部的高度劃過空中，要不是希望下意識低頭閃躲，劍可能已經砍到她的頭了（希望有六個繼姊，很習慣動不動就閃躲）。

魔法劍繼續往她身後飛去，希望這才恢復對劍的控制。劍想起自己的身分、想起主人的身分，乖乖飛回她手裡。

希望吞一口口水，直起身來，臉色和上衣少數仍是白色的幾塊布料一樣白。卡利伯當場掉了二十五根羽毛，黑雨般的羽毛從可憐鳥兒身上飄落。

計畫進行得一點也不順利。

「妳以為我沒看破妳的計畫嗎？」巫妖王譏諷道。「到處都有我巫妖王的眼線，我知道妳那把劍沾了五種材料。」他冷笑著說。「溫柔、渴望、勇氣、耐心與諒解——這可是**愛情法術**喔。」

說到這裡，他仰天哈哈大笑，志得意滿的笑聲幾乎和死亡尖叫同樣難聽。

「世界上才沒有消滅巫妖的法術這種東西呢。」巫妖王輕蔑地說。「那不過是你們一廂情願罷了……即使集結了全世界所有的願望與希望，你們也不可能消滅我們。妳剛才是用扭轉屏棄愛情法術攻擊我……

「那有什麼用？這東西不過只是愛情法術。你們還真是一無所知啊……那個法術之所以是用渡鴉羽毛寫的，是因為他知道自己一開始就不該干涉你們父母的愛情，他想改正過去的錯誤。他不過是在許願，不過是自欺欺人。至於妳呢，擁有操控鐵的魔法的女孩，妳之所以寫下法術，是因為妳以為自己能讓母親和男孩父親再次相愛。小傻瓜……」巫妖王說。「妳也不過是在許願。

「太好笑了！」巫妖王嘲笑道。「你們勇闖了馬魔洞……惹怒了德魯伊部族……結果最後做出來的法術卻**完全錯誤**……」

「我就說吧。」希剋銳絲哀傷地說。

「我也說吧。」恩卡佐說。

「你們應該乖乖聽父母的話的。」巫妖王得意洋洋地嘶聲說。「他們至少還稱得上值得一戰的對手。小孩子都太愚蠢了，總是相信一些不可能的事物。

「怪咖女孩，微不足道的**愛情法術**是傷不了我的，更何況法術還添加了出自本王我的巫妖羽毛。」巫妖王不屑地說。「妳要我怎麼愛情復燃？我連一次都沒愛過別人，當然也不可能愛第二次……難道沒有人告訴過妳嗎？**愛就是弱點**。」

「有。」希望疲憊地說。「有，這句話我已經聽過了。」

拔劍時的興奮已經消失無蹤，她只覺得非常、非常不舒服，彷彿乘船在波濤洶湧的海上，隨時可能吐出來。世界在她腳下顛倒過來了，她知道自己冒了太大的險，先前不該逞強說自己不會食言的……唉，為什麼這份詛咒般可惡的力量會出現在她身上？她又不要這種力量……她從沒要過這份力量啊。這份責任太過沉重了。

「蠑螈眼睛啊，該死的青蛙腳趾啊！」卡利伯連連咒罵。「命運又帶我們走上歪路了！怎麼會如此倒楣！宇宙怎麼會這樣開我們的玩笑！命運一定是**過了很糟糕的一天**，才會這樣對待我們！」

他們勇敢追求的一切，這一路上的努力……收集材料、尋找杯子、調製法術……一切都成了泡影。

他們失敗了。

如果你所做的一切都失敗了，你會怎麼做？

現在要放棄嗎？要接受命運為你寫下的故事嗎？

還是你要和希望一樣挺起肩膀，用最頑固、最不服的眼神盯著巫妖王，嘗試別種方法？

是時候改用Ｂ計畫了。

希望轉過身。

她身後有一顆平坦的大石，這恐怕是德魯伊活人獻祭用的石頭。其實我也不曉得是不是，我當然也不希望以前有人在這裡被犧牲，不過德魯伊實在不怎麼友善，這搞不好就是他們獻祭用的岩石。

希望用劍尖在石頭上刻出「Ｘ」痕。

「就在這裡了。」希望說。

接著，她用上自己全身的力量與所有的魔法，用力把劍插到岩石中間，劍柄以下的部分幾乎都插在石頭裡。

這樣一來，短時間內就沒有人能把劍拔出來了。這把劍可是沾過強力愛情法術，並且沾過巫妖王的血液，還被希望用獨一無二的魔法插進了岩石，正正好插在「X」形的交叉處。這下，即使是希望自己，也得費一番工夫才拔得出劍了。

巫妖王吃了一驚。

他本來已經讓下巴脫臼，準備把希望活活吞下肚，現在他的嘴巴張得比剛才更大了。

「妳為什麼這樣做？」巫妖王說。「這樣妳不就沒有武器了嗎？**妳自己**放棄用劍，可不代表**我**要放棄用法力之杖喔。巫妖可是不在乎什麼武德的。」

「巫妖，你說你的命不只一條！」希望說。「我告訴你，**我也一樣**。我們來看看你還剩幾條命吧……」

巫妖王對她發射好幾束魔法，但希望憑空消失了。

「她在哪裡？」巫妖王嘶吼著旋身。「在法術戰鬥中，妳不准隱身……」

但希望沒有隱身，而是變身成了……

……絨絨靶。

絨絨靶顧名思義，是一種不怎麼可怕的生物。他們的體型比兔子小一些，天敵多到絨絨靶都快在野林絕跡了。

然而，希望這次變成絨絨靶其實是不錯的選擇。巫妖王沒料到她會變身成絨絨靶，他還以為希望會變成更大、更凶猛的生物。巫妖王握著長得很礙事的法力之杖轉身，隨機發射魔法，絨絨靶希望則悄悄從他雙腿之間跳了過去，出其不意地從後方攻擊巫妖王。

絨絨靶眼裡浮現了神祕的法力之雲，這隻眼睛還是一種難以形容的奇特顏色。小生物的毛髮蓬了起來，她看上去像是小毛球，而小毛球希望的眼睛發射出尖叫著的魔法。她發射的魔法猛烈到旁人都看得見它不可思議的色彩，它以糾纏不清的雷電形態朝巫妖王射去。

到了最後一刻，巫妖王才看見魔法從絨絨靶的眼睛噴射出來。他及時用法力之杖射出熾熱的魔法，反擊希望。

轟轟轟轟轟！

震耳欲聾的兩聲響雷傳了開來，刺錐與札爾都摀住耳朵。巫妖王與絨絨靶都在法術戰鬥圓拱內爆炸了，巫妖王炸成一堆焦炭與黑羽毛，絨絨靶則炸成閃亮美麗的藍色塵埃。

兩位魔法大師才剛爆炸就立刻重組了，法術結界內充斥著清亮的歌聲。

這些魔法大師活過幾條命？

他們被殺幾次才會死？

他們還剩幾條命……？

賭上一切……

賭上一切……

賭上一切……

藍色塵埃、羽毛與焦炭宛如微小的蜂群，飄上天空後在空中飛來飛去、動來動去、拼來拼去，似乎還記得自己該變成什麼東西。碎片互相分離，在混亂的片刻過後，小灰塵與碎片開始在左邊拼湊成巫妖王，在右邊拼湊成希望。他們才剛定形，緊接著就

轟轟轟轟轟！

巫妖王與希望這兩位魔法大師再次用魔法互相攻擊，這回的爆炸聲比

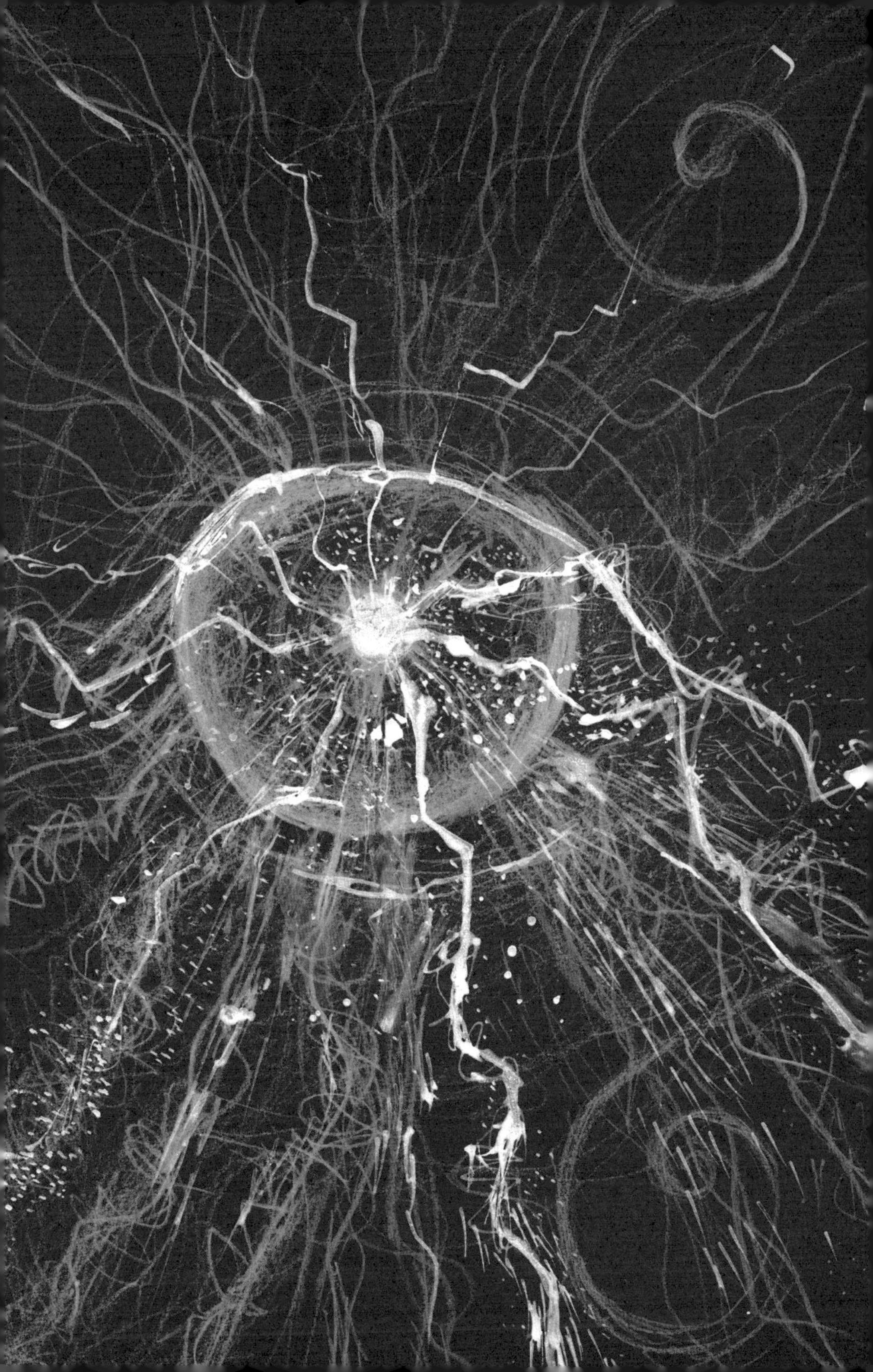

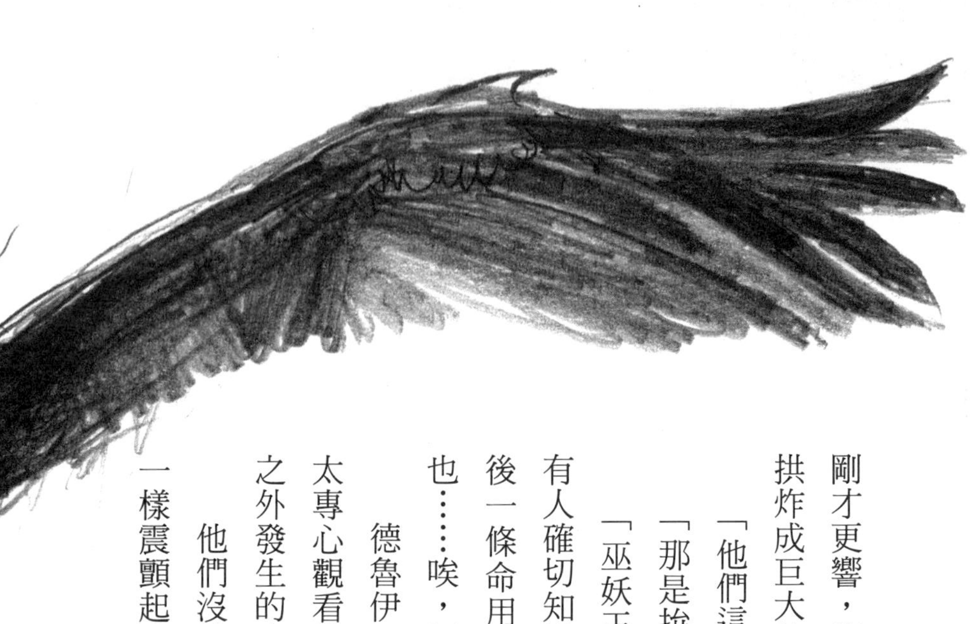

剛才更響，衝擊力大到有一些碎片直接打穿了魔法圓拱，圓拱炸成巨大的雪花形狀。

「他們這是在做什麼？」刺錐輕聲說。他被炸得耳鳴了。

「那是拚死的爆炸決鬥。」波蒂塔憂傷又嚴肅地回答。

「巫妖王和希望都是魔法大師，擁有不只一條命，但沒有人確切知道還有幾條命，所以他們隨時可能會不小心把最後一條命用掉。這是一場耐力賽，希望雖然非常勇敢，卻也……唉，好浪費啊。」

德魯伊、巫妖、波蒂塔、卡利伯等人都看得入神，大家太專心觀看決鬥了，都沒注意到德魯伊最高統帥部圓形劇場之外發生的事情。

他們沒感覺到腳下的地面在顫動，大地像是要變成汪洋一樣震顫起來，迷失湖宛如杯子裡微微震顫的水，掀起一波

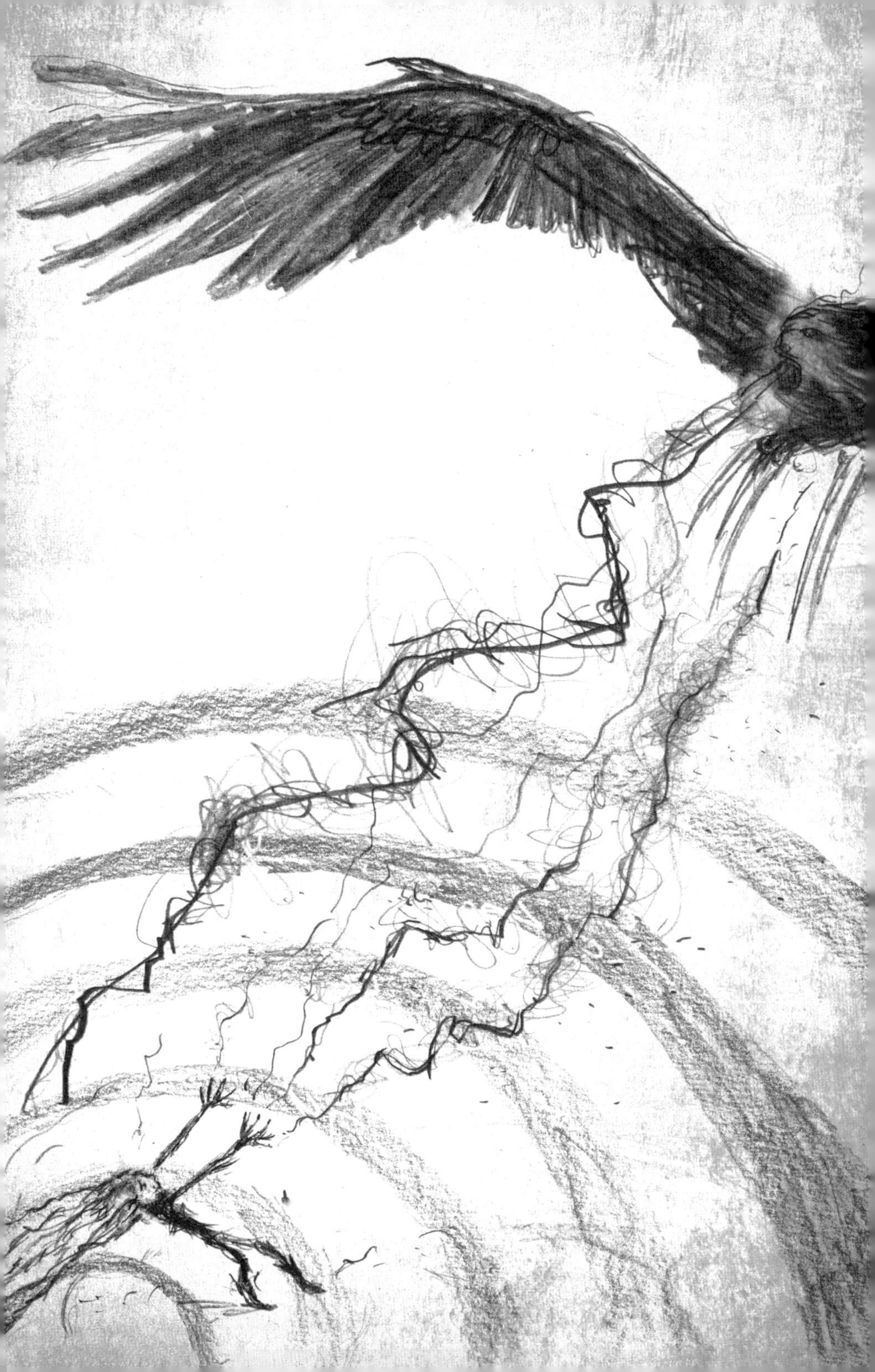

大托比

波水浪。即使有人注意到震動，他們也以為那是法術戰鬥造成的。

直到這時，劇場外傳來某個德魯伊警告的呼聲，眾人終於警戒了起來。

「**巨人和巫師從左方襲來！**」

數秒過後，第二聲警報傳來：「**鐵戰士從右方襲來！**」

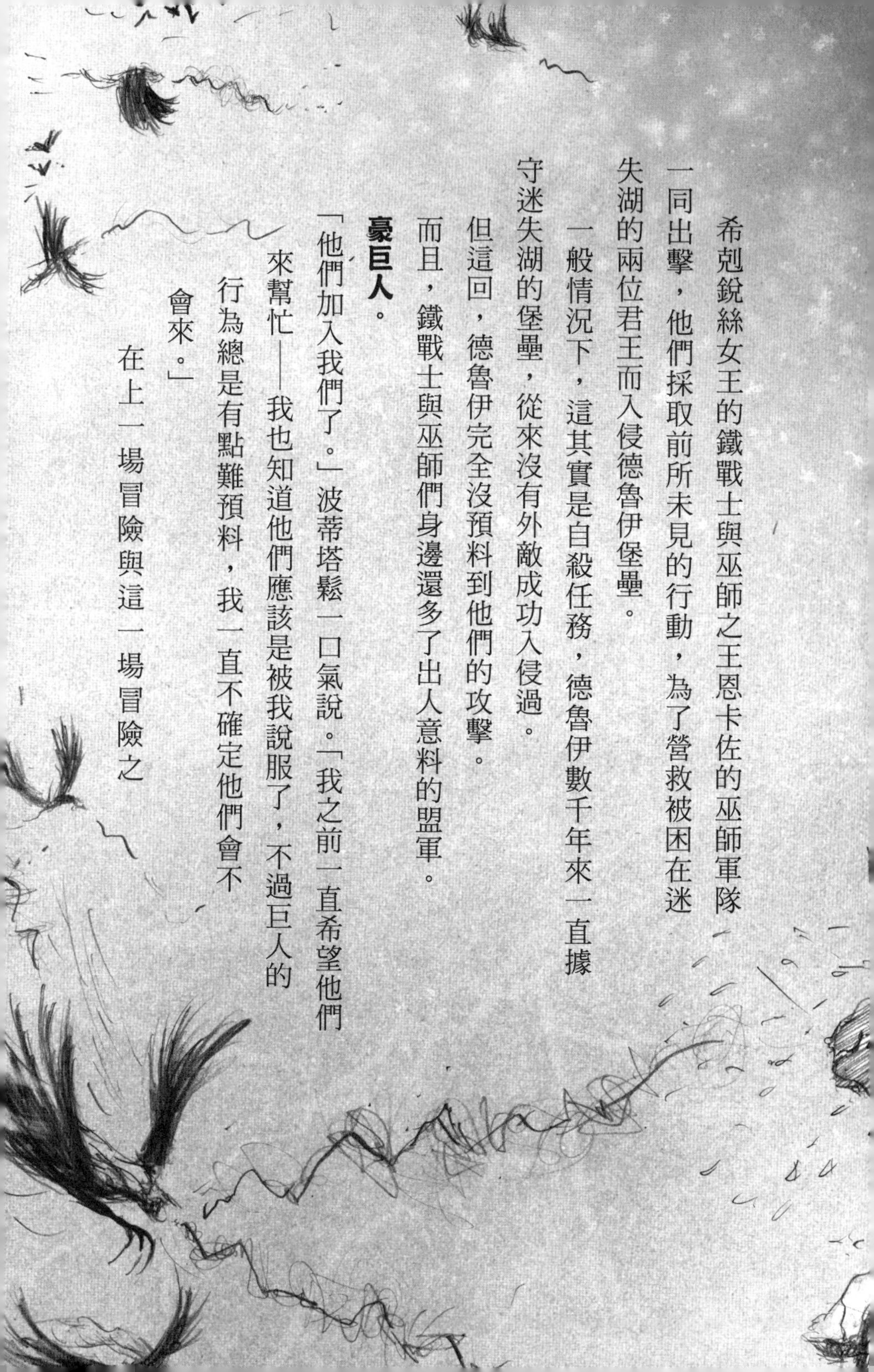

希剋銳絲女王的鐵戰士與巫師之王恩卡佐的巫師軍隊一同出擊，他們採取前所未見的行動，為了營救被困在迷失湖的兩位君王而入侵德魯伊堡壘。

一般情況下，這其實是自殺任務，德魯伊數千年來一直據守迷失湖的堡壘，從來沒有外敵成功入侵過。

但這回，德魯伊完全沒預料到他們的攻擊。

而且，鐵戰士與巫師們身邊還多了出人意料的盟軍。

豪巨人。

「他們加入我們了。」波蒂塔鬆一口氣說。「我之前一直希望他們來幫忙——我也知道他們應該是被我說服了，不過巨人的行為總是有點難預料，我一直不確定他們會不會來。」

在上一場冒險與這一場冒險之

間，波蒂塔的靴子帶她去了西方的島嶼。她去到了「巨人的足印」列島，這一串島嶼據說是數千年前被世上最大的巨人——世界震撼者——創造出來的。豪巨人們從前一段時期開始就一直沿著巨人的足印西行——請注意，我這裡說的並不是粉碎者這種較小的巨人，而是**真的很大**的傢伙，例如星越巨人、遊地圖巨人、深度巨人等等山一般高大的豪巨人。對這些豪巨人來說，踏進大西洋就和涉水過河一樣輕鬆。

我們不太確定他們是不是想逃離步步進逼的戰士部族。

戰士即使有鐵劍，也很難打敗如此巨大的魔法生物，豪巨人理論上不該害怕拿小針作戰的戰士部族才對。也許他們只是想尋找能安安靜靜思考的地方，畢竟豪巨人和長步高行巨人一樣，喜歡思考一些深奧的問題，也需要在寧靜的環境思考。

無論如何，豪巨人在魔法生物最需要他們時拋下野林離去了。我不太確定波蒂塔對他們說了什麼，他們聽了居然願意放下高高在上的態度與抽象夢幻的思想，在關鍵時刻重返戰局。很多人相信豪巨人厭惡巫妖，這也許就是他們回歸野林的理由吧。

朝迷失湖堡壘走來的豪巨人們小心翼翼地行走，像是怕踩到老鼠的大象。帶隊的豪巨人名叫雷步托布，大家都叫他「托比」，比較禮貌的人則叫他「大托比」。

迷失湖堡壘內，各方勢力展開了戰鬥。

與此同時，圓形劇場中間，兩位魔法大師的爆炸越來越響、越來越劇烈、越來越急促，局限戰鬥範圍的結界看起來很快就會被打碎了。

外頭頻頻亮起閃電般的德魯伊魔法，德魯伊法杖與鐵劍相撞的聲響不絕於耳。戰士、巫師與豪巨人聯手對抗德魯伊與巫妖勢力，巫妖進攻的尖叫聲此起彼落。

個人的戰鬥與大規模戰鬥同時發生。

希剋銳絲女王與巫師之王恩卡佐背靠背作戰，他們的動作十分有默契，兩

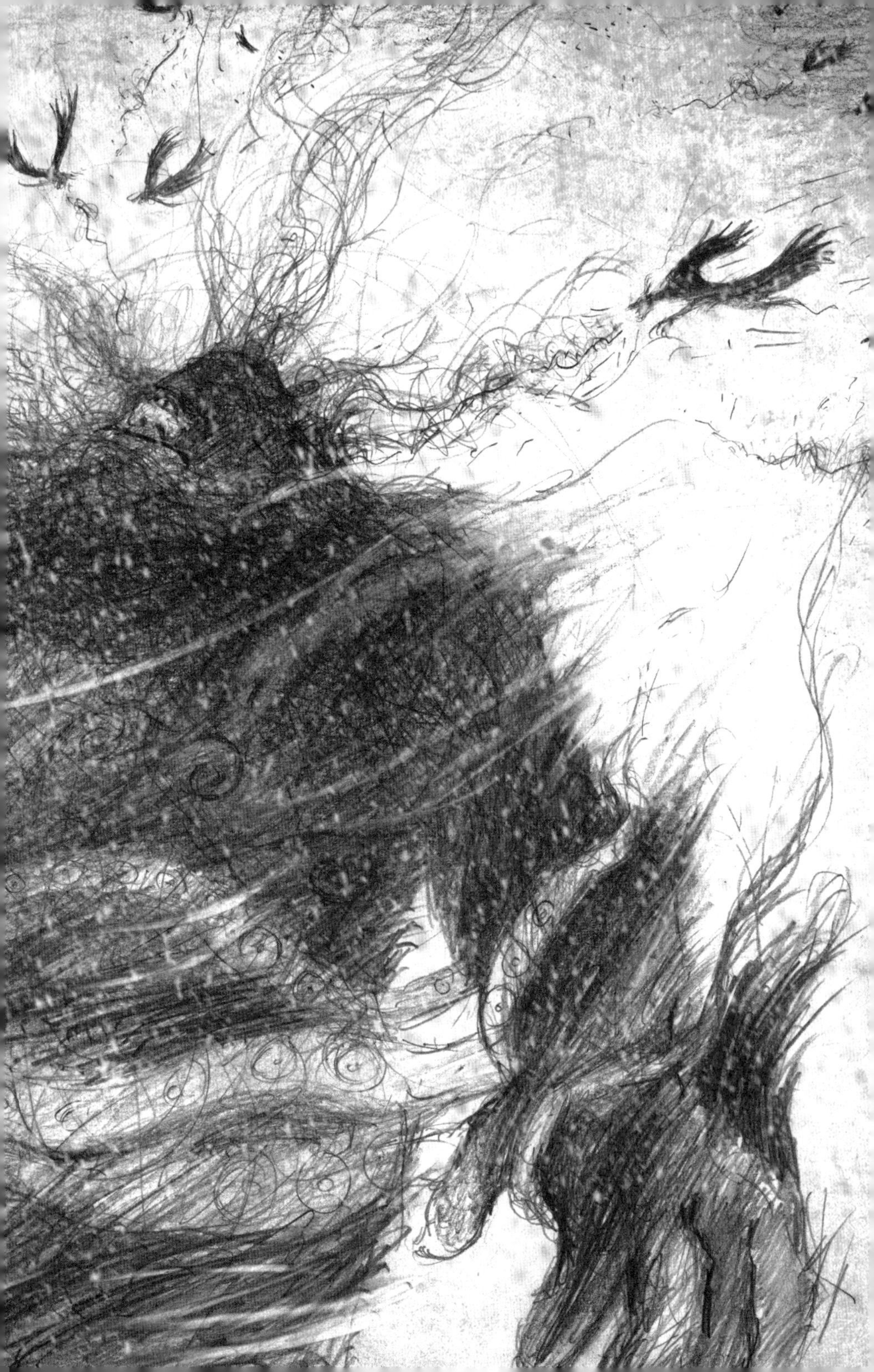

人彷彿仍被隱形的鐵手銬銬在一起。

就算過了這麼多年，她的鼻子還是好漂亮。希剋銳絲女王用漂亮的劍招打敗一隻特別醜惡的巫妖時，巫師之王恩卡佐心想。

雙方都有人死亡。

戰爭一點也不美好，我們不該輕易點燃戰火。

托比的戰鬥方式其實很仁慈——當你長得和他一樣大，就有對敵人仁慈的餘裕了。一群巫妖尖叫著用火焰與尖牙攻擊他腳拇指時，他雲淡風輕地揚起一邊巨大的眉毛，露出半抹微笑，用巨大的手把巫妖們全都撈起來丟到空中。巫妖們被丟到高空，又剛好被一陣風吹走，一路吹到了六英里遠的海上。這些巫妖只能尖叫呼號著往回飛，等他們回到陸地，戰鬥可能早就結束了。

不只是托比，所有豪巨人都用這種方式作戰，在大幅影響戰鬥趨勢的同時盡量避免敵人或自己人死亡。

豪巨人深信生命的神聖性，而他們體型也夠大，龐大的力量允許他們堅守信念。豪巨人在對付巫妖時，總是毫不妥協地撈起巫妖，輕輕將他們丟到離戰場很遠的地方，讓巫妖用翅膀飛往安全的地方。在對付德魯伊時，豪巨人都像在觸碰小昆蟲，用很輕很輕的動作把他們拎起來，小心移除德魯伊的法杖與高蹺，然後將他們放到樹上。

刺錐英勇地作戰。他失去了劍，只好撿起某個陣亡德魯伊的法杖。他沒辦法用法杖施魔法，但他機智地想到了用法杖作戰的方法。刺錐爬到雪貓背上，

舉著法杖衝向附近的德魯伊，敲得他們一個個摔倒在地。（註7）

就連劫客也有出力。他一路上一直對弟弟冷嘲熱諷，提供了很多沒有人要聽的好建議，每次看到別人關注札爾，他都氣得要命。然而，父親剛才的喝斥驚醒了他，他不再志得意滿了。

劫客本以為自己試著防止災難發生，父親就會大力誇讚他，沒想到父親卻罵了他，他這才學到要從不同的角度看事情。

劫客私底下一直很欽佩那個不該是命運之子但實際上就是的女孩，也很佩服弟弟札爾，他們都非常勇敢。而且就連吱吱啾那個小不點小妖精都表現得如此英勇了，劫客怎麼能輸給他呢？

事情有時候就是這樣，其他人的勇敢達到了拋磚引玉的效果，引出了劫客內在的勇敢。

註7　刺錐有所不知，他可是發明了名為「長槍」的新武器，這是以前未曾在戰場上出現過的武器喔。

劫客這個人雖然有諸多不是——他高高在上、自以為是，還擁有多得過分的魔法才能——不過在戰鬥中，他可是非常英勇的。

當一名高大的德魯伊悄悄從後方逼近札爾，舉起法杖準備殺死札爾時——**劫客救了札爾一命**。沒有人料到他會這麼做，札爾和劫客本人更是大吃一驚。

他們兩個相視一笑。

「謝謝。」札爾笑嘻嘻地說。

「不客氣。」劫客笑嘻嘻地回答。

這實在是意料之外的發展，我從沒想過故事中會出現這樣的情節。

片刻後，劫客才想到自己和弟弟關係很差，他命令道：「札爾，你下次要注意環境！」說完，他大步衝去跟別人對戰了。

札爾之所以沒注意環境，是因為他忙著關心希望與巫妖王的法術戰鬥。他現在也沒把劫客的建議聽進去，無視了身邊忙著打鬥的德魯伊與巨人，專心觀看希望和巫妖王鬥法。

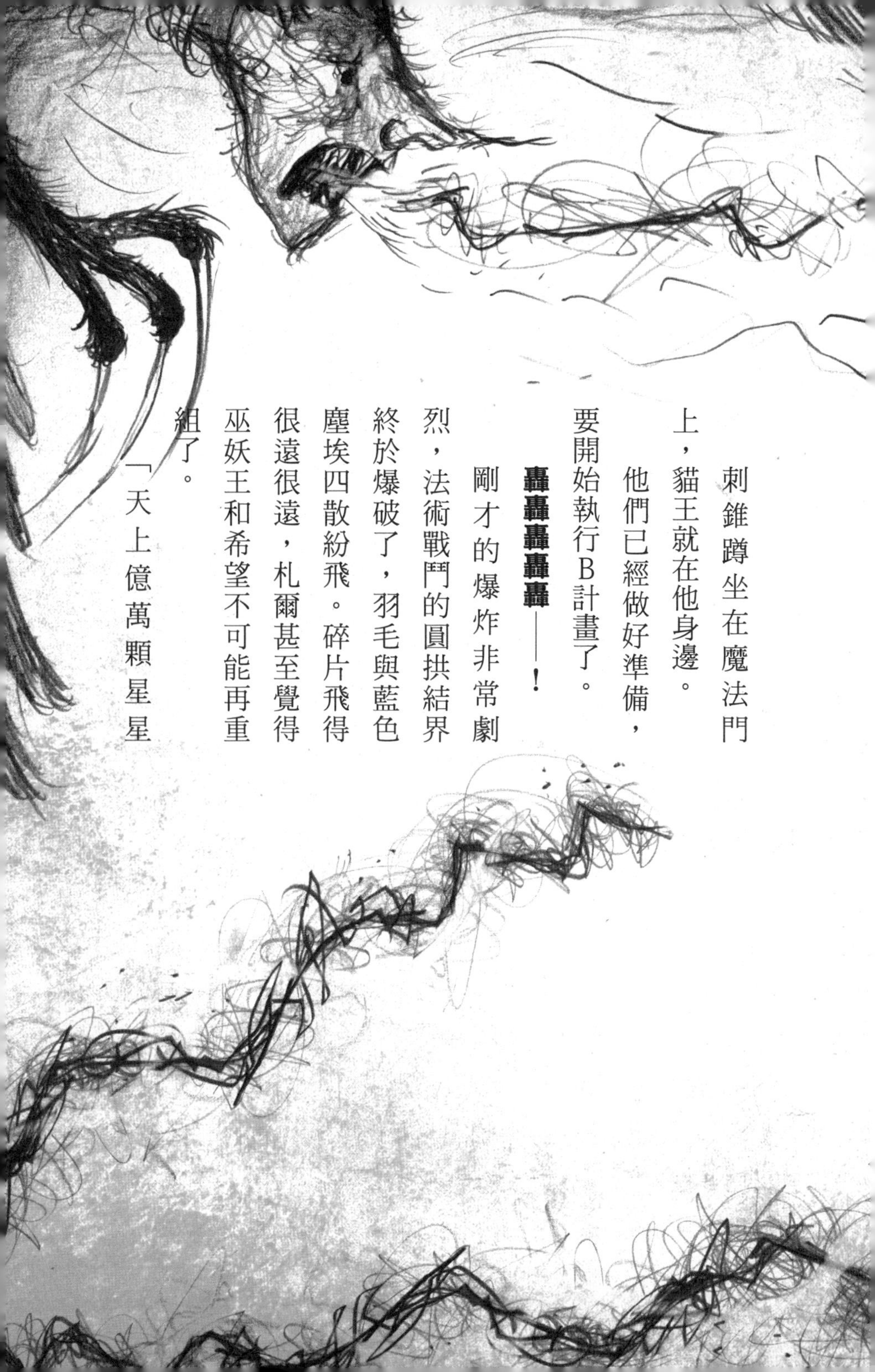

刺錐蹲坐在魔法門上，貓王就在他身邊。

他們已經做好準備，要開始執行B計畫了。

轟轟轟轟轟——！

剛才的爆炸非常劇烈，法術戰鬥的圓拱結界終於爆破了，羽毛與藍色塵埃四散紛飛。碎片飛得很遠很遠，札爾甚至覺得巫妖王和希望不可能再重組了。

「天上億萬顆星星

啊，黏滑洞穴怪髒兮兮的指甲啊！」卡利伯看著天空咒罵。「他們炸得太遠了……不可能回來了……」

「有可能回不來嗎？」吱吱啾擔心地問。

「理論上有可能。」波蒂塔嚴肅地說。「就算他們還有命，如果爆炸太過劇

在激烈的戰鬥中，劫客與扎爾相視一笑……

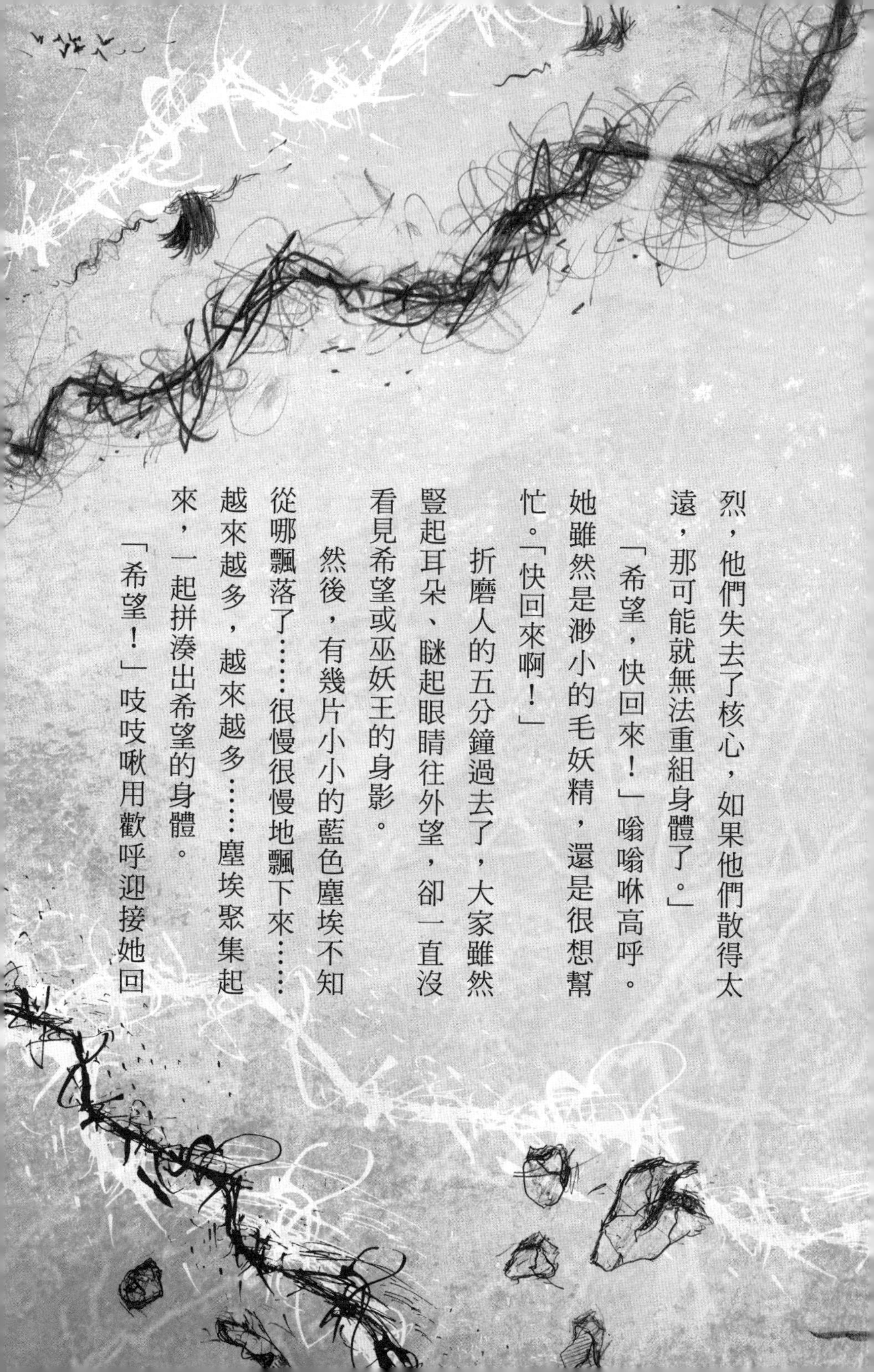

烈，他們失去了核心，如果他們散得太遠，那可能就無法重組身體了。」

「希望，快回來！」嗡嗡咻高呼。她雖然是渺小的毛妖精，還是很想幫忙。「快回來啊！」

折磨人的五分鐘過去了，大家雖然豎起耳朵、瞇起眼睛往外望，卻一直沒看見希望或巫妖王的身影。

然後，有幾片小小的藍色塵埃不知從哪飄落了……很慢很慢地飄下來……越來越多，越來越多……塵埃聚集起來，一起拼湊出希望的身體。

「希望！」吱吱啾用歡呼迎接她回

來。

「B計畫。」希望的碎片重新組成整體後，她氣喘吁吁地說。「他這次應該夠虛弱了，B計畫有機會成功。」

希望自己也很虛弱，幾乎無法撐起身體，還發著高燒。她腦子裡一片混亂，沒辦法正常思考，感覺腦細胞還在努力產生連結。她熱到感覺自己隨時可能會燃燒起來。

「別靠近我！」她警告其他人。

「說不定巫妖王不會再回來了？」吱吱啾滿懷希望。

「不，他馬上就會回來。」腦袋發燙的希望顫抖著說。「我知道他會回來。」

她努力集中最後的力量，用魔眼讓飛行門載著刺錐與貓王飛上天。門「咻」一聲飛過他們頭頂，飛出圓形劇場，降落在迷失湖波光粼粼、輕聲低吟的湖面。那個位置剛才被粉碎者或豪巨人踩過，冰層被巨大的腳踩穿，留下了巨大希望把飛行門放大、放大，這是她從前將門裝在撲克丘時施展過的魔法。

「喔，真聰明。」波蒂塔說。「這座湖泊據說是異世界的入口。」（註8）

刺錐咬緊牙關跪在門上，然後舉起拳頭敲了三下。

叩！

叩！

叩！

門猛然彈開，刺錐和貓王都被彈飛到湖裡了。

刺錐不太會游泳，他沉到水下一次、兩次、三次，最後才被貓王拖回水面。他在水面又咳又喘。

「札爾，去拿法杖。」希望說。

註8　在青銅器時代，人們相信一些特定地點是通往其他世界的門扉。

懲罰
壁櫥
叩！
叩！
叩！
禁止魔法

巫妖王上一次爆炸時，法力之杖掉到了地上。

法杖大到札爾幾乎抬不起來。「粉碎者，把我抱起來。」札爾說。長步高行巨人抓起握著法杖的男孩，緩緩在水中移動著，走向躺在迷失湖面的門扉。

與此同時，希望面前的空氣逐漸變暗，一根羽毛飄了過來，接著是兩根、三根、四根、五根，羽毛形成了旋風。她聽見細微的歌聲，聲音尖細、低啞又斷斷續續的，現在就連小妖精也能聽見歌聲了。

這些魔法大師活過幾條命？

他們被殺幾次才會死？

他們還剩幾條命……？

賭上一切……

賭上一切……

賭上一切……

羽毛的焦臭味。腐屍噁心的惡臭。巫妖王碎片緩緩拼湊起來，砷毒的氣味、熾熱的綠色毒雲再次飄來，疲憊不堪但還是無比恐怖的巫妖王又出現了。

女孩。

以及巫妖。

兩位強大的魔法大師最後互看了一眼。

「法術戰鬥結束了。」波蒂塔說。「你們雙方都還活著，表示戰鬥以平局告終。雙方現在都不准再施法術，否則就是違反了巫妖律法。」

「我們都還活著。」希望上氣不接下氣地說。「我們的帳算清了……但是巫妖王……你看！法力之杖在我朋友手裡。你失去這麼多條命，現在應該很需要那根法杖吧。」

希望用顫抖的手指指向迷失湖。

長步高行巨人粉碎者靜靜站在湖裡。

札爾就在他手上。

而札爾手裡握著法力之杖。

巫妖王抬起疲憊的死烏鴉頭。

縱聲尖叫。

第十九章　通往異世界的門扉

對札爾而言，這是難得寧靜的一刻。他和粉碎者低頭看著迷失湖面敞開的大門，在那本該是湖水的長方形裡，居然是另一個世界的午夜藍天。札爾低頭凝望異世界的星塵，看見千千萬萬的可能性。他緊握著法力之杖，忍不住心想：

如果我自己留著這把法杖，就能得到我夢寐以求的魔法了……

「你看！」希望喊道。「札爾馬上就要把法杖丟進異世界了。巫妖，你要是想得到法杖，就只能跟著它進入異世界了！」

這就是希望給札爾的暗號，札爾理論上要把法杖丟進敞開的入口。

札爾的內心在吶喊，他想要不擇手段把法杖留在自己身邊。

那份力量的誘惑太強了，就算是大人也無法輕易拋棄它。

這是札爾的終極考驗。

卡利伯嚴肅地注視著他。

我有機會成為偉大的巫師……札爾心想。

到時候劫客就必須臣服於我……「父親」也得臣服於我……我可以移山……可以馴龍……可以騎在豪巨人背上狩獵……種種可能性在札爾想像力豐富的腦中一閃而過。

但札爾似乎不再是一年前那個不擇手段尋求魔法、設陷阱捕捉巫妖的男孩了。

這場冒險改變了他。

希望相信札爾，而希望對他的信念，給了他相信自己的信心。希望本可以請粉碎者完成這項任務的，她也可以請刺錐扮演這個角色。

不過儘管札爾有不良紀錄，希望還是選擇讓他來承擔這份責任。

札爾將法杖往下方敞開的門戶一丟，大喊：

「我彌補過錯了！」

卡利伯又能順暢呼吸了，老鳥眼裡盈滿了淚水。

「札爾啊。」渡鴉說。「我就知道你可以的！我從一開始就知道了。」

法術戰鬥圈內，疲憊的巫妖王看見法杖開始下墜，他知道自己需要那把法杖，否則就無法恢復力量。他已經不知道自己還有沒有多餘的命了。

他發出黑暗的死亡怒吼。

被耍了！

他居然被狂妄的魔法大師女孩和無禮的巫師男孩騙了……他蜷縮在黑暗中耐心等了數百年，那數百年來心裡的怒火一直熊熊燃燒著，最後卻只能眼睜睜看著勝利像滑溜的鰻魚，從爪縫溜走。

希望等人啟動巫妖陷阱，巫妖王就這麼被困住了。

我
真的
夠好！

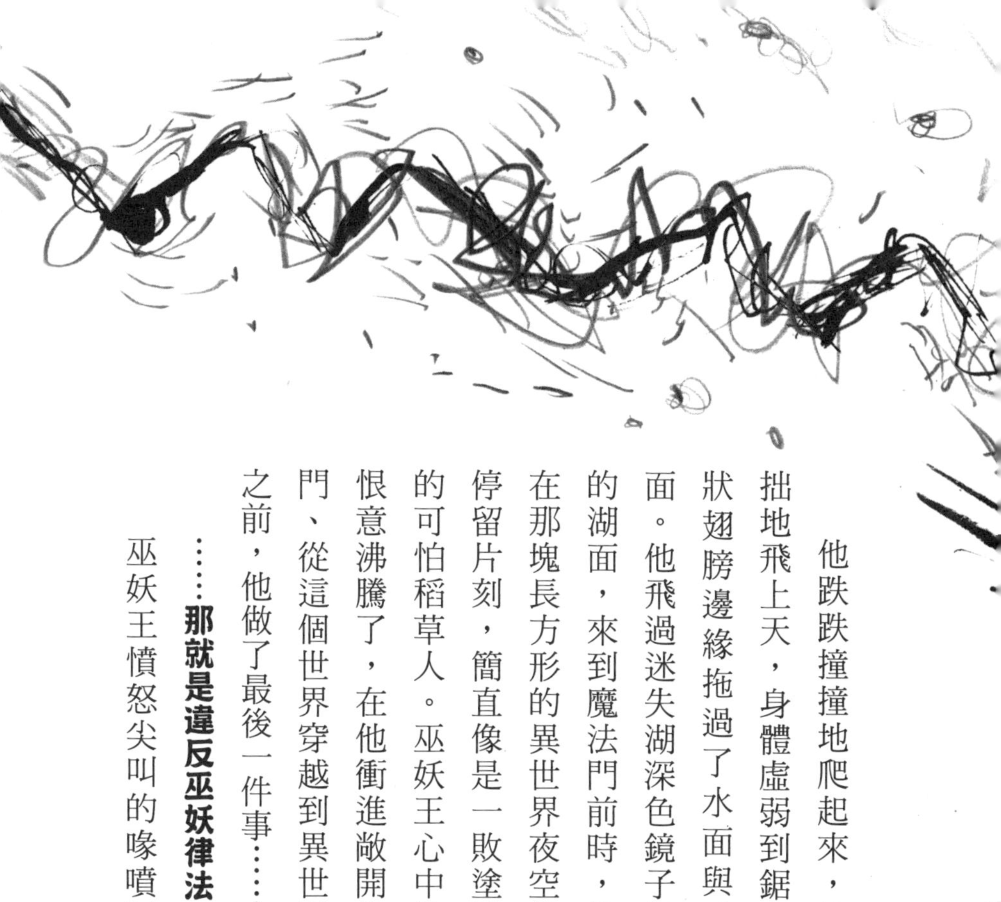

他跌跌撞撞地爬起來，笨拙地飛上天，身體虛弱到鋸齒狀翅膀邊緣拖過了水面與冰面。他飛過迷失湖深色鏡子般的湖面，來到魔法門前時，他在那塊長方形的異世界夜空前停留片刻，簡直像是一敗塗地的可怕稻草人。巫妖王心中的恨意沸騰了，在他衝進敞開的門、從這個世界穿越到異世界之前，他做了最後一件事……

……**那就是違反巫妖律法**。

巫妖王憤怒尖叫的喙噴射

轟轟轟轟轟！

出魔法，帶有純粹惡意的魔法光束射向希望。

轟轟轟轟轟——！

然後，巫妖王一頭衝進了魔法門。

巫妖們迅速地成群跟了過去，大群大群高聲尖叫的巫妖跟著巫妖王衝進異世界入口，宛如一群擁有尖爪的巨型蒼蠅。最後一隻噁心的邪惡巫妖飛進敞開的入口後，粉碎者小心翼翼地關上門。

消失了。

巫妖都消失了。

冒險任務結束了。

世界上再也沒有巫妖了。

他們的故事就這麼結束了。

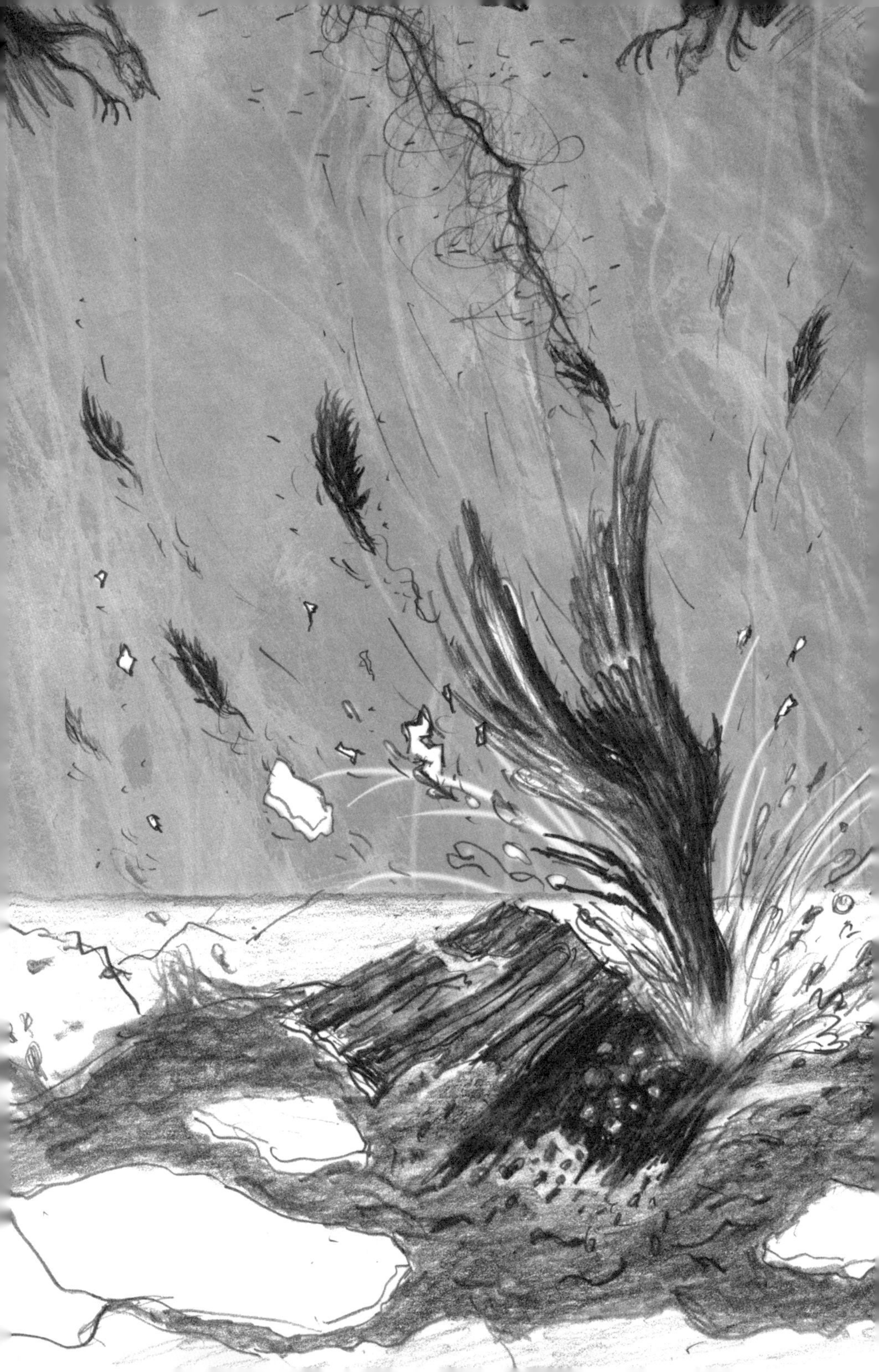

第二十章　命運之神預言過了，札爾和同伴當中有一個人會死

嗡嗡鳴響的門飄離湖面時，粉碎者邁開腳步走出迷失湖破碎的冰層，得勝的巫師、戰士、豪巨人與魔法生物聚集在德魯伊要塞的城垛和草地上，嘶啞地高聲歡呼。

德魯伊和巫妖落敗了，希剋銳絲與恩卡佐被救出來了，兩人又能回各自部族當君王了。這真是狂喜的一刻。

然而，被粉碎者安全地握在手裡的札爾與刺錐卻沒有歡呼，他們連連催促粉碎者加快腳步。

「希望！希望怎麼了？那個狡詐的巫妖王是不是用最後一束魔法射中她了？」札爾焦急地說。

溫和的大巨人平時行動緩慢，現在卻以札爾見都沒見過的高速行動，速度快到湖上的水與碎冰都噴了起來。粉碎者匆匆趕去確認希望的狀況。

「**她不會有事的……宇宙會援助她的……**」粉碎者說，但他的聲音聽起來不太肯定，令札爾與刺錐惴惴不安。

粉碎者爬出湖泊、爬上懸崖，抓著岩石一步步往上攀後，輕輕推開不停歡呼的人群，在深深插入岩石的劍旁邊跪下來，並把札爾和刺錐放到地上。波蒂塔、呼菈、恩卡佐、希剋銳絲與豪巨人都已經聚集在懸崖最上面了，希望剛才就是站在這個位置。眾人仰頭望著天空。

希望不在那裡。

札爾的心不停下沉。

她真的被射中了。

她就這麼爆炸了。
這已經是她的……
最後一次了。
大家之所以眺望天空，是為了尋找希望的蹤影……他們不知道希望究竟會不會回來。
魔法湯匙動也不動地躺在地上，大頭針散在一旁，叉子與鑰匙也一樣。
但是同樣的狀況他們經歷過很多次，在第一次冒險時希望也爆炸了，她後來不是沒事嗎？她後來不是好端端地活過來了嗎？
他們告訴自己，希望這次還是會活過來的。
「她的命一定比那個巫妖王多很多條。」札爾用這句話安慰自己。
「重點不是她有幾條命，」呼菈說，「而是她炸得多遠。」
大托比個子最高，而且雷步托布巨人還有千里眼、順風耳這兩種了不起的能力。

他用一隻手圈住自己一邊眼睛，追蹤越飄越遠的藍色小塵埃，另一隻手則靠在耳朵後面，幫助他聽出塵埃飛射出去的速度。

「希望的碎片飛得很遠很遠。」大托比說。「有一片已經快飛到月球了，還有一片飛射出好幾英里，沉到了大西洋深處，我後來就看不到它了。這些魔法大師的力量真是驚人……」

「但她**還是**會回來吧？」刺錐用很小很小的聲音問。

呼菈降落在刺錐肩頭，用翅膀貼著刺錐的臉頰安慰他。「有時候人的碎片飛得太遠，核心就支撐不住了。」

這難道就是故事的結局嗎？

那塊岩石真的需要活人獻祭嗎？

這莫非就是希剋銳絲在蛇石裡看見的死亡景象？

這難道就是消滅世上所有巫妖的代價？

這難道就是命運之子命中註定的下場？

「命運之子應該由我來當才對！」札爾崩潰地說。「是我錯了，我不該為錯誤的理由渴望成為命運之子。如果我沒有犯錯，現在炸飛的就會是我，而不會是她了。」

五分鐘過去了。六分鐘。半個小時。

她不會回來了。

有人開始敲德魯伊的大鼓，這不是憤怒的鼓聲，而是為死者哀悼

的哀傷鼓樂。

大家都在哭。

只有……

……波蒂塔除外。

波蒂塔還沒哭。

她看著被希望用全盛時期的魔法插入岩石的劍，若有所思地搭著劍柄。

希望為什麼要那樣做？

波蒂塔心想：也許，那是因為希望擁有過人的智慧。

她知道自己需要那把劍，有了那把劍她才能夠回來。

「大家，把手搭在劍上。」波蒂塔忽然出聲說。「這些巫師手、戰士手、狼人爪、熊掌、洞穴怪蹄剛才並肩對抗了德魯伊與巫妖，請大家把手搭在劍上，然後許下承諾：這不會是單一的例外，而會是巫師與戰士並肩合作的『嶄新開始』。你們要創建新的世界，創建值得希望歸來的美好世界。」

希剋銳絲納悶地瞪眼看著波蒂塔。

「**快做啊！**」波蒂塔的低吼有點像熊。「長久以來，相信不可能事物的人一直都是她，現在輪到你們付出信念了。她相信你們……那你們為何不相信她？**把手搭在劍上！**」

希剋銳絲、恩卡佐、刺錐、札爾、劫客、所有的小妖精都搭著劍柄，就連巨人粉碎者也用指尖搭著魔法劍，大托比則把拇指放在粉碎者頭頂。碰不到劍柄的戰士、巫師、巨人們紛紛把手搭在碰到了魔法劍的人身上，魔法生物都聚集過來，吱吱啾也奮力擠到最中間，把一隻毛茸茸的小腳搭到劍柄上。全劇場的人都想加入他們。

「留一塊空間，讓她回到這裡！」呼菈嗁叫道。「大家記得要**講求實際**……沒有空間的話，她要怎麼回來？」

焦慮的群眾挪動一下放在劍柄上的手與爪，同時挪動腳步，讓出一塊能讓希望回來的空間。當然，前提是希望現在還回得來。

沾了愛情法術的劍在呼喚它的主人。

「許願！
相信！」

「好了，大家一起**許願！相信！**」波蒂塔對天高呼。

要把微小的藍色塵埃從遠方召集回來，需要用到極為強大的力量。但是沾了愛情法術的劍正在呼喚它的主人，愛情法術逐漸生效了。石中劍開始震動，附著在上面的愛情法術期望、冀望、**渴望**劍的主人歸來。

「想像她回到這裡的樣子！把她帶回來！」波蒂塔高唱。

每一隻友善的手、合作的手、關愛的手、溫柔的爪子、毛茸茸的腳都一起握著劍柄，一起渴望希望歸來。

希望是法力高強的巫師，但她需要在地上、在海裡、在天上的朋友幫忙帶她回到家。

在很遠很遠的地方，在最遙遠的時空，希望的碎片被召集了回來。碎片顫動著脫離遠方海灘的細沙，扭動著從遠方森林一片樹葉的葉脈飛了出來，掙扎著鑽出遙遠海底一塊白化珊瑚的縫隙。

最後一小片藍色塵埃原本在飛往火星的路上，現在在愛的力量吸引下折返了。

「**許願**！用你們的心、用你們的靈魂許願，許願讓希望回來！」

「我希望！」

「我希望！」

「我希望！」

「我希望！」

宇宙屏住一口氣。

讀者啊，「許願」吧，全心全意許願吧。如果你希望藍色塵埃從海底深處與遙遠的太空飛回來，就必須努力許願，而且即使努力了也不一定能成功。

不過，這一次……

……成功了。

你想必是**非常努力**許願了吧。

如果你希望某件事情成真，當然要**非常努力**許願。

被炸到世界盡頭的小碎片飛了回來，希望的輪廓逐漸出現了。首先是她的手，那隻手搭著大家在劍柄上特別為她留下的空間。接著是一陣突兀的魔法旋風，魔法強得把其他人的手都吹開了，希望其他的部分被從宇宙盡頭拉了回來。

她就在那裡。

一開始，她非常虛弱、全身癱軟、有點蒼白，身體輪廓還有點模糊，但在札爾與刺錐驚喜的注視下，她變得越來越強壯、越來越紮實了。她的魔法物品慢慢再次恢復生命，凍結的湯匙在冰冷地上暖和起來，在魔法作用下變軟、坐起身。鑰匙與叉子剛睡飽似得舒展身體，大頭針們刺著地面站起來。魔法物品們在大喜過望的人群中蹦蹦跳跳，當魔法湯匙親暱地貼著希望的臉頰時，她終於緩緩恢復血色了。叉子、鑰匙與大頭針擠到希望胸口，發出很像貓咪的呼嚕呼嚕聲，這時候

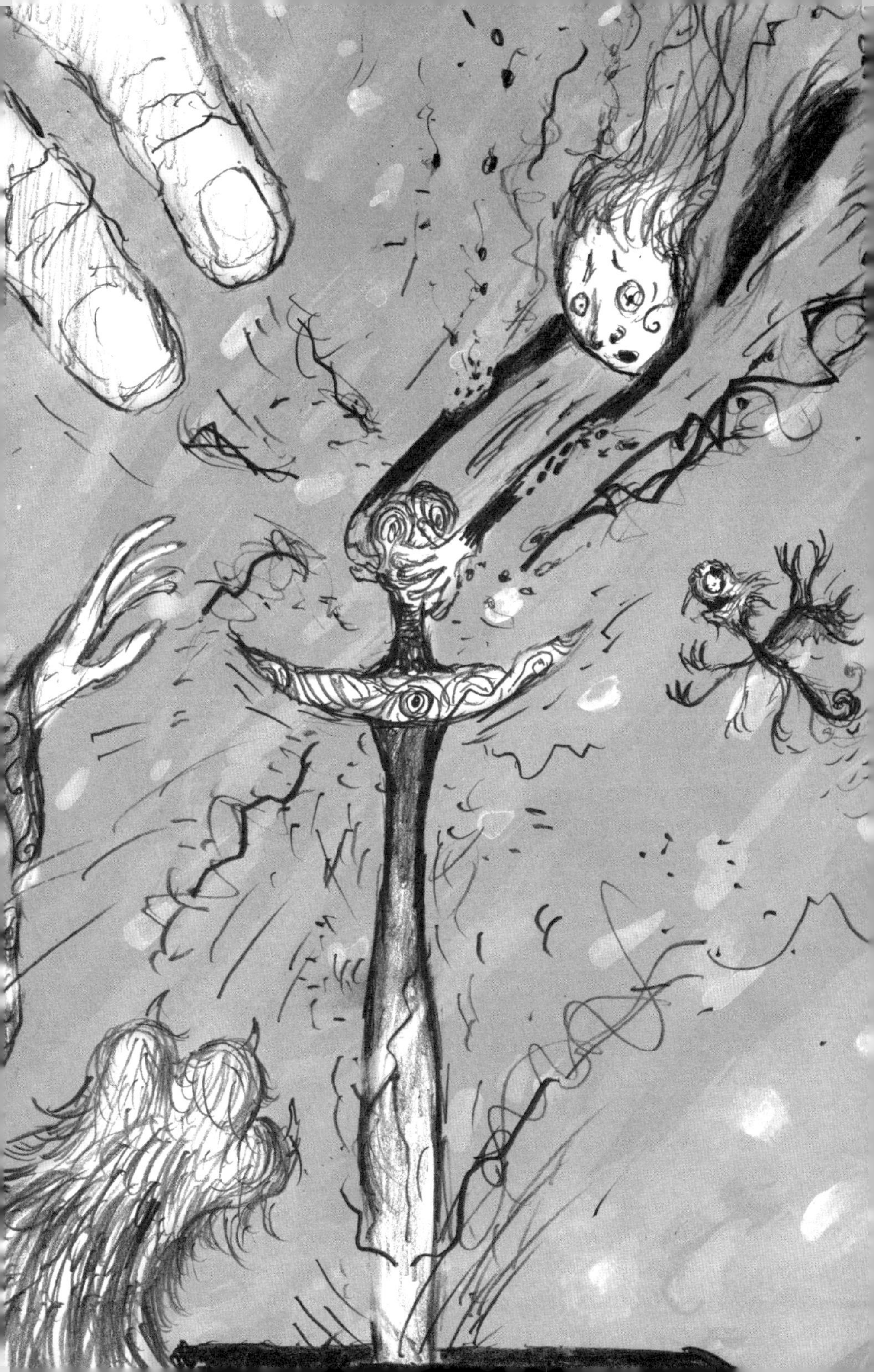

希望的呼吸變得順暢許多，她也恢復了生命力。

插在岩石中的劍只露出一截，現在隨著希望呼吸起伏，劍身上浮現了新的藍色小妖精文字。

世上曾存在希望……

……希望依舊存在。

「愛是一種弱點……」最後一小片藍色塵埃歸來，落到希望鼻尖、化為她的一部分時，波蒂塔開口說道。「不過，這還真是萬分甜美的弱點。」

第二十一章　故事的代價即將揭曉……

陰森的德魯伊要塞中央，人們與魔法生物都在大肆狂歡！這個無情的審判場所，這個活人獻祭與淚水浸染的場所，未曾見過如此歡樂的場面。

狼雀躍蹦跳，雪貓跳上跳下，洞穴怪跺著腳蹄。巫師與戰士共舞，小妖精發射出一個個法術，像煙火般在空中到處飛，在天上留下閃亮的小妖精文字：

她活了！她活了！

豪巨人們微笑著思索深奧的問題，思考到頭都燒了起來，還在冒煙。他們移動時都小心避免踩到下面的人。

狼人孤狼歡快地號叫：「啊嗚嗚嗚，啊嗚嗚，啊嗚嗚！」

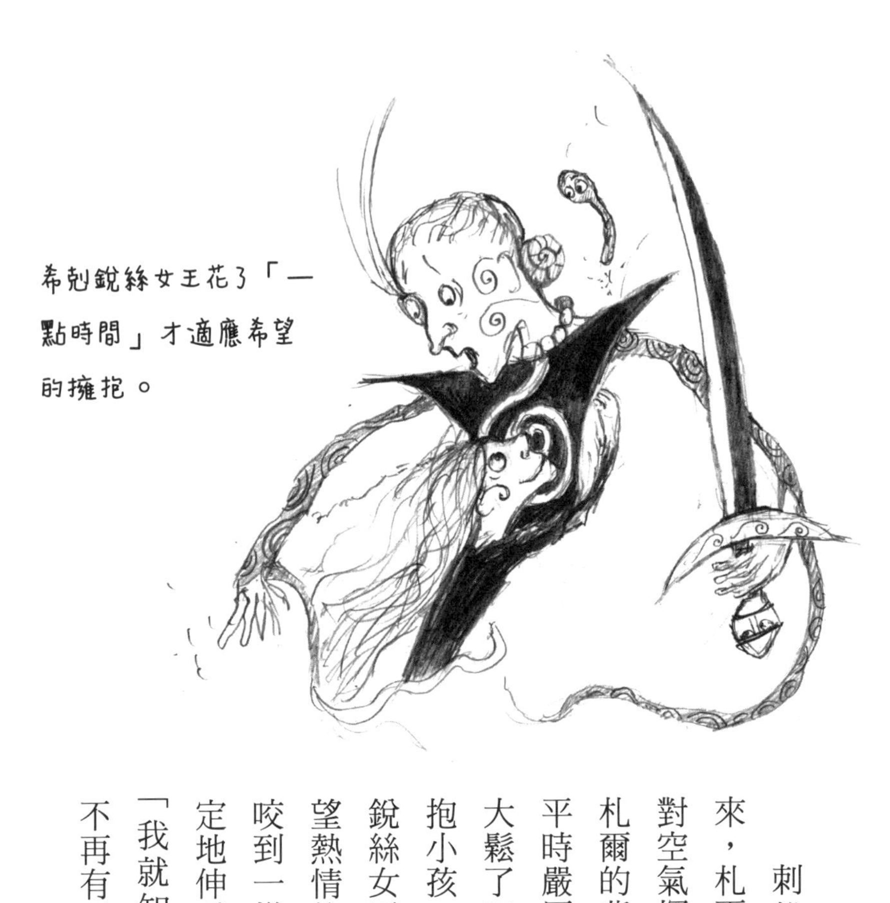

刺錐和札爾扶著希望站起來，札爾像小公雞般大呼小叫、對空氣揮拳。劫客不情願地拍拍札爾的背，表達對弟弟的認可。平時嚴厲的恩卡佐與希剋銳絲大大鬆了口氣，流著寬慰的眼淚擁抱小孩。我必須說，冰冷的希剋銳絲女王花了一點時間才回應希望熱情的擁抱——她一開始像被咬到一樣嚇了一跳，但後來她堅定地伸手抱住女兒，驕傲地說：「我就知道妳夠強大。」札爾將不再有巫妖印記的手舉起來給父親看，恩卡佐對他說：「我就知道你夠好。」札爾聽了喜上眉梢。

波蒂塔對札爾的號角投了個非常嚴厲的眼神，因為號角剛才震顫著準備發出無禮的噗噗聲，讓大家知道這兩位家長在說謊。

他們的確可能在說謊，因為他們以前一直沒展現出對孩子的信

心，但這是個很好的謊言，孩子們也需要聽父母說出這些話。於是號角保持沉默，波蒂塔也伸出大大的熊手臂抱住沒有家長到場的刺錐，低聲說：「刺錐，我也知道你夠勇敢。」

波蒂塔說的是實話。

大家站在那裡歡慶了好一陣子，小妖精們在上空飛來飛

去，狼群愉快地號叫，巨人開心地跺腳，巫師對天空發射魔法。最後，波蒂塔終於不情願地放開刺錐，打斷了歡慶會。

「**吼吼吼吼吼吼吼吼吼吼吼吼吼吼！**」波蒂塔大吼。

她用後腿撐起比一般棕熊大兩倍的身體，憤怒地咧嘴露出尖牙、豎起棕色毛髮。她全身散發出陰森古怪且不自然的藍光，毛茸茸的大熊掌用力敲著自己胸膛。

「**吼吼吼吼吼吼吼吼吼吼吼吼吼吼！**」

她的吼聲有一股威嚴與力量，正在慶祝的眾人聽了陡然停下動作，就連不聽話的小妖精們也出於對熊的尊敬，不再亂飛亂動。

「**吼吼吼吼吼吼吼吼吼吼吼吼吼吼！**」

波蒂塔吼了第三次，確保所有人都明白她才是老大。

然後她**咚**一聲四腳著地，巨熊喉嚨深處發出幾聲低吼。

她的單片眼鏡怡然自得地滾上下巴、滾過鼻子，坐落在魔眼前。她隔著單片眼鏡高高在上地瞪著在場所有生物與人類，她的眼神透過鏡片刺痛了被瞪的人，他們感覺自己像被小妖精偷捏或被蚊蟲叮咬了。波蒂塔惡狠狠地瞪著大家，確保大家的注意力都放在她身上。

「各位！」波蒂塔沉痛地低吼。「請各位注意卡利伯。」

現在……

……老熊終於哭了。

大滴大滴眼淚滾下她的熊臉，緩緩從鼻尖滴落。

親愛的讀者，你千萬要記得，你再怎麼努力也不可能逃避命運的預言的。

札爾和同伴當中有人註定會死，這是故事的要求。

死去的人不是吱吱啾，不是札爾，甚至不是希望。

這麼說來，註定死亡的就是**卡利伯**了。

但剛才沒有任何人發現。

他們剛才都忙著擔心、許願和乞求綠色神靈讓吱吱啾活下去，讓札爾活下去，還有讓希望活下去，卻沒有人發現老渡鴉被巫妖王離去前懷恨射出的魔法擊中。

現在，他靜靜躺在岩石上，胸口不停淌血。

「不要！卡利伯，不要啊！」希望崩潰地說。「我們沒有為你努力許願！」

札爾小心翼翼地捧起瀕死的老鳥，用自己的巫師手抱著他。

「不要為我哀悼。這是我對你們所有人的命令。」老鳥沙啞地說。「我已經是隻老鳥了，我也希望自己下輩子能成為人類重生。我們**所有人**都在蛇石之中窺見了死亡，如果非要有人死去不可，那我很慶幸死去的人是我。我死亡的時間到了——當你在該走的時候死去，這就不是一件難過的事。這個故事是從我開始的，我也見證了它快樂的結局，除此之外我這隻老鳥還能奢求什麼呢？即使以鳥類的年歲而言，我也已經非常、非常老了，但**希望**的人生才剛開始。我用一命抵一命，用我的命換她的命。

「我把照顧你們的責任交給雙胞胎姊妹。還有亞列爾，請你連我的份一起守護好札爾。我的冒險結束了。」

老渡鴉骨瘦如柴，身上幾乎一根羽毛都不剩了。

他似乎花了太多心思為各種事情操心，用盡了所有的生命力。最後一根羽毛落下之時，他的生命也悄悄溜走了。

「我們的生命是借來的，所以請珍惜活著的每一分每一秒。」卡利伯說。「大家，替我狂歡吧。答應我，不要為我哭泣。還有，我告訴你們，你們必須創建一個值得我死去、值得希望歸來的新世界。大家，再見了。」

「可是……可是……可是……」札爾彷彿無法理解狀況，困惑地說。「卡利伯，你要去哪裡？」

「我才不打算死在這裡呢！」老鳥嫌惡地說。他雖然瀕臨死亡，語氣卻還是多了一分惱怒。「我要回到自己出生的家鄉，那個地方位在北方一百英里處……在一座高崖上……那裡的風景美麗無倫……唉……在那個巢裡，你能看見一望無際的美好風景……」

「這裡風景也很美啊！」札爾說。「你這麼虛弱，怎麼可能飛一百英里回家鄉！」

「讓開。」渡鴉堅定地說，同時抬起疲憊不已、掉光了羽毛的頭。

「我曾經對你說過，在札爾成為睿智、細心的大人以後，我就會放你自由。」恩卡佐對著被札爾抱在懷裡的虛弱渡鴉說。「現在雖然還有點早，但札爾的確進步了不少。卡利伯，你自由了，你要的話還可以帶亞列爾一起走。亞列爾，

我也放你自由。」

「不。」卡利伯說。「我要自己去。」

「**你不能走！**我不准你走！」札爾淚流滿面地說。「**不要放他自由！**他不是要照顧我嗎？從我還小的時候，他就一直跟在我身邊了，他走了我怎麼辦？」

「札爾，讓他去吧。」希望說。她也

哭了。

札爾舉起雙手，把卡利伯拋到空中。

在那可怕的一瞬間，瀕死的可憐老鳥似乎會摔到地上……但他撐開了虛弱的翅膀……

……他回頭說出最後一句話，說得十分溫柔。

「札爾，我愛你……還有希望、刺錐，我也愛你們。」

……然後卡利伯虛弱但平穩地往前飛，就這麼飛遠了。

他飛出了這個故事，飛往嶄新的未知冒險。

第二十二章　許下的承諾，踏上的旅程

卡利伯飛遠時，一根羽毛飄了下來，落到希望手裡，彷彿送給她的禮物。

大家從歡天喜地變得傷心不已，他們像要心碎似地落淚、啜泣，直到波蒂塔再次用後腿站起來大吼。她自己其實也在哭。

「你們怎麼把這裡當成結局了？」波蒂塔低吼。魔法淚水滾下她毛茸茸的臉，落在下方的草地上，青草在她巨大的熊腳下快速生長。「這並不是結局，而是故事的開端。卡利伯要我們別哭，我們怎麼哭成這樣！

卡利伯的一根羽毛飄到希望手裡，
彷彿送給她的禮物。

「大家，別哭了！」

就連大隻的矮洞穴怪也在哭（他們的內心可不怎麼纖細），但是聽波蒂塔說起卡利伯的遺願時，他們用袖子擦了擦鼻子，努力專心聽她說話。

「請注意！」波蒂塔嚴肅地說。「這是為了卡利伯。在搭住劍柄之時，你們許下了無法收回的承諾，也是對未來的承諾。你們許下了諾言，踏上了旅程，一些無法逆轉的事情已經發生了。

「曾精。」波蒂塔說。「你是負責管理扭轉屏棄愛情法術材料的法術劫掠者，對不對？希望有沒有請你保留一點法術，以防萬一？」

「我有！」希望吸著鼻子說。

波蒂塔慈愛地低頭看著她。「我就知道妳會這麼做。」

騎著遊隼飛在上空的小妖精操縱遊隼飛下來，降落在波蒂塔肩膀上。曾精從鳥背上跳下來，漂亮地連翻兩個筋斗之後跳上波蒂塔手心。他大搖大擺地深深鞠躬，波蒂塔也恭敬地點頭回應後，小妖精從背包裡拿出一個小瓶子。

「這是**最後幾滴**扭轉屏棄愛情法術！」曾精宣布。他個子很小，因此必須用雙手高舉小藥瓶。

「曾精，謝謝你。」波蒂塔嚴肅地說。「劫掠法術是十分危險的工作，謝謝你一路上守護這個法術。」

曾精裝出若無其事的樣子，跳到遊隼背上時他還是忍不住高興地紅了臉。

「那麼，希剋銳絲與恩卡佐，輪到『你們』彌補過錯了。」波蒂塔說。

「我在此提出對兩位的指控：二十年前，妳——希剋銳絲女王——違反了愛情法則，用屏棄愛情法術壓抑妳對巫師之王恩卡佐的感情。而你呢，巫師之王恩卡佐，你也違反了愛情法則，將自己的心變成一顆石頭，抹消了你對希剋銳絲女王的愛。你們認不認罪？」

希剋銳絲女王高抬著下巴，用漂亮的小鼻子對著波蒂塔，漂亮的小腳煩躁地在地上「**答**、**答**、**答**」踩著。這個身材圓潤、打扮難看的中年女人，竟然要來審判她？荒謬至極！但是……在經歷了過去一年發生的種種之後，她沒有以前那樣自信滿滿了。

「妳好大的膽子。」希剋銳絲女王開口說。「我可是巨人屠手『殘暴』的直系後裔，妳竟敢指控我愛過這個可憐兮兮、傲慢討厭的巫師？妳可是犯了最嚴重的罪，我——」

然而，希剋銳絲女王說話時少了平常冰冷堅定的威嚴，她還被札爾的號角用目前最響的吹氣聲打斷了，號角的聲音大到嚇了女王一跳。

噗噗噗噗噗噗！

「好啦。」希剋銳絲女王氣憤地說。「我們也許曾經對彼此有過好感，但當時的我們還太年輕，而且還十分愚昧，懷有不切實際的妄想。」

「妳認不認罪？」波蒂塔嚴厲地重複道。她猛然對著女王的臉大吼一聲。

「**說實話！**」

「我認罪。」希剋銳絲女王氣鼓鼓地說。「波蒂塔，妳真的該想辦法處理熊口臭的問題了，我可以借妳漱口水。」

「我也認罪。」巫師之王恩卡佐高傲地說。從他頭頂冒出來的雷雲劈啪作響，不過他說話時也沒有平時那種苦澀與堅持。「但我當初完全是被這個毒蛇般的戰士女人騙了，才會對她產生短暫的好奇，那份好奇也完全禁不起時間的考驗……」

噗噗噗噗噗！

札爾的號角真的很煩。

「托爾，你少來了！」希剋銳絲女王說，她煩躁到不小心說出恩卡佐童年的名稱。「你以前明明就對我**死心塌地**！你對我的感情比我對你的感情多得多！」

「**胡說**！」恩卡佐罵道。「妳以前愛我愛到發誓要放棄戰士那些愚蠢的小東西，和我私奔。妳說過要和我去尋找一個巫師和戰士能和平共處、和平相愛的世界的。結果呢，妳看看那個妄想造就了什麼災難！」

希剋銳絲轉向他。「那樣的世界不存在。」說話時，她的語氣多了一絲渴望。

「那樣的世界的確不存在。」波蒂塔承認。「……**除非你們願意自己創建新的世界**。只有在這種情況下，你們所說的世界才有可能成真。」

波蒂塔頓了頓，讓他們消化這段話，接著又說了下去。

「首先，我想請兩位對孩子們道歉……」

「對不起……」希剋銳絲女王不安地挪動雙腳，咕噥道。

「對不起……」巫師之王恩卡佐同樣彆扭地說。

「接下來……你們都犯了屏棄愛情的罪，這可是重罪。」波蒂塔說。「現在，你們必須彌補過錯，自己動手創建巫師與戰士能和平共處與相愛的新世界。第一步，就是把最後幾滴扭轉屏棄愛情法術喝掉。」

那之後，是一段很長、很長的沉寂。

「不如這樣吧，」波蒂塔提議，「我在這裡坐著織毛線，你們慢慢考慮。織毛線真的很棒喔，很有放鬆身心的效果。」

說完，波蒂塔在插著劍的岩石邊緣坐下，棒針自動從口袋飛出來，她就這麼開始織毛線了。她心不在焉地將地上幾根草織了進去，連自己上衣一些部分和恩卡佐斗篷的邊角也被她織進去了。

恩卡佐與希剋銳絲瞭解故事的走向，但還是很不高興。年紀比較大的人總是很難改變方向，更何況這兩位是心高氣傲的君王，他們不想承認自己錯了，更不想承認自己目前走的這條路只會通往悲傷與虛無。

騎著遊隼棲在波蒂塔肩頭的曾精唱起歌來，他唱的是〈托爾的歌〉第一段：

我很年輕，我很貧窮，我什麼都給不了妳

我只有這對亮麗的翅膀……

「真是的，**閉嘴啦！**」希剋銳絲女王喝斥道。

「選錯時機了呢。」波蒂塔小聲對曾精說。「給他們一點時間，讓他們慢慢適應吧。」

曾精受傷地吸了吸鼻子，閉上嘴。

真是的，這些人怎麼這麼難搞？

他只是想幫幫忙啊。

「母親，喝吧。」希望鼓勵道。

希剋銳絲雙眼含淚。

「這是強效的愛情法術。」希望說。「它甚至能扭轉屏棄愛情的法術……」

兩位君王注視著對方。

剛強的藍眼睛對上了狂野的灰眼睛——哇，他們之間的空氣劈啪作響，宇宙被撼動了，他們感受到每次四目相對時空氣中都會出現的混亂。如果他們周遭的空氣有可能形成雷雲，如果法術戰鬥圈的三點燭火能突然熊熊燃燒，那他們身邊就確實發生了這些事。希剋銳絲與恩卡佐都感覺到自己的意志力有如風中殘燭。

「真是瘋了。」希剋銳絲悄聲說。「巫師和戰士不可能在一起的……」

「但也許，也許，」恩卡佐說，「現在世上有了操控鐵的魔法，**唯有**巫師與戰士在一起之時，他們才能齊心對抗邪惡勢力。」

「這麼說來，我們是以君王的身分，為了各自的領土與人民合作？」希剋銳絲說。

「那當然囉。」波蒂塔愉快地織著毛線說。

「所以這是單純的業務合作囉？」恩卡佐狐疑地問。「我們的目的就只是消除兩族之間的仇恨，對吧？妳能不能對我保證，以前那種可惡的『愛情』疾病不會復發？我上次可是展開了暗影冒險，這才好不容易把『愛情』疾病治好的……而且我現在有一邊膝蓋不好使了，無法和從前一樣在馬魔山洞裡爬來爬去……」

「我相信疾病不會復發的。」波蒂塔說。她現在把看起來像希剋銳絲襪子的布料織了過來，誰知道襪子布料是怎麼從希剋銳絲腿上移到波蒂塔的棒針上的呢。「兩位畢竟年紀都不小了，已經不可能談戀愛了嘛，對不對？」

「我們也沒有妳說得那麼老啊。」恩卡佐收起小腹抗議道。

「現在還是有很多人愛上我啊。」希剋銳絲不悅地補充。她看了看自己在衛兵隊長盾牌上的倒影，對自己冰冷的美貌滿意地輕哼一聲。「衛兵隊長，我的追求者是不是多到必須用武力驅趕？」

「有時候還真得用棍棒把他們趕走。」衛兵隊長嘀咕。

「既然如此，」波蒂塔匆匆說道，「我相信兩位能做到單純的業務合作的。你們現在是盟友了，如果喝下法術就能讓互相殘殺的慾望消失，那不是很好嗎？」

「希望，妳這個愛情法術究竟加了什麼東西？」希剋銳絲問道。

「諒解……渴望……溫柔……勇氣……還有耐心。」希望說。

「這些的確是效果很強的法術材料，很適合準備建造新世界的人服用。」恩卡佐若有所思地承認。「希剋銳絲，妳喝我就喝。」

「倘若我們這麼做，就必須永遠和南方的德魯伊與東方的戰士皇帝為敵，」希剋銳絲說，「這你應該明白吧？」

恩卡佐聳了聳肩。「反正我從以前就不喜歡他們。」恩卡佐說。「妳呢？另外，妳還必須考慮其他選項，我們不與他們為敵的話，就必須互相為敵。這幾個孩子……他們還沒做好成為英雄的準備，他們必須回學校接受教育，而不是整天在外面追逐馬魔、在礦場裡亂爬，或是和巫妖賭命決鬥。他們還太年輕。」

「我的天啊，我知道我喝了以後會後悔，快趁我改變心意之前把法術拿來！」希剋銳絲女王厲聲說。

劫客端著杯子走上前，把杯子交給波蒂塔。波蒂塔把剩下的一點法術倒進杯子。

魔法湯匙跳到杯子裡，非常有精神地攪拌最後幾滴扭轉屏棄愛情法術，讓法術不停冒泡，總量也變成原本的兩倍、三倍了。

「那麼，希剋銳絲與恩卡佐，」波蒂塔嚴肅地說，「現在你們只要喝下去就好了。」

兩位君王看著能夠扭轉屏棄愛情法術的法術，看著魔法湯匙溫柔地在第二次機會之杯中攪拌法術。

「怎麼，妳怕了嗎？」巫師之王恩卡佐嘲諷道。

「那怎麼可能！」希剋銳絲女王高聲說。她一

把抓起杯子，喝下一半的法術。

「永不可能！」巫師之王恩卡佐高呼。他從希剋銳絲手裡搶過杯子，喝下剩下的法術，然後將空杯重重放回岩石上。

兩人一起對空氣揮拳，異口同聲說：「**第二次機會！**」

旁觀的戰士、巫師、魔法生物、洞穴怪與小妖精都跟著呼喊，扯開嗓門對湖水、樹木與附近的丘

陵大喊：「**第二次機會！第二次機會！第二次機會！**」

然後……

我實在不曉得該怎麼解釋才好。

兩位君王理論上只有業務合作的關係而已。

但是……

……希剋銳絲女王和巫師之王恩卡佐相吻了。

我們必須別過視線，因為那是他們的真愛之吻，這一吻含有：諒解、渴望、溫柔、勇氣與耐心。

這一吻持續了好一段時間。

一旁的戰士與巫師都驚呆了。

札爾驚恐地張大嘴巴。

「他們在**親嘴**耶！」札爾嫌棄地說。

「好噁喔！」吱吱啾扮鬼臉說。

「波蒂塔！」札爾大喊。「這是緊急事件！這是不幸的大災難！就和褲子破掉、頭髮被扯到、巫妖入侵一樣可怕！他們在**親嘴**耶！快叫他們停下來啊！快**阻止**

他們啊！」

「我是調製法術的巫師。」波蒂塔聳肩說。「我可沒有創造奇蹟的能力。」

「他們相愛啊。」希望解釋道。她心滿意足地嘆息一聲，開心地張開雙臂。

「我從一開始就知道了，他們本來就該在一起的。真是太棒了！」

「其實真的滿甜蜜的。」有點感性的刺錐坦承道。

「就和你我一樣喔。」鑰匙甜膩膩地蹭著湯匙說。叉子試著輕輕把鑰匙往自己的方向拉，結果卻不小心把湯匙絆倒了，湯匙從岩石上摔下去，摔進一坨洞穴怪糞便。

這時，波蒂塔其中一副眼鏡見義勇為拯救了他。

湯匙立刻就愛上眼鏡了（假如你摔進洞穴怪糞便堆，有人英勇地跳進去拯救你，你難道不會愛上他嗎？）。這下情況變得超級複雜，湯匙喜歡眼鏡，鑰匙喜歡湯匙，叉子喜歡鑰匙，形成了多角戀。最後想必會有魔法物品喜歡上叉子，形成完美的循環。

這有很難懂嗎？你不要跟不上啊，親愛的讀者。

唉，愛情就是這麼麻煩。

所有人都愛著別人。

心痛的可能性就埋伏在你身邊。

但儘管如此，人們還是會一再墜入愛河。

我們現在先別去考慮心痛吧，我們必須享受這個甜蜜的時刻。希剋銳絲女王難得露出柔和的神情，甚至稍微紅了臉——我的天啊，她和平常的自己真不一樣。恩卡佐平時烏雲密布的愁容，現在彷彿雨過天青了，他握著希剋銳絲的手。

圓形劇場裡，大家都放聲歡呼：「他們相愛！**第二次機會！**」

「太恐怖了。」札爾扠腰說，彷彿他才是大人，父親和希剋銳絲則是行徑荒唐的兒童。「我實在想不到別的形容詞了。這真的很糟糕耶，難道這就是冒險的結局嗎？我居然幫自己找了個**繼母**，而且她還是全世界最討厭的繼母！」希剋銳絲與恩卡佐真愛之吻的力量帶他們飄到了空中，他們現在終於收拾好心情輕輕降落，希剋銳絲從恩卡佐身邊後退一步，邊調整胸甲邊嗤之以鼻。

「我一定會把紀律帶進你這個毫無章法的世界的。」希剋銳絲說。

「父親！」札爾責怪道。「你不是說你再也不會愛別人了嗎……愛情每次都會變成災難啊！還記得暗影冒險嗎！還有你的膝蓋！你們不是整天都在吵架嗎……好啦，我承認她的鼻子很漂亮……」

「謝謝你。」希剋銳絲女王微微一笑，笑容甜美得足以讓冰帽融化。

「可是父親你別忘了，」札爾警告道，「重點是，她是個冰冷無情、尖牙利嘴、陰險狡詐、放火燒森林的戰士女王，她根本就是個**噩夢**！」

恩卡佐露出困擾的神情，一隻手摸了摸自己的光頭。他剛才似乎完全忘了以往的嫉妒、爭執、在木屋裡枯等的那幾年、和馬魔猜謎的暗影冒險，以及和希剋銳絲相愛所帶來的各種痛苦與傷痛，還有其他各種小小的壞處。

「嗯，我知道。」恩卡佐說。「但這還是滿不錯的。」

「**怎麼會有人做這種事情？**」札爾高呼。

恩卡佐握住希剋銳絲的手。

接著他轉向札爾，露出十二歲男孩般的燦笑。

「等你長大，你就會明白了。」恩卡佐說。

希剋銳絲笑了，她這次的笑聲倒是很悅耳，不是她平常那種冷冷水聲、玻璃叮咚聲或鈴鐺聲，而是普通卻又好聽的笑聲。「說不定我沒有你說得那麼壞呢。」她說。

她才剛說完這句話，脖子突然發出響亮的破裂聲，項鍊的其中一枚珠子爆開了。

啵！

珠子在大量煙霧中消失，只見一個長得非常英俊的男人躺在地上睡覺打呼，他是曾經追求希剋銳絲女王的人。

「這位是誰啊？」恩卡佐頗有興趣地問。

希剋銳絲項鍊上的珠子——爆開……

希剋銳絲女王若無其事地揮了揮手。

她的表情還是有點尷尬。「我不是說過嗎？動不動就有人愛上我，皇帝也一直派人來向我求婚，那些人都被我變成項鍊上的珠子了。這其實比用棍棒把他們打跑仁慈得多了。」

「同感。」衛兵隊長說。

啵！啵！啵！啵！啵！啵！啵！啵！

大約一分鐘內，項鍊上其他的珠子也都爆開了，只剩下最後一顆。附近草地上躺滿了大聲打呼的俊男。

「我的天啊，」恩卡佐欽佩地說，「妳的追求者還真多。一……二……三……四……五……六……」他的手指很快就不夠用了，數到最後發現有二十四個人。

「二十五，你漏算狼人後面那一個了。唉，我也知道。」希剋銳絲嘆氣說。「我就是如此有魅力，這能怪我嗎？」

「父親，你不覺得哪裡怪怪的嗎？」札爾大吼。

可是恩卡佐沒在聽。離他們最近的一名追求者——雷腿本尊——正在睡夢中伸懶腰和打哈欠。「趁他們睡醒前，我們趕緊把他們弄走吧。」恩卡佐說。他看著追求者們漂亮的肌肉繃緊又放鬆，看著長得離譜的睫毛在睡夢中微顫，他方方的下巴不禁繃緊了。

就算不考慮其他因素，光是看到**這麼多**追求希剋銳絲的英俊男人躺在地上，恩卡佐就覺得氣氛被破壞了。

真亂。

他們太礙事了。

而且面對他們整體優秀的條件，以及令人頭暈目眩的雄性激素，不久前才剛重新墜入愛河的恩卡佐感到有點不安。

波蒂塔連忙對礙事的前追求者們施法術，讓他們繼續沉睡，然後請一個豪巨人把帥哥全部裝進口袋。豪巨人輕輕帶著他們走過湖泊、進入森林，讓他們像小嬰兒一樣分開睡在野林各處。過一個小時左右，追求者們會一個個在森林裡醒過來，一頭霧水地開始思考自己為什麼會出現在野林裡。

希剋銳絲的項鍊還剩最後一顆珠子。

這是最重要的一顆。

從前，恩卡佐的心變成了石頭。

他讓全野林最冰冷的女人將石頭戴在脖子上，他知道只要心在她那裡，那顆心就再也不會回來煩擾自己了。

希剋銳絲眼神調皮地注視著恩卡佐。

「想把你的心拿回去嗎？」希剋銳絲說。

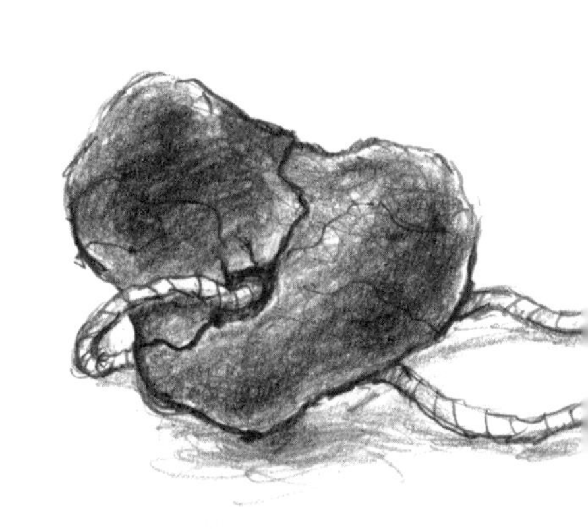

希剋銳絲一直將恩卡佐變成石頭的心當項鍊戴著。

「想。」恩卡佐說。

於是希剋銳絲從項鍊上取下石頭，捧在手心讓它暖起來。

她攤開雙手時，石頭居然消失了。

它變回人類的心靈，從希剋銳絲手裡飛了起來，奇蹟幻影似地飄在大家面前。

堅硬的石頭逐漸融化。

現在這顆飛在空中的心……

脆弱、易受傷，在空中鼓動著。

必要的話，它可以再次愛別人、撒謊、活著與粉碎。

心的幻影只在大家面前飄浮片刻，緊接著就一頭鑽回恩卡佐胸中。他驚訝地倒抽一口氣，彷彿被人用力一敲胸口之後突然活過來了。

他痛得連連喘息，卻也面帶笑容。

然後他轉回去面對希剋銳絲，神情愛憐地凝視著她，似是在感謝她幫大

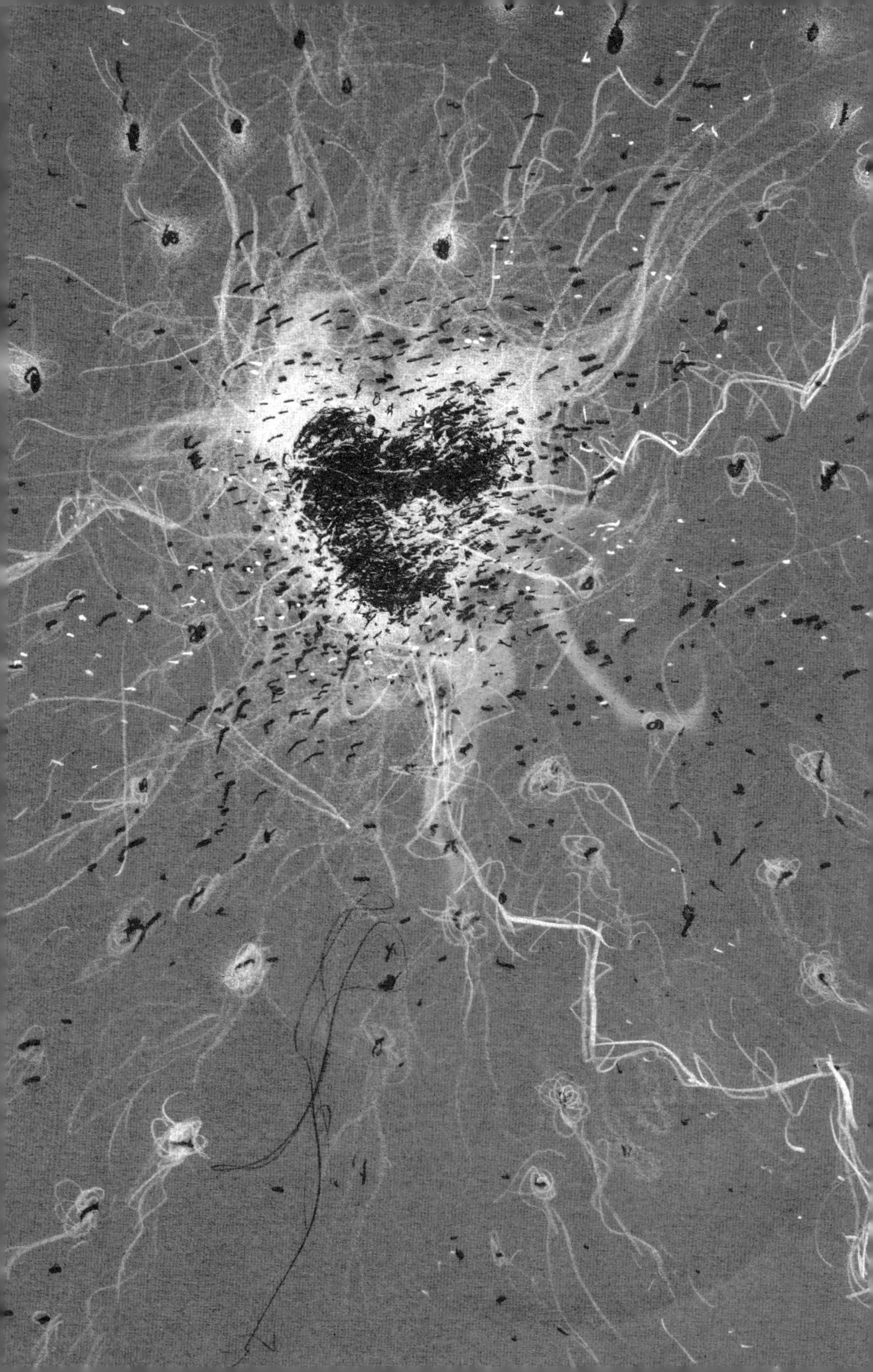

恩卡佐的心歸位了。

忙。

「我們完蛋了。」札爾悶悶不樂地說。

在場其他人可沒有札爾這麼憂鬱。

希剋銳絲女王開口發表動人心弦的演說。

「戰士們，巫師們！巨人與大大小小的魔法生物們！我們將會創建全新的王國，那會是史上第一個讓巫

師與戰士在森林裡和平共處的國度！」

「**萬歲**！」巫師與戰士們狂喜地歡呼。

「我們以後不會再燒樹木了。」希剋銳絲女王保證。「我們會教戰士怎麼像巫師那樣守護野生森林……」（這對希剋銳絲女王來說是一大妥協，可見她真的從過去的冒險中學到教訓了。）波蒂塔與豪巨人們聽得眉開眼笑，住在森林裡的魔法生物也都大聲歡呼，聲音大到得意地臉頰發紅的希剋銳絲女王沒辦法繼續說下去了。粉碎者叫大家安靜下來，聽女王最後的幾句話。

「……還有，我們會和南方的德魯伊與東方的戰士帝國戰鬥……我們永遠不投降！」希剋銳絲女王總結道。

「永遠不投降！」巫師與戰士跟著呼喊，豪巨人也興奮地跺腳。

恩卡佐順著演講的主軸，高聲說：「巫師和戰士可以一同生活！」

「我們可以！」巫師與戰士們大喊。

「我們會拆除高牆……」恩卡佐保證。「我們會在這個受德魯伊痛苦力量詛咒的地方，建造一座新的堡壘，這會是從地面延伸到地底、包含了樹木與岩石的大堡壘，而它存在的主要目的就是『教育』。我們會用教育的方式，管教與控制操控鐵的魔法這份強大力量，並由波蒂塔與亞列爾擔任責任導師。在這裡，巨人將會和戰士和平相處，所有人都能一同學習……」

這的確是非常好的願景，但新王國的兩位君王為此發生一場小爭執，差點毀了大家的好心情。

「不對，等一下，怎麼能讓波蒂塔管理這裡的學院？」希剋銳絲女王嫌惡地說。「不能讓那個女人當校長……你沒看到撲克丘嗎！她居然教人爬樹……教人變身成動物……讓物品活起來……這些都不是學校該教的東西……」

「其實真正管理學校的人不會是我。」波蒂塔安慰道。「希剋銳絲，既然妳是女王，那當然是由妳管理學院囉。妳可以對大家發號施令，對大家下達華麗的命令，我們都得聽妳的。這絕對會是屬於妳的女王國，我和亞列爾不過是妳手下**小小的**員工而已……在這座山丘上，我們可以欣賞迷失湖的美景，這裡很適合蓋學校。我的熊窩就蓋在這邊好了，這裡可以看夕陽……」

看見希剋銳絲不悅的神情，波蒂塔趕忙轉移話題。學院似乎會是引發大爭論的話題，他們的新王國才剛成立不久，還是不要從面紅耳赤的爭執開始來得好。

「……不過這些還是留到明天再討論吧……學校也不是一天就能建成的。那現在，」波蒂塔說，「我們該辦一場慶祝盛宴了，你說是不是？」

「宴會？萬歲！」巫師、戰士與魔法生物歡呼。有藉口狂歡，他們怎麼會拒絕呢！

第二十三章　宴會

於是，世界這一個角落多年來最盛大的宴會，就這麼開始了。

大家有很多事情要慶祝：札爾與吱吱啾得救了，希望從灰飛煙滅的邊緣歸來了，焚燒森林的行動中止了，德魯伊的邪惡統治也結束了。

還有最重要的一點：大家終於打敗巫妖了。

在過去，巫師與戰士曾一同狂歡過，那是仲冬末之夜在死亡堡舉辦的歡慶會，但那不過是一次例外，不過是短暫的休戰時刻，不過是從時間手裡偷來的一晚。

這次的盛宴就重要許多了，它代表全新的開端，代表兩個王國合而為一，代表眾人對美麗新世界的期盼。

他們打定主意要好好狂歡一番。

豪巨人們收集一些巨大的枯樹，升起數百英里外都看得見的巨大篝火。火焰來自亞列爾替波蒂塔保管的火苗，其中包含東西南北各地的爐火，象徵合二為一的新世界。篝火燒出各種不同的顏色，甚至有點刺眼。

小妖精們拿出最容易爆炸的法術，把它們當火箭與煙火打到空中，法術炸成美麗的彩虹雨點，還發出最甘美、最充滿希望的香味。其中一個法術聞起來像烤麵包，另一個法術像黃水仙，還有一個像肉桂牛奶美味的甜辛香。恩卡佐的小提琴飄在空中自動奏樂，它們的音樂歡快無比，眾人的腿腳都忍不住想隨之起舞。狼人孤狼不再孤獨，他找到屬於自己的群體了，於是他幸福地對天上滿月放聲號叫。

豪巨人們站在及踝的迷失湖水中，跳著緩慢的吉格舞，唱著低沉到令人們胸腔跟著震動的幽幽歌曲。他們唱起自己的遊歷，唱到西方海洋的呼喚——在西方大海裡，巨人能追尋自己的使命，在海中朝日落的世界盡頭邁進。

粉碎者高興地和大托比交談，粉碎者思考過的問題，這位豪巨人似乎都十分瞭解。他們興奮地聊起了大腦，討論宇宙是否有邊際，還自己編了一些句子，例如：

「是不是很神奇，把句子前後倒過來說，就能說出，把句子前後倒過來說，是不是很神奇，的句子。」

吱吱啾對札爾的老師施法，讓嚷特的內褲緊緊抓著他屁股，他怎麼也脫不下這條內褲。更誇張的是，內褲還飄了起來，帶著嚷特往空中飄。當你被內褲拉著飄在地面上方幾英寸的空氣中，腳尖只能無奈地劃過地面，你實在很難擺出威嚴的架勢……而且還不怎麼舒服。

芥末念對希望的老師——雷鬼頭夫人——施法術，讓她每過三分鐘就學鴨子呱呱叫和搖屁股，一副準備生蛋的模樣。她還會搖屁股高唱戰士的戰歌：

「把巨人一個接一個殺死！把樹木燒得焦黑！用洞穴怪的鬍子填充枕頭！

這就是**戰士的作風**！」

雷鬼頭夫人最愛這首歡樂的戰士歌曲了，平常在唱這首歌時，戰士應該用肺裡所有的空氣大聲唱出來。我們不得不承認，肺活量驚人的雷鬼頭夫人高唱這首歌時真的非常有氣勢，可惜這首歌不怎麼適合現在的和好盛宴。她一再高唱嗜血的歌詞：

「抓著人魚的頭髮把他們拖出來！把狼人趕出森林！把雪貓關進監獄！這就是**戰士的作風**！呱！」一群憤怒低吼的雪貓與狼團團包圍她，還有人魚從湖裡爬上來，要不是札爾、希望與刺錐拉住他們，他們想必會衝過去吃了雷鬼頭夫人。不僅如此，希剋銳絲女王還用最冰冷的眼神瞪著雷鬼頭夫人，用檸檬般最酸的語氣說：「雷鬼頭，妳能不能閉嘴？妳就不能控制自己嗎？這些巫師現在是我們的朋友了……」

「陛下，真的很抱歉，我也不知道自己為什麼這樣失控。」可憐的雷鬼頭夫人哭著說。一隻狡猾的人魚從水裡飛射出來，從刺錐手裡溜走（人魚都非常滑溜），刺錐還來不及抓住她，人魚就一口咬住雷鬼頭夫人左邊的屁股，把她丟進湖裡。雷鬼頭夫人嚇得驚叫一聲。

不要隨便冒犯人魚，他們可是很凶猛的。

既然冒險已經結束，劫客幾乎完全恢復以前的趾高氣昂。有了狐群狗黨在身邊，高傲的自信又回來了，他彷彿穿上了舒適的舊外套。光是一場冒險還不足以對劫客造成重大的改變，畢竟俗話說得好：雪貓身上的斑點可不會輕易改變的。

「你們看，我要去對那些女生施展魅力。」劫客對色瞇瞇的朋友們說。「我們得讓那些戰士看清自己的地位。女孩子都喜歡我這種天生的領袖，也喜歡能逗她們笑的男生。你們仔細看我怎麼做，好好學起來。」

說完，他大步走向正在用匕首挖鼻孔的戲劇與無情兩個女孩子（**千萬**別模仿她們，這是戰士的壞習慣，實際上非常危險），只見她們一臉不屑地看著其他人跳舞。

「其實非常簡單呢。」劫客大聲對朋友炫耀，彷彿聊天聊到一半。「以前從來沒有人成功逃出幸福礦場，但這可難不倒身為未來偉大領袖的我，對不對啊，葉歌？」

劫客其他的朋友以及希望的幾個繼姊都是在戰鬥開始時到場的，劫客的狐群狗黨聽到他炫耀的話語，全都奉承地連連點頭。戲劇與無情就沒那麼佩服他了。「**你？**」戲劇問道，臉上不屑的表情幾乎堪比希剋銳絲女王。（畢竟這就是她從專家那裡學來的不屑臉。）「身為未來偉大的領袖，你也太臭了吧？呼！好臭啊……你們巫師都沒在用止臭劑的嗎？我們發現，只要在腋下擦一點麥片粥，效果就很不錯了……」（註9）

劫客這個人臉皮很厚，他還以為這段輕蔑的發言表示戲劇對他很有興趣。「是啊，我的體味這麼濃烈，就表示我未來會非常偉大。」劫客和善又正經

註9　人們認為古埃及人有時將麥片粥當止臭劑用，不過這還是青銅器時代的不列顛第一次有人提到要這麼使用麥片粥。

八百地解釋道。「我的氣味濃到不但能把掠食動物嚇跑（註10），還象徵我的男子氣概和魔法力量。在最近這一次冒險中，札爾雖然受到萬眾矚目，不過本人我才是哥哥，我比他有才華也比他臭，所以未來的巫師之王會由我本人來當。兩位女孩子，我知道妳們沒有惡意，不過妳們和大部分女生一樣太愛說話了，所以請閉上嘴巴，聽我說一段關於自己的趣事。在當時，我已經計畫要逃出幸福礦場了，那是我花了好幾個星期制定的計畫……」劫客邊說邊欣賞自己在迷失湖裡的倒影。「我那個惱人的弟弟和妳們那個莫名其妙的繼妹差點毀了我的計畫，但幸好我的安排都無懈可擊。我知道一定要把第二次機會之杯在我手裡的事情保密，免得有巫妖來跟我搶杯子……我一直都把杯子保管得很好……」

戲劇和無情正在思考要不要快速一拳打在劫客鼻子上，讓他閉嘴，還是要巧妙地往他腰部一推，讓他摔進湖裡。就在此時……

註10　青銅器時代，真的有人認為人的體臭會把野生動物嚇跑。我是說真的。

呼呼！

嗡嗡咻揮了揮魔杖，劫客頭皮的汗腺瞬間發動，分泌出大量的汗水。劫客梳得很漂亮的捲髮立刻像遭遇熱浪的冰雪，在他頭上崩塌了，變成黏膩、油滑又噁心的一團亂髮。

希望的兩個繼姊樂得哈哈大笑，笑了很久很久。

「喔喔，這難道也象徵你的魔法力量嗎？」無情嘲諷道。「還是說，你頭上冒出這麼多黏液，就表示你的法力真的太強了，你馬上就會變成青蛙？」

「戰士女孩，妳們以後會後悔的。」劫客咬牙切齒道。「我們走著瞧，以後妳們就會哀求我保護妳們、領導妳們了。」

可惜當你臉上都是油、瀏海黏在眼睛前面、嘴裡滿滿都是頭髮時，實在很難給人威嚴的印象。希望的繼姊們笑得更厲害了。

長久的敵意並不會馬上消失，從前的敵人必須花一些時間習慣和對方相處，而且雙方想必會發生多次爭執，爭奪老大的地位。

但儘管在新世界的第一夜，德魯伊要塞各處的巫師與戰士都發生了類似的小爭執，他們還是漸漸覺得這裡真有可能成為新家了。

小綠仙群嗡嗡嗡飛來飛去，形成大朵大朵的金雲，忙著高聲歡迎大家。呼菈明明嚴正告訴過他們，在興建堡壘、能夠守護新王國之前，巫師與戰士結盟的事情必須保密，但小綠仙還是飛到森林裡，把消息傳給了妖精聯絡網。

「喔喔喔我們不會說出去，不會說出去的！」小綠仙們興奮地哼著小曲子飛進森林，然後立刻將驚人的消息告訴野生的木妖精，還告訴在樹冠層沐浴月光的月耙。小綠仙群接著快速飛回迷失湖，一下高歌一下低聲嘀咕地唱道：

「你們**到家了**！你們**到家了**！歡迎回到你們的家！

數不完的可愛巨人雪貓狼和熊和巫師部隊……

還有……

很多討厭的

打矮人、殺山怪、燒森林、宰妖精……裝在罐子裡的大頭菜自稱

戰士的人！

還有……

把登片粥塗在腋下的凶凶金髮女孩子……

希剋銳絲女王可愛的繼女們！

還有別忘了……**愛對別人頤指氣使的冰凍女王……以前還在地窖裡放了消除魔法的石頭妳以為我們已經『忘光光』了嗎……**

尊貴的希剋銳絲女王本尊！

歡迎！

……來到你們到處都是鐵、到處都是鋼……**（不可能成功的，過三個星期他們又會開始互相廝殺了）……**

……奇妙、美好、**壯麗**的**新家！**」

巫師與戰士們一面大快朵頤，一面合唱古老的歌謠。

今晚特別適合唱〈昔日巫師〉這首歌。

世上曾存在魔法……

我們十分自在，我們十分自由
我們在空中與海底優遊
在那逝去已久的遙遠時光
胡言亂語仍帶有力量。
門可以飛翔，鳥可以說話
巫妖邪惡燦笑，巨人四處走踏
我們有魔杖和魔法翅膀
為不可思議的東西敞開心房
難以想像的事件！難以置信的概念！
巫師和戰士竟能打成一片

在這個充滿奇蹟與不可能的天地
我不知道我們為何忘了法術

隨著森林消失，我們迷失了道路。

但現在我們老了，是時候撒手逝去。

我又一次看見那隱藏的道路

它會帶我們回家，帶我們踏上歸去的路途。

所以拿起你的魔杖，張開你的翅膀

我會唱出我們對不可能的嚮往

當你握住我消失的手

我們將會回到存在魔法的宇宙

回到我們心愛的世界

好幾輩子以前

我們還是巫師的

從前從前。

還有人唱起許多不同的歌曲，有悲傷的歌、快樂的歌、戰鬥的歌、懊悔的歌，歌聲全部混融在一起，大家聽得莫名其妙。歌聲有時形成漂亮的合音，有時似乎在對戰，像是不同種類的鳥兒在森林裡引吭高歌。

「讓我活出巨大的生命
沒有渺小的腳步，沒有停步不前！」

人魚也柔聲唱出渴望又無望的歌曲……

「有個你看不見的世界，你無法知曉的生命，你聽不見的歌謠，無法成長的愛戀，思緒的色彩你永遠嗅不到，海下樂土蜷縮在螺貝之中……」

也許恩卡佐與希剋銳絲也在合唱他們自己的歌，不過我們聽不見，因為他

們飛到天上，暫時消失去展開屬於他們兩人的小冒險了。

於是，希望與札爾替他們唱出他們的〈從不與永遠之歌〉：

「我將送給妳狂風與美好冒險，
我們將飛向永恆，永不別離
我很年輕，我很貧窮，我什麼都給不了妳……
除了我的愛、我的心跳、我的珍惜。」

第二十四章　故事結尾的驚險

過了很久很久，時間已經是深夜，大家都狂歡到精疲力竭，滿月也高懸上空。同伴們紛紛躺下來，準備入睡。波蒂塔難過地對豪巨人們道別，他們再次邁開腳步，這次要去北方遊蕩。波蒂塔也對自己的靴子道別了，靴子堅持要跟著豪巨人離去。

「呼菈，我知道我們應該退休了，」波蒂塔渴望地說，「我知道我們該去雲遊四海，享受吹過頭髮的風……但現在，孩子們需要我們。我們可以晚點再加入靴子……」

波蒂塔變身成巨熊，讓大家在夜裡依偎著她毛茸茸又溫暖的巨大身軀。她的棕色毛髮發出詭異藍光，卻又莫名地令人安心。

一些小妖精和毛妖精剛才一直在嘲笑被內褲黏住的嚷特，現在都已經睡著了，小綠仙也和他們睡在一起（小綠仙喜歡疊在一起睡覺，發光小生物會堆成打呼的小山，造型狂野的頭髮到處亂翹）。雖然吱吱啾平常入睡的時間已經過了，他還是醒著，他現在興奮到不停在空中翻筋斗，一時也很難睡著。雪貓與狼都在打呼，其他人則想到冒險終於結束了，在討論這次冒險的寓意。

任務完成了，希望滿意地嘆息一聲。身為最不像英雄的小英雄，她這次證明了自己的強大，也成功控制住力量了。她很期待以後在波蒂塔的學校學習，而且更棒的是……

希望盯著卡利伯飛走時落下的羽毛。「它變成金色了！」她驚嘆道。果不其然，羽毛黑色的邊緣在她手中散發出金色光輝。「這是一種徵兆。」波蒂塔解釋道。「卡利伯是活過好幾輩子的鳥，他這是在對我們保證，他總有一天會回來的。」

「這是什麼意思？」希望問道。

「那我們從這場冒險學到什麼了呢？」刺錐若有所思地說。「我學到的教訓是，為了追求大善，我可以違反規則，不能讓戰士鐵則困住自己。而且，保鏢只要保持清醒，還是可以成為英雄。」

「我學到的是，巫師和戰士可以一起生活、合力工作。」希望說。「不過我內心深處從很早以前就明白這件事了。」

「**哈！**」札爾說。「那就不一定了……一想到妳母親也要參與建設學院的計畫，我就有種糟糕的預感。」

「我們學到的教訓是，愛是世界上最強大的力量，我們永遠不該屏棄它。」睡眼惺忪的波蒂塔說。「而且，我兄弟卡利伯雖然竭盡了全力干預命運，擁有操控鐵的魔法的孩子最終還是誕生了，由此可見，干涉命運可能會造成對你自己（還有其他人）的危險。那札爾你呢，你學到什麼了？」

「我學到的教訓是，」札爾難過地說，「在充滿魔法的世界裡，沒有魔法的人真的過得很辛苦。」

札爾的同伴與小妖精紛紛過來安慰他。

「我比你更早體驗到那份痛苦。」曾精說道。「我也失去了魔法，但你看！你看看我……我學會用借來的翅膀翱翔，可以飛得比從前更高、更快了。」

「我們會幫你施法術！」比較大的小妖精們興奮地唱道。

「你想去哪裡，我們都會載著你去……」雪貓們用打呼聲說。

「我會為你嚇跑敵人，還有對月亮號叫！」孤狼號叫道。

「窩會當逆最喜歡的小妖精，當永遠愛逆的吱吱啾。」吱吱啾飛下來蹭蹭札爾的臉頰說。「主人，窩什麼事情都願意幫逆做。窩們才不在乎逆有沒有魔法，逆就是……

「全世界……

「最棒……

「的……

「主人！」

「謝謝大家。」札爾由衷感激地說。「你們都是最好最好的巫師同伴。」

「而且，你可能還是有魔法，只是魔法降臨得比較晚而已。你可能只是發育得比別人慢了一點。」波蒂塔說。「巫妖魔法阻礙了真正屬於你的魔法——魔法就和牙齒一樣，在乳牙掉下來之前，恆齒沒辦法長出來。如果真是如此，那還好你的魔法等了這麼久還沒降臨，否則它早就被巫妖王全數奪走了。」

「真的嗎？」札爾雙眼放光，興奮地說。「我雖然經歷了這麼多事件，妳還是覺得我有魔法，只是魔法還沒降臨嗎？」

「也可能沒有喔。」波蒂塔警告他。「先別太期待。不過，確實有這個可能性，你只能學會耐心等待了。還有，如果你的魔法一直不降臨，你也必須學著不將這件事放在心上。」

太遲了。

札爾已經開始躍躍欲試地規劃未來，還沒走到下一步就已經滿腦子想著下一步要怎麼走了。

「說不定我的魔法降臨得這麼慢，是因為它超級無敵強……它會讓我成為有史以來最強的巫師……我走路的時候地面都會震動……說不定我會有讓海水分開的魔法……說不定會有控制天空的魔法……說不定會有**操控黃金的魔法！**」札爾說。

「札爾，魔法本來就能用來操控黃金啊。」希望說。

「是沒錯，可是我的魔法會與眾不同，我碰到的東西都會變成黃金！」札爾說。「這應該是前所未見的力量吧。」

「那是因為擁有那種力量的人很快就會死了。」刺錐說。「你如果想吃蘋果，它一碰到你的嘴脣就會變成黃金，到時候你會餓死——札爾，黃金是不能吃的，你不要隨便許願啦。」

可是札爾沒在聽，他已經開始思考下一件事了。

「我要辦一場有史以來最盛大、最豪華的魔法降臨派對。」札爾說。「我父親本來叫托爾，後來改名叫恩卡佐，我哥哥本來叫無聊，後來才改名叫劫客。我也要改名，我要像父親那樣，創造自己的命運。

「不過我如果要用新的名字自創命運，就一定要取個很棒很棒的名字。

「那……我該改名叫什麼才好？」

「札爾，你千萬要**明智**地選名字。」昏昏欲睡的波蒂塔警告他。「名字是非常重要的東西。」

札爾思索了一分鐘，這對札爾來說已經很久了，也顯示出他過去一年的成長。

他不管改成什麼名字都可以。

天底下的名字他都能選。

但事情有時候就是這樣，你努力思考的時候，腦子反而會一片空白。

這時候，風暴提芬打了個噴嚏。

「**哈——哈——哈——哈——呀咻！**」

這個噴嚏深深啟發了札爾，於是他選了個前所未聞的名字，這是他當場自創的名字。

他帶著開心的燦笑，轉向波蒂塔和其他人。

「我選的名字，」札爾驕傲地說，

「是……」

他頓了頓，吊著波蒂塔等人的胃口。

「……**亞瑟**。」札爾說。

「太棒了！」吱吱啾尖聲說。

「才不棒。」時失不贊同地說。「它根本就沒有什麼意義，而且聽起來像打噴嚏的聲音。」

「**哈——哈——哈——哈——呀咻！**」風暴提芬又打了個噴嚏，像是在表達對時失這句話的認同。

「亞瑟？」波蒂塔圓睜著明亮的雙眼，一聽到這個名字她就醒了過來，頓時無比清醒。

不知為何，她感到有點不安。「不……還是別用亞瑟這個名字吧……」波蒂塔勸道。

「為什麼？」札爾不滿地問。

在此之前，札爾還沒下定決心要選「亞瑟」，他本來打算改選「巨無霸」的，這個名字聽起來有夠威武。但波蒂塔一勸他不要選亞瑟，就等同擲出了骰子，遊戲一瞬間定了輸贏。札爾什麼都不管了，他就是要當亞瑟。

「所以呢？為什麼不能選亞瑟？」札爾凶巴巴地問。「我總有一天會當上國王，妳不覺得『亞瑟王』聽起來很偉大嗎？」

「可是你哥哥才是長子，以後繼承王位的人會是他吧？」刺錐說。

札爾滿不在乎地揮了揮手。「**哈！**那只是他一廂情願而已，我知道當上國王的人一定會是我。」

波蒂塔搜尋自己好幾輩子的記憶，她想到自己有一次預見了未來——如果札爾想創造自己的命運，那絕不能選擇「亞瑟王」這個名字。她的毛髮微微顫抖，古老的熊腦袋回想起久遠以前的記憶，她知道「亞瑟」這個名字有它既定的宿命，命運已經用燦爛的金色大字寫下了「亞瑟」的未來，用燦爛星辰與時間的文字寫下了逐漸黯淡的悲慘宿命。

「我只是覺得……那個名字有點耳熟……」

「波蒂塔，這是我剛剛自創的名字，怎麼可能耳熟？」札爾說。他的語氣興奮又無辜，對年輕人而言，一切都是第一次發生，也是最後一次發生。「妳不覺得這個名字很適合魔法大師嗎？它也可以是戰士的名字。波蒂塔，我想當什麼**都可以**，這就是自創名字的好處。我可以是魔法大師亞瑟王……西方野林騎士亞瑟……大族長亞瑟！喔喔，我喜歡這個。巨人領袖亞瑟……精靈牧人亞瑟……」

「札爾！精靈是我們的朋友，不是給你放牧用的……」希望說。

「好啦，那德魯伊牧人……鐵戰士帝國搏鬥者……」札爾說。「這些全部都可以……我有無窮無盡的選擇……」

「話雖如此，我還是勸你選別的名字。」波蒂塔說。

波蒂塔焦急地在腦中尋找其他選項。「你不覺得『亞瑟』對你來說太溫吞了嗎？」波蒂塔狡猾地說。「何不選個更華麗的名字呢？『神氣拳』如何？還是『忠義星』？『黑暗騎士』？『金褲子』？那些都是好名字啊……札爾……你什麼名字都可以選……就是不要選『亞瑟』……我總覺得的那個名字未來會遇到很多問題……」

「真是的，波蒂塔，妳怎麼每次都在為一些小事操心啊？」札爾責備道。「**每個人**都會在未來遇到很多問題啊，而且在現實生活中，名字也不可能**真的**改變我的命運嘛。妳平常不是很理性嗎？今天是怎麼了？」

「我知道我這種說法不合理，」波蒂塔說，「但既然選什麼名字都沒差，你就不能試試其他的名字嗎？可不可以聽我的話？」

「波蒂塔，很抱歉，我已經下定決心了。我以後要改名叫亞瑟。」札爾頑固地說。

波蒂塔嘆了口氣。從札爾的語氣聽來，他已經下定決心，沒有任何人能讓他改變心意了。

「妳可以禁止他啊。」呼菈嚴肅地提議。

「呼菈，我不能這麼做。我們必須給孩子自己選名字的自由，無論這個名字未來帶他去往何方，我們都不能禁止他走那條路。」波蒂塔說。「在最近這些冒險中，我們學到了教訓：我們不該干涉別人，而且就算我們真的試了，也不會成功。」

「那希望，妳長大後想幫自己取什麼名字呢？」呼菈說。她看到波蒂憂心忡忡地抱著頭，一副頭疼的模樣，決定轉移話題讓波蒂塔分心。「希望，妳的魔法已經華麗地降臨了，妳可以現在就幫自己取個大人的名字。」

「我喜歡大海，所以想取跟大海有關的名字。」希望積極地說。「我也希望名字可以有『圓圈』的意思，因為圓圈這種形狀很漂亮，而且大家圍成圓圈坐在一起的時候很平等，我喜歡人人平等。」

「『摩根勒菲』呢？這是『海圓圈』的意思。」風暴提芬告訴她。

「摩根勒菲……」希望若有所思地重複這個名字，彷彿在細細品嘗它。

摩根勒菲？好啊！我喜歡！

「摩、根、勒、菲。好啊**！**我喜歡**！**」

「**不不不不不不……**」波蒂塔抱頭呻吟，頭痛得更厲害了。

「那刺錐呢？」希望說。「你以後要叫什麼名字？」

「我想取個很有戰士風格的名字，」刺錐說，「讓大家知道我的保鑣技能和使用武器的能力都大大進步了。我想叫『抖矛大』或是『揮劍滿』之類的……喔，既然我發明了新武器『長槍』，長槍又可以叫作『蘭斯』，那我要不要乾脆取名叫『蘭斯』之類的？」刺錐若有所思地說。「聽起來很有保鑣英雄的感覺，對不對？『蘭斯多多』如何？『蘭斯很多』？還是『蘭斯大批』？」

「『蘭斯部隊』？」希望提議。

「不要，不好聽……」刺錐說。「有沒有比較酷的名字？」

「……『蘭斯**多特**』？」

「**停停停停停停！**」波蒂塔大吼一聲後，看到

那我要不要自稱「蘭斯多多」？

刺錐驚訝又受傷的表情，她補充道：「刺錐，你可以慢慢思考以後要取什麼名字，等明天再告訴我們好了。」

波蒂塔像在自言自語，開始滔滔不絕地把只有她自己看得見的事情告訴大家：「這可能只是巧合而已……畢竟故事就是這樣，它們往往會變得支離破碎，最後沒有任何人能猜出它們真正的意思。未來想必會有很多名叫摩根勒菲、亞瑟，甚至是『蘭斯』什麼的人，希望、札爾和刺錐可能不是我想到的摩根勒菲、亞瑟和蘭斯什麼……」

「我**當然**會是妳想到的亞瑟了啊！」札爾深受冒犯地說。「我一定會成為妳想到的人，因為**我最厲害**！波蒂塔，我每次都最厲害……」

「是啊。」波蒂塔有點哀傷地說。「你最厲害了。」

「我不會遇到什麼問題，因為這是我自創的名字！」札爾興高采烈地說。

「我會是全世界獨一無二的亞瑟！波蒂塔，別擔心……沒什麼好擔心的……大家怎麼都

……真愛永恆不滅

「**這麼**

愛

瞎操心……」

「你們看！」札爾指著上方說。「吱吱啾用小妖精文字，把冒險的寓意寫在天上了……」

「『愛能勝過巫妖』……」札爾唸道。「還有……第二句我看不太清楚……」

「『真愛永恆不滅』……」希望心滿意足地唸完。

「終於啊！」波蒂塔有點不耐煩地說。「那些小妖精終於說出值

愛能勝過巫妖……

得一聽的道理了……

這下，我們可以帶著這個寓意入睡了。」

巨熊閉上了雙眼。

故事結束了。

後記

誰沒把故事讀完就先跳到最後看後記就是在作弊你給我馬上回去讀第一章不然我就要生氣了。

我們暫且把小英雄們留在那美好的時刻吧。

完成了冒險的他們疲倦卻又快樂，全新的世界即將在他們面前開啟大門。

誰知道札爾究竟是不是波蒂塔想到的那個「亞瑟」呢？未來很多男孩子生下來都會被取名為亞瑟，為的就是紀念札爾的種種英勇事蹟。

當然，未來也會有一些問題等著他。

札爾說得沒錯，未來**總是**會出現很多問題的。

劫客是一個問題，塔佐蠕龍是一個問題，希剋銳絲女王的追求者是一個問題，鐵戰士皇帝與德魯伊是一個問題，甚至連故事中深受冒犯的人魚也會成為問題。

人們有時會愛上不該愛的人，愛上鑰匙的叉子就是很好的例子。未來會有人興建圓桌與亮麗的城堡，而城堡也許會土崩瓦解。

巫妖雖然被打敗了，野林裡還是存在其他的邪惡力量，它們甚至可能比巫妖更糟——你能想像比巫妖更邪惡的東西嗎？這些邪惡勢力將會覺醒，小英雄們必須和他們作戰。

你瞧，故事就是這樣的東西。

有時候，看起來像結局的東西並不是結局，而是下一場冒險的開端，而且新的冒險還會更有趣、更精采。

故事和人類就是這樣。

歷史和海潮一樣，會不斷重複循環，人類會一次次犯下相同的錯誤，但事情總是會逐漸好轉的。

相同的元素會多次出現在故事中，同樣的衝突、同樣的名字、同樣的掙扎會在歷史上多次重演與迴響，就和希剋銳絲堅不可摧的監牢裡幽靈般的斧頭敲擊聲。你瞧，堅不可摧的監牢，後來不也被摧毀了嗎？

所以，你必須聽故事……

……因為故事一定有它們的意義。

最令我感興趣的問題是……

它們究竟有什麼意義？

聽到我提出的疑問，你想必猜出我的身分了吧。

（別人往往是透過我們的提問來認識我們的。）

這是一則尋找旁白的故事，旁白甚至一直不知道自己在野林裡迷失了道路。

我就是這則故事的旁白。

我的名字是……

……**波蒂塔**。

是不是很驚訝啊？

哈！

握握我的熊掌，承認你嚇到了吧。

其實啊，「波蒂塔」這個名字屬於迷失之人。

但現在，我找到她了！

看到她的名字時，我就明白了：我就是她。

我就是巨熊，是創造者，是島嶼的守護者與神識。

是我成了希望與札爾的導師，是**我**用充滿智慧的眼光引導他們，是我指導他們長大。

所以，如果你以為旁白是**卡利伯**……

……聰明的讀者，我猜你們有很多人都以為我是卡利伯吧……

……那你們也離真相不遠了。

（但還是有一小段距離。）

因為我也是那隻渡鴉，我也是騙子，卡利伯是我的雙胞胎。

你是不是覺得，開啟這個故事的人就是卡利伯？

很抱歉，其實開啟故事的人一直都是我。我先前用魔法隱身在樹木寧靜的陰影中，接著才踏上前對自己揭露了自己的真面目。

如果你認為這太莫名其妙了，那對不起。

故事就是很莫名其妙的東西。

故事就像是融爐，它會改變聽故事的人、故事中的人，同時也會改變說故事的人。

旁白是我——波蒂塔——而不是卡利伯。這真的很重要嗎？

我和卡利伯其實也沒什麼差別。

我們畢竟是「雙胞胎」嘛。
卡利伯睿智又擅長說故事，也是我的一部分，我們簡直像是同一個人。
不過呢，我們之間的差異相當重要。
卡利伯是男性，我是女性。
理論上這不應該是重點才對……
……但是我能預知未來，我知道**女人**訴說的故事可能會遺失在時間洪流之中。
所以，說故事的人是誰真的很重要。
你可能聽過「亞瑟王（又稱札爾）」是命運之子這件事，不過故事發生時我都在場。我變身出現在了礦場與城堡，你雖然看不到我，我還是能告訴你，命運之子其實是「摩根勒菲（又稱希望）」。
她不是無足輕重的配角，而是英雄。
希望和札爾的命運會如何發展呢？他們和刺錐（我們聽過他的別名「蘭斯

洛特」）的命運會如何糾纏呢？除了這三個孩子以外，還有我們到現在還沒見過但非常有趣的孩子，以後將會被稱為「關妮薇」的孩子……嗯，這個嗎……

……這些都是未來的事了，也是另一則故事了。這個故事可能和你聽過的版本不太一樣喔。

我**現在**只能把目前為止的故事告訴你，並且希望未來的故事會發生變化。

明天，圓桌也許會重生。

明天，卡美洛特也許會再次落成，閃亮壯觀的高塔永遠矗立著。

而現在呢……

在野林現今不完美的混亂之中……

我是旁白，我的名字是**波蒂塔**。

當我以熊的形態出現時，就是英雄的朋友，也是預言之聲。我和關德溫女神還有名為「亞瑟之犁」的大星座有關，而我詩意的大釜調配出了改變、重生與變化。

當我以渡鴉形態出現時，和巨人布蘭、王者之劍、卡利班、《馬克白》裡的三個女巫、奧丁大神，以及新世界未被發現的遙遠部族有著千絲萬縷的關係。

不過我或許不只是熊與渡鴉，還是亞列爾、魔法大師恩卡佐、戰士女王希剋銳絲與邪惡陰險的巫妖王，他們全部加起來也是我。

我是武器，也是覆滅。

我活過好幾輩子，見證過很多場戰役，偷聽了悲劇與喜劇與各種其他的故事。這就是說書人的喜悅與悲傷，也是說書人的詛咒。

請傾聽我破碎的聲音。

波蒂塔的舊靴
自己追尋豪巨人的腳步，
漸行漸遠……

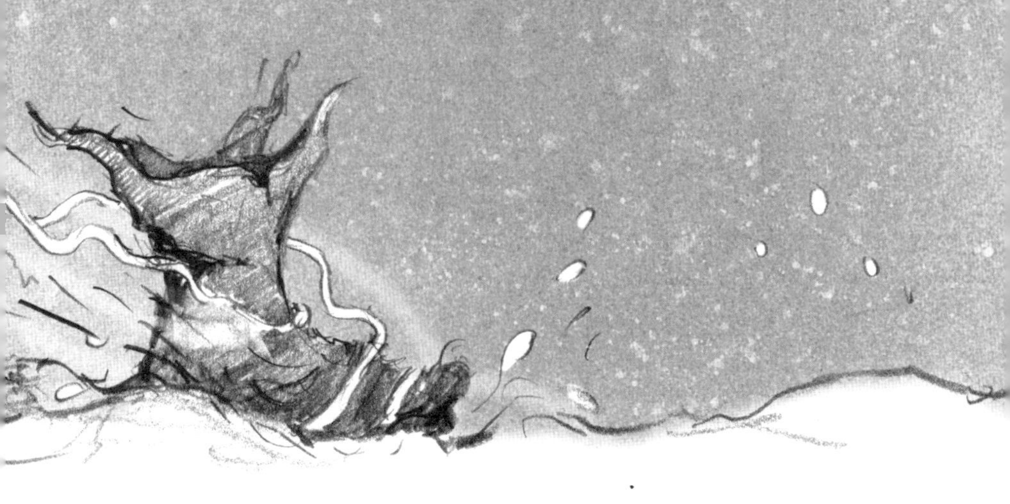

作者銘謝（謝謝大家）

幫助我寫這本書的人非常多。

感謝我超棒的編輯安．麥尼爾，還有超厲害的經紀人卡洛琳．華爾斯。

特別感謝山姆爾．佩雷特、波麗．萊奧．格蘭特、瑞貝卡．羅根和卡蜜拉．里斯克。

也謝謝阿歇特兒童圖書出版公

司的各位：希拉蕊・穆瑞・希爾、崔西・菲利普斯、艾瑪・馬提尼茲、瓦倫提娜・法茲歐、貝絲・麥威廉、凱蒂・卡泰爾、凱莉・魯維林、妮可拉・古德、凱瑟琳・福克斯、珍妮佛・哈德森、亞莉森・帕德利、瑞貝卡・利文斯通。

謝謝利特爾布朗公司的各位：梅根・廷利、賈姬・恩格爾、麗莎・優斯寇維茲、瑪莉莎・芬克斯坦。

最後，感謝我人生中最重要的梅西、克萊米和札尼。

還有總是能給我好建議的**賽門**。

若沒有你們，這本書不可能誕生。

只要有魔法湯匙在身邊，
你就不會孤單

奇炫館

永恆魔法（昔日巫師系列四）

（原名：Never and Forever）

著　　者／克瑞希達・科威爾（Cressida Cowell）
譯　　者／朱崇旻
執 行 長／陳君平
企劃宣傳／楊玉如、施語宸、洪國瑋
榮譽發行人／黃鎮隆
美術總監／沙雲佩
國際版權／黃令歡、梁名儀
協　　理／洪琇菁
美術編輯／李政儀
文字校對／施亞蒨
總 編 輯／呂尚燁
執行編輯／許晶翎
內文排版／謝青秀

出　　版／城邦文化事業股份有限公司 尖端出版
台北市中山區民生東路二段一四一號十樓
電話：（〇二）二五〇〇－七六〇〇
傳真：（〇二）二五〇〇－二六八三
E-mail：7novels@mail2.spp.com.tw

發　　行／英屬蓋曼群島商家庭傳媒股份有限公司城邦分公司 尖端出版
台北市中山區民生東路二段一四一號十樓
電話：（〇二）二五〇〇－七六〇〇（代表號）
傳真：（〇二）二五〇〇－一九七九

中彰投以北經銷／楨彥有限公司（含宜花東）
電話：（〇二）八九一九－三三六九
傳真：（〇二）八九一四－五五二四

雲嘉以南／智豐圖書有限公司
（嘉義公司）電話：（〇五）二三三－三八五二
傳真：（〇五）二三三－三八六三
（高雄公司）電話：（〇七）三七三－〇〇七九
傳真：（〇七）三七三－〇〇八七

香港經銷／城邦（香港）出版集團有限公司
香港灣仔駱克道一九三號東超商業中心一樓
電話：（八五二）二五〇八－六二三一
傳真：（八五二）二五七八－九三三七
E-mail：hkcite@biznetvigator.com

新馬經銷／城邦（馬新）出版集團 Cite（M）Sdn. Bhd.
E-mail：cite@cite.com.my

法律顧問／王子文律師　元禾法律事務所
台北市羅斯福路三段三十七號十五樓

二〇二二年四月一版一刷

■中文版■

郵購注意事項：
1.填妥劃撥單資料：帳號：50003021戶名：英屬蓋曼群島商家庭傳媒(股)公司城邦分公司。2.通信欄內註明訂購書名與冊數。3.劃撥金額低於500元，請加附掛號郵資50元。如劃撥日起 10～14日，仍未收到書時，請洽劃撥組。劃撥專線TEL：(03)312-4212 ・ FAX：(03)322-4621。E-mail：marketing@spp.com.tw

國家圖書館出版品預行編目資料

永恆魔法 / 克瑞希達・科威爾（Cressida Cowell）作；朱崇旻譯. -- 1版. -- [臺北市]：城邦文化事業股份有限公司尖端出版：英屬蓋曼群島商家庭傳媒股份有限公司城邦分公司發行, 2022.04

面；　公分. --（昔日巫師系列；4）

譯自：**Never and Forever.**

ISBN 978-626-316-674-5（平裝）

873.596　　111001890